Pierre Berville

L'ÉMERAUDE DE LEVALLOIS

Éditions SW Télémaque

AVANT-PROPOS

Au XIXe siècle, à l'endroit des futurs travaux de construction de la mairie de Levallois-Perret, on retrouva d'importantes quantités de silex taillés par les Néandertaliens. En référence au site de ces découvertes, la technique de fabrication de ces armes et outils du paléolithique moyen sera baptisée « méthode Levallois ».

À l'inverse des principes de Michel-Ange qui sculpta tant de chefs-d'œuvre et proclama : « J'ai vu un ange dans le marbre et je l'ai ciselé pour l'en libérer », la méthode Levallois traite le débris comme une finalité. À partir d'un noyau destiné à finir en simple rebut, elle privilégie la création d'éclats utilisables.

La relation entre la surface et le noyau, et plus largement entre le tout et la partie, est une question philosophique qui interrogea Anaxagore, Aristote, Descartes… Ils exprimèrent que centre et périphérie sont indissociables et parfois interchangeables, et que la partie peut représenter la totalité. Ces considérations seront reprises par nos contemporains dans, entre autres, l'analyse littéraire, le pop art et les nouveaux développements de la physique moderne. Elles initieront aussi une métaphore du roman noir au travers d'une interrogation : la société est-elle utile au déchet, ou le déchet à la société ?

Une chose est sûre : aux temps préhistoriques, la méthode Levallois excellait à produire de quoi transpercer ses ennemis et dépecer la chair de ses proies. Aujourd'hui, dans l'industrieuse cité qui lui donna son nom, certains se demandent si, au travers d'épisodes plus ou moins discrets, cette vocation de violence ne se serait pas perpétuée.

Bonnie quadra

1. Bonnie

En complément du travail d'entretien et de réparation des véhicules dont les collectionneurs lui confient le soin, il arrive à Max de récupérer une occasion à restaurer aux fins de la revendre. Le garagiste vient d'installer dans la cour de l'Émeraude une jolie petite Spitfire toute blanche, décorée d'un panneau « À vendre ». La voiture est un cabriolet aux lignes gracieuses et délicieusement rétros. Pas la version la plus recherchée mais refaite à neuf, et proposée à un prix presque accessible.

Au moment de sa sortie, cette britannique signée Triumph et au prénom d'avion de combat et de cracheur de feu avait été moyennement appréciée par les puristes. Avec sa taille réduite, ses rétroviseurs et ses jantes chromés, ils jugèrent sa carrosserie digne d'un manège de fête foraine. Pire encore : en ces années 1960 au machisme innocent, le modèle fut catalogué comme une voiture pour fille facile à épingler, une caisse de pin-up dessinée moins pour la performance que pour rouler cheveux au vent en traversant le Bois, les cuisses caressées par les regards lubriques des camionneurs. Aujourd'hui encore, pour les amateurs de Triumph, une Spitfire, avec son coffre tout juste assez grand pour accueillir un microsac, une minirobe et une paire de sandales, ne possédera jamais la silhouette impeccable d'une TR4 ou d'une TR5, ni la classe des motos Bonneville.

Le lendemain de sa mise en vente, une brune se présente à la porte de l'Émeraude. La femme tient par la main un gugusse à la mèche blonde et à l'œil émoustillé.

— Viens voir, Jean-Bertrand, elle est là !

Elle explique à Max qu'elle est passée la veille devant le garage et que la Spitfire lui a tapé dans l'œil. Pourrait-il leur fournir quelques détails ? Tout en dévidant son baratin de vente, Max ne peut s'empêcher de reluquer la cliente. Il peine à donner un âge à cette beauté aux allures d'Italienne de cinéma. Rester aussi bandante passé la quarantaine, à l'époque de ses grands-mères c'était quasiment de la science-fiction. Au siècle suivant, ô joie, c'est devenu une possibilité.

La femme entretient de toute évidence les rapports les plus chaleureux avec son accompagnateur. Plus jeune qu'elle, beau gosse et manifestement friqué, Jean-Bertrand aurait pu sortir sans problème avec une jouvencelle. Mais avec son allure souple, la plénitude de ses formes et son maquillage maîtrisé, la femme avec qui il s'affiche en jette bien davantage qu'une jeunette. En se collant à lui avec autant d'adhérence qu'une moule à son rocher sous avis de tempête, elle le rend dingue de son odeur d'animal fleuri, de son décolleté émouvant, de ses frôlements ininterrompus. Sans pudeur superflue devant le garagiste qui vante patiemment les charmes de la Triumph, elle cajole son partenaire, et les petits mots se succèdent. Mon chat, ma puce, mon lapin, le bestiaire érotique habituel. Une belle partie de jambes en l'air s'annonce pour le lascar s'il accepte de faire plaisir à sa compagne, ce qui somme toute n'a rien de trop compliqué : il suffit de casquer pour la voiture.

Même s'il ne s'agit pas d'une Ferrari, à moins de s'appeler Crésus on ne se fend pas d'un tel cadeau pour une étreinte en vitesse, ni même un simple week-end galant. Le blond a probablement déjà touché l'un ou l'autre acompte. Et Max a le sentiment que leur histoire est établie au moins depuis quelque temps.

La cliente est déterminée. Comme Max pourra fréquemment le constater à l'avenir, la frustration n'est pas son truc.

— On vient de la finir. Volant à gauche, 67 000 kilomètres, entièrement revue, pneus neufs, capote en bon état. Une MK IV, la plus confortable et la plus fiable, avec son alternateur à la place de la dynamo qui équipait les plus anciennes.

La mèche blonde volette au rythme des acquiescements du chevalier servant. De peur de passer pour un béotien, il opine à tous les détails. Tout vendeur d'automobile sait qu'avec un couple, lorsqu'on a la femme de son côté, la vente est dans la poche. Néanmoins, le cérémonial des affaires doit être respecté. Max détaille les caractéristiques de la Spit avec des mines complices, comme entre connaisseurs de belles mécaniques, et traite Jean-Bertrand en gentilhomme indifférent aux détails pécuniaires. Pendant ce temps, la femme qui se fout de ces boniments caresse la sellerie confortable, tripote les poignées, sourit comme la niaise qu'elle n'est pas.

Entre deux chatteries prodiguées à l'amant, la belle a observé le garagiste du coin de l'œil. Sous l'apparence du bonimenteur bien de sa personne et derrière la maturité de l'homme épanoui, elle a identifié l'intelligence qui servira ses desseins. En conclusion de son argumentation, Max fait valoir que les beaux jours s'annoncent. Cette rareté, c'est le moment ou jamais d'en faire l'emplette. Et, à ce prix-là, une telle opportunité ne risque pas de se représenter de sitôt.

Faisant mine de réfléchir, Jean-Bertrand se tourne vers la femme.

— Tu la veux vraiment, ça te ferait plaisir ?

Elle bat des paupières ; le langage des cils est universel. Inutile de traduire. Oui, mon beau lion, je te revaudrai ça, tu en auras pour ton investissement, promis. L'atmosphère s'est chargée de plus d'électricité que toutes les expériences de Benjamin Franklin. Jean-Bertrand, assez content de faire son mec, conclut sans tergiverser davantage.

— C'est d'accord, on la prend.

Il remplit un chèque. S'en saisissant avec délicatesse, Max précise au couple :

— Il faudra attendre quelques jours pour les papiers (et aussi pour que la banque confirme l'encaissement, ce qu'il juge inutile de préciser). Il me faudrait également une pièce d'identité, pour les formalités. Je dois mettre la carte grise à quel nom ?

Fouillant dans son sac pour en sortir le document, la brune répond, sur un ton d'évidence :

— Au mien, bien sûr, c'est un cadeau. Pour mon anniversaire.

Un coup d'œil discret sur la carte de la dame indique à Max que la belle cliente se prénomme Bonnie, qu'elle a dépassé de quelques années le cap de la quarantaine, et que sa date d'anniversaire était il y a six bons mois. Il conservera également cette dernière information pour lui.

— C'est parfait. Je vais faire le nécessaire. Juste le temps d'une photocopie. Félicitations pour votre achat, et je vous souhaite, chère Madame, un bon anniversaire !

Quand le couple repart vers la Porsche Cayenne du blond, la brune Bonnie se retourne et lui fait un clin d'œil. À bientôt, cher Monsieur !

* * *

Max va la revoir plus tôt qu'il ne le pensait. Dès le lendemain, nouvelle visite. Mais cette fois, elle est accompagnée d'un autre partenaire, bien différent du premier et qu'elle câline beaucoup moins. Avant toute chose, Bonnie se hâte de présenter sans ciller l'individu aux manières balourdes : « Monsieur Muller, mon mari. » Le garagiste réussit à ne pas broncher. Sans jamais y avoir été confronté, il a déjà entendu parler de cette combine. Pour ce second épisode aux allures de remake, la bande-son a changé. La femme traite l'époux comme une dresseuse d'éléphant rendue impatiente par la lenteur de son pachyderme. Avec lui, pas de chat ni de puce ; elle se laisse nommer banalement « Chérie » et l'appelle « Mumu », ce qui semble être le diminutif du légitime. Avec un sourire innocent, elle s'enquiert :

— Je crois avoir vu une petite Triumph blanche en passant l'autre jour devant chez vous. J'aimerais bien la montrer à mon mari. Ah la voilà ! Viens, Mumu…

Elle ouvre la marche avec autorité pour se diriger vers le fond du garage où est remisée la Spitfire débarrassée de son panneau « À vendre ». L'autre, résigné mais bougon, suit en traînant les pieds. En comparaison avec le blond, il montre moins d'enthousiasme. Le mariage, ça apprend à se méfier. Comme si c'était la première fois qu'elle voyait l'auto, Bonnie s'extasie. Son Mumu demande : « Combien ? » Rentrant dans le jeu, Max indique le prix de vente de la petite merveille. Le balourd s'effare auprès de sa femme :

— Tu es sûre ? Tu ne trouves pas qu'elle est chère ?

Sa charmante épouse lui fait observer sans s'énerver qu'elle a besoin d'une voiture pour aller travailler. Qu'elle ne va pas se rendre au bureau à pied ou, pis, en métro, jusqu'à la fin des temps. Que s'il faisait, lui, un boulot moins crevard, il ne poserait pas ce genre de question. Que, de toute façon, il a promis. La litanie habituelle des femmes à poigne devant leurs faibles compagnons.

Mumu demande confirmation du prix. Devant la réponse qui n'a pas varié, il tente d'objecter :

— Mais, chérie, on avait parlé d'une petite voiture, genre Peugeot 106. Et c'est au moins le prix d'une 305 !

La chérie pulvérise l'argument.

— Eh bien, cette Spitfire, c'est une petite voiture, non ? Tu es bête ou quoi ?

Bonnie fixe Max de ses beaux yeux bruns, comme pour le pousser à trouver un argument décisif. Le garagiste propose un rabais de cinq pour cent. Mais le mari reste réticent ; en dernier ressort, il avance que, pour les voitures anciennes, l'entretien est plus compliqué. Le vendeur le détrompe avec un grand sourire.

— Rassurez-vous ! Autrefois la mécanique était beaucoup plus simple. Et plus robuste. Sans tous ces trucs électroniques qui vous empoisonnent la vie. Là c'est du sûr, de l'éprouvé. D'ailleurs, je vous la garantis un an ; au moindre pépin, je prends tout à ma charge. Mais je ne suis pas inquiet, elle tourne comme un coucou suisse, ou plutôt, considérant ses origines anglaises, comme une véritable Big Ben ! Enfin, faites-la quand même assurer convenablement. On voit bien que Madame est une conductrice qui sait piloter, mais il faut se méfier des chauffards toujours prêts à cabosser les jolies femmes !

Le compliment est limite, mais, étant donné la situation, Max juge qu'il a bien le droit de s'amuser un peu. Bonnie ne relève pas. Le mari, préoccupé avant tout par son portefeuille, est à court de protestations. Sa femme ne laisse pas longtemps s'installer le silence.

— Bon, tu vois ! Comme ça, tu es content. Plus de question ? C'est entendu, conclut-elle, il la prend. La carte grise à mon nom.

Coincé entre le marteau du baratin de Max et l'enclume de l'autorité conjugale, le malheureux n'a plus d'échappatoire. Quand il rend les armes, pour la première fois de l'entretien la belle lui manifeste un peu d'affection en se jetant à son cou. Elle lui murmure même à l'oreille un truc qui illumine son visage sanguin. Max devine que, dans leur peu équitable vie de couple, le pauvre bougre va avoir droit à quelque gentillesse qu'elle ne doit plus lui octroyer souvent.

Dans le bureau, on rejoue la petite cérémonie des photocopies et de la signature du chèque. Mumu informe fièrement que son compte est approvisionné. Bonnie a pris la précaution de lui faire négocier un découvert en préparation de l'achat. Max fait un geste courtois pour indiquer qu'il ne nourrissait aucune inquiétude, qu'il voit bien qu'il a affaire à des gens sérieux et sans mauvaise surprise. Il propose un café, un verre d'eau, autre chose ? Mumu accepte une Heineken sortie du frigo, Bonnie une minibouteille d'Évian. On fait plus ample connaissance. M. Muller ne doit pas son diminutif uniquement à son patronyme. Il est brigadier au sein de la police municipale de Levallois, la première jamais créée en France, comme partout familièrement surnommée « la mumu ». Quant à Bonnie, elle œuvre dans un cabinet d'expert-comptable, à quelques rues de là. Un poulet et une facturière. La loi et l'ordre. Le garagiste se dit que de telles relations pourraient toujours être utiles.

Il continue à se montrer charmant, assure que le plein sera fait – à sa charge, bien sûr – et offre même un porte-clés en forme de gemme émaillé au nom du Garage de l'Émeraude. La moindre des amabilités. La belle Bonnie lui dit derechef à bientôt. Max la salue galamment. Ce n'est pas toutes les semaines qu'on vend deux fois la même voiture.

* * *

À la troisième rencontre, il n'y a plus qu'eux deux. Pendant la pause déjeuner, la brune futée s'est pointée au garage, faisant claquer ses talons sur le sol de béton peint. Elle a apprécié la vivacité d'esprit de Max grâce à laquelle sa petite combinaison a parfaitement fonctionné, et le félicite en riant d'avoir si rapidement compris la situation. Il ne s'agit plus maintenant que de négocier la récupération du montant du deuxième chèque. Elle propose que le garagiste accepte d'en conserver la moitié en rétribution de son aide, et qu'il lui restitue le solde. Bluffé par son aplomb, Max n'envisage pas une seconde d'arnaquer l'arnaqueuse. Le deal est réglo et Max a d'autres compensations en vue. Il suggère d'aller finir de discuter de tout ça dans le bureau. Chacun sait ce qui va se passer une fois les questions financières réglées, et en est très heureux.

Dès qu'ils ont franchi le pas de la porte, la femme saisit Max au creux des reins et l'attire à elle, déjà ronronnante. Quoi de plus émouvant que d'embrasser une si jolie femme pour la première fois ? De savourer le plaisir de l'instant, les promesses d'accéder à l'intime. Tout se devine dans un premier baiser. La sensualité, la sincérité, l'expérience, l'endurance, la gourmandise, la réserve, le sens du jeu. On apprend la langue de l'autre ; ou à rester à jamais un peu étrangers, même si, ensuite, les corps prennent le relais.

Le courant passe. Max est trop impatient pour proposer de rejoindre un autre lieu ; Bonnie est heureuse d'exprimer sa reconnaissance contre le bureau, puis sur le bureau. Entre deux étreintes, le garagiste confirme qu'il accepte, bien sûr, les conditions proposées ; elle soupire qu'elle le trouve beau.

L'affaire se conclut donc à la satisfaction générale. Tout le monde sera content de l'arrangement. Le mari, qui récupérera un peu de son prestige et de ses prérogatives. L'amant, heureux d'avoir offert un cadeau prestigieux à sa maîtresse et d'en toucher la récompense. Et Bonnie, la fine mouche aux nerfs d'acier qui aura su récupérer le cabriolet et une partie de l'argent du cabriolet. Pour sa part, Max estimera également n'avoir à se plaindre d'aucun des aspects de l'opération.

Au moment de repartir, Bonnie laisse son regard traîner sur le bureau encombré de papiers et sur le désordre des dossiers qui encombrent les étagères.

— C'est un peu le bazar chez vous, vous ne chercheriez pas une bonne secrétaire comptable, par hasard ?

Max répond qu'il va réfléchir.

2. L'Émeraude

Dans toutes les grandes cités occidentales, les débuts de l'ère industrielle entraînèrent leur lot d'usines nouvelles, de logements ouvriers peu salubres, et de pollution atmosphérique. Sous le Second Empire, les nouveaux préceptes hygiénistes mis en œuvre par Haussmann tentèrent d'éviter aux Parisiens une partie de ces nuisances. À force de grands travaux, l'empereur et son préfet voulurent faire de la capitale un idéal de ville lumière, tracée au cordeau et vouée au confort des plus aisés.

À cette fin, il fut arbitré que le tintamarre et les fumées des nouvelles industries s'installeraient en banlieue. Nombre de territoires de l'Ouest parisien furent réaménagés. On décida même d'inventer *ex nihilo* une nouvelle commune qui serait, pourrait-on dire aujourd'hui, la plus ancienne des villes nouvelles.

Pour développer ce grand projet, deux promoteurs se sont succédé. M. Perret puis M. Levallois ont loti un territoire qui s'étendait entre la Seine et les anciennes fortifications de Paris, remplacées de nos jours par le boulevard périphérique. Cet espace n'accueillait jusqu'alors que quelques vastes demeures et leurs dépendances, environnées d'un assemblage de chasses, de bois, de vignes et de terrains maraîchers.

Le 1er janvier 1867, sur cette zone prélevée aux communes de Clichy et de Neuilly-sur-Seine par décision de sa majesté Napoléon III entérinée par votes municipaux, naquit officiellement Levallois-Perret. L'empereur et son préfet adoraient les lignes droites. On décida d'adopter le même système que Manhattan une cinquantaine d'années plus tôt : un plan en damier, rigoureusement quadrillé. Mais, à la différence de la métropole américaine, on opta pour des voies de circulation bien plus étroites. Les créateurs du projet pensaient sans doute que ce détail entraînerait une augmentation des surfaces constructibles – donc de leurs gains – sans répercussions notables. Grosse erreur. La grille orthogonale pavée des bonnes intentions de la rationalité géométrique donnera naissance à un cauchemar euclidien où une pléthore de sens uniques créeront les pires embouteillages. Avec le développement de l'automobile, croisements périlleux à angle droit et possibilités limitées de dépassement limiteront le drainage d'une population à la densité hors commun. Pourtant, rien des embarras ainsi générés n'empêchera jamais l'expansion de la jeune cité.

Selon les vœux de son impérial parrain, la ville naissante était étroitement associée aux industries nouvelles de la mécanique. À titre d'illustration, les autorités firent figurer sur son blason une roue dentée en tant qu'emblème de cette vocation. Et, au début du nouveau siècle, usines, hangars et ateliers, fabricants de cycles, d'avions et de dirigeables, constructeurs d'autos et de camions, compagnies de taxis et de transports, concessionnaires, importateurs, garagistes, carrossiers, spécialistes du pneu ou de l'allumage, vitriers pour pare-brise, négociants en bougies et en quincaillerie de toute sorte, sous-traitants variés, avaient élu domicile à Levallois-Perret.

À la fin des années 1930, on fêtera l'édification du Garage de l'Émeraude. Depuis, grâce aux capacités de ses fondateurs et de leurs descendants, l'établissement s'est maintenu de façon ininterrompue et fait encore partie des institutions de la ville.

* * *

Ce nom de gemme apprécié des cocottes et des reines avait été donné à l'établissement lors d'un épisode de la saga des ancêtres de Max, son propriétaire actuel. Venu de Russie, le premier représentant de la lignée à fouler le macadam de cette jeune ville de Seine-et-Oise (on n'avait pas encore créé les Hauts-de-Seine ni le code postal 92300) fut Dimitri Pavlovitch, hobereau peu titré issu d'une branche subalterne de la maison des Romanov. Comme tant d'autres existences, sa vie d'aristocrate optimiste et ami des arts s'était vue précipitamment modifiée à l'occasion de la révolution bolchevique. Les événements spectaculaires d'octobre 1917, qui faisaient suite à plus d'une décennie de troubles sociaux et de féroce répression, avaient abouti à l'abdication du tsar. Les nobles n'avaient plus la cote et, la mode s'étant répandue de les occire pour un *da* ou pour un *niet*, il avait fallu fuir.

Après avoir empaqueté quelques affaires et dissimulé en vitesse ce qu'ils pouvaient d'or, de pièces précieuses et de documents de valeur dans les doublures de leurs épais manteaux, Dimitri Pavlovitch et son épouse Alexandra, accompagnés de la petite Polina, six ans, abandonnèrent pour toujours terres et cieux qui les avaient vus naître. Ils firent une pause de quelques semaines en Ukraine, guère plus épargnée par les troubles politiques, puis leur voyage reprit via un large crochet par Constantinople. Dans une grande angoisse, la famille eut à traverser en traîneau, à pied et en train presque toute l'Europe, dont une bonne partie encore en guerre, et dut échapper aux assassins d'État et aux détrousseurs privés qui guettaient leur peau au passage.

La destination finale s'imposait. La France venait de signer l'armistice avec l'Allemagne, et représentait pour les Russes nobles un eldorado hospitalier aux mœurs et à la culture familières. Les gouvernantes des enfants bien nés, souvent françaises, leur avaient enseigné la langue de Balzac et de Maupassant. Il était bien vu d'en user à la cour et chez soi (pour éviter les oreilles indiscrètes des manants qui faisaient le service ?). Et, de ce fait, beaucoup de ces réfugiés se révélaient de très acceptables francophones, ce qui facilitait leur intégration.

Dépouillé de ses rentes et autres avantages financiers de son rang, l'hospodar Dimitri s'était lancé dans l'exploration d'un concept nouveau pour lui : le travail rémunéré. Une fois ses différentes qualifications recensées (monter à cheval, aller à la chasse, jouir de ses rentes, s'enivrer, lire, pratiquer différents jeux, jouer de la musique et chanter pas trop mal, recevoir et rendre des visites à ses pairs, rédiger des lettres de château, collectionner des tableaux et de la vaisselle prestigieuse, savoir déléguer son autorité sans se faire plumer, respecter sa femme intensément et trousser celles de rang inférieur qui acceptaient sans trop d'embarras de se laisser séduire), il vit le parti qu'il pouvait tirer, à l'instar d'autres exilés blancs, d'un passe-temps devenu utile : conduire une automobile. Il devint chauffeur de taxi.

Passé le choc du déracinement et l'inévitable chagrin d'avoir vu une partie de ses relations se faire zigouiller par des révolutionnaires aux idées humanistes mais assoiffés de sang, Dimitri se rendit compte qu'à sa grande surprise il prenait sa situation nouvelle avec équanimité. Il se demanda même s'il n'avait pas atteint une certaine forme de bonheur.

En ces années-là, avoir échappé avec sa femme et sa fille adorées aux conséquences fatales de l'exode et des épidémies constituait déjà un sérieux motif de satisfaction. Les innombrables réfugiés que connaîtra le siècle pourront attester la même chose : par des temps si troubles, le simple fait d'avoir survécu, ce n'était pas rien ! Et puis, Dimitri s'était mis à adorer son boulot. Finalement, approfondir sans horaire imposé sa connaissance des rues parisiennes pleines de monuments enchanteurs et prestigieux, discuter avec des clients aux vies pittoresques, rouler le long de trottoirs peuplés de belles élégantes, s'octroyer parfois une petite pause désaltérante en compagnie de confrères gouailleurs et, une fois le devoir accompli, retrouver le soir avec plaisir sa famille et ses proches dans leur modeste logis de Levallois-Perret lui apparurent incroyablement plus palpitants que sa précédente existence d'oisif. Oui, sa nouvelle vie lui plaisait beaucoup.

Il retrouva en région parisienne de très nombreux compatriotes. Tous n'étaient pas devenus taxis comme lui. Certains s'étaient fait engager en tant qu'ouvriers chez Renault à

Billancourt ou chez Chausson à Asnières. D'autres, dont les manières impeccables représentaient un atout de valeur, s'étaient recyclés en maîtres d'hôtel dans des restaurants prestigieux ou en vendeurs dans des maisons de luxe. Chez ces expatriés aux destins divers, comme en miroir des idéaux communistes que tous pourtant haïssaient, se construisait une sorte de solidarité, voire de fraternité. Ils faisaient tout leur possible pour s'entraider. Ils découvraient le chaleureux sentiment du partage.

* * *

Le deuxième personnage mâle de la saga de l'Émeraude fut Serge Ivanovich Nikitin, qui n'avait rien d'un aristocrate. Son père était chaudronnier, un bon métier cependant, et sa mère fille de commerçants moscovites. Serge était animé depuis toujours par la passion de la peinture. Tout en poursuivant docilement des études de mécaniques imposées par ses parents, le jeune homme avait développé quelques dons pour le dessin et l'aquarelle. Dès qu'il le pouvait, il allait traîner avec les suprématistes et les constructivistes, une poignée d'ardents révolutionnaires qui avaient décidé que toutes les valeurs esthétiques devaient être renversées et qu'éradiquer l'art bourgeois était prioritaire. Leur plus admirable chef de file, Kazimir Malevitch, avait eu l'idée de mettre des moustaches à la Joconde quatre ans avant que Marcel Duchamp, cet esbroufeur de salon, fasse de même. Ensuite, porté par une démarche de génie, Malevitch avait peint *Carré noir sur fond blanc* puis *Carré blanc sur fond blanc* qui fondèrent toute la peinture moderne, abstraite et conceptuelle. Serge lui vouait une admiration absolue et, pétrifié d'émotion, avait eu le privilège de lui serrer la main à deux reprises dans un café bondé.

Envers les amis et idoles de Serge, le contexte politique était mouvant et peu sûr. Lénine s'intéressait de loin aux arts et aux artistes. Se préoccuper de ces experts en sensibleries n'était pas dans les priorités de Trotsky. Staline ne pouvait pas les souffrir. À son avènement, les supporters de Kazimir Malevitch durent assister impuissants et meurtris à la décadence de leur héros. La sincérité de son idéal fut contestée – lui qui avait tout donné à ce rêve de nouvelle ère ! On lui retira les honneurs et le soutien que le pouvoir lui avait octroyés dans un premier temps. En 1930, il fut arrêté puis relâché en étant prié de renoncer à ses zinzins abstraits et de revenir à des œuvres davantage dans la ligne du réalisme soviétique, seule doctrine picturale dorénavant encouragée. Relégué avec sa famille dans un appartement minuscule, Malevitch se retrouva contraint par les autorités de produire des toiles avec des tracteurs identifiables dans des champs reconnaissables et des ouvriers portés par la joie du travail. Autant de merdes pathétiques, jugeait-il lui-même de ces réalisations peintes sous la contrainte.

Peut-on vraiment forcer un oiseau à ne plus chanter ? Le réprouvé continua ses recherches en secret. Quand un inspecteur du Parti tombait sur ces travaux parallèles et lui demandait en haussant un sourcil soupçonneux ce qu'étaient ces horreurs contre-révolutionnaires, le camarade Malevitch devait prétendre que ces œuvres, antidatées la veille et à la peinture encore fraîche, n'étaient que de vieilles croûtes qu'il avait prévu de brûler à la première occasion. Le génie finit par décéder d'un cancer dans un appartement glacial sans avoir jamais voulu quitter sa mère patrie à qui il avait tout donné et qui l'avait si mal récompensé.

Petite blague de l'époque : un prisonnier est envoyé au goulag.

— Combien d'années as-tu pris ? demande à son arrivée l'un de ses compagnons d'infortune.

— Vingt ans, répond le nouveau.

— Et tu as fait quoi ?

— Rien.

— Impossible, rétorque l'autre. Rien, c'est dix ans.

Après la disgrâce de Malevitch, Serge avait assisté aux fameuses purges de Staline. Ça rigolait de moins en moins. Les famines succédaient aux famines, chacun craignait tout le monde et les déportations devenaient monnaie courante. Posséder le moindre soupçon d'esprit libre était désormais source de danger. À la première dénonciation – et elles abondaient –, on était bon pour les camps. Plus lucide que son idole, Serge renonça à la peinture. La Russie ne sentait plus très bon pour lui. Il avait compris qu'il valait mieux déguerpir.

Quand Serge débarque à son tour à Levallois-Perret, il n'a pas un sou en poche, mais un morceau de carton sur lequel un ami sculpteur a griffonné l'adresse de Dimitri et un mot de recommandation. Les raisons de leur présence en France ont peu en commun ; pourtant Dimitri lui fait bon accueil et lui offre volontiers une tasse de thé, entre exilés. Après avoir remercié Alexandra qui a apporté un pot de confiture de sureau (c'est ainsi qu'on sucre le thé à la russe, en léchant une cuillère), il interroge avec égards le jeune dissident sur son parcours et ses capacités. L'admiration de Serge pour Malevitch l'enthousiasme peu. Il tolère à la rigueur les impressionnistes et les fauvistes, mais il considère que toutes ces histoires d'abstraction ne sont que blagues et gribouillis. En revanche, dès qu'il apprend que son hôte possède des connaissances en ferronnerie et en mécanique, Dimitri s'exclame que c'est la Providence qui envoie le jeune homme.

Les quelques ateliers de réparation installés dans la commune sont surchargés de travail. Ils s'occupent en priorité des adhérents des compagnies de taxis, et on manque de solutions fiables pour les nombreux chauffeurs indépendants. On recherche des professionnels capables d'entretenir et de réparer leurs précieux véhicules. La besogne ne manquerait pas pour un garçon courageux et débrouillard possédant les connaissances requises. Non loin, un terrain est inoccupé ; son propriétaire est parti rejoindre son lointain Roussillon natal et il est peu susceptible de revenir de sitôt revendiquer son bien. Pourquoi ne pas y installer un abri de fortune avec quelques outils ? Dimitri lui prêterait volontiers de quoi inaugurer une nouvelle activité et se chargerait de lui amener la clientèle de ses collègues.

C'est ainsi qu'un peu par hasard, sans frais d'installation ni loyer à payer, l'aïeul Serge passe définitivement de la térébenthine à la benzine. Le jeune immigré se retrouve vite débordé. Il opère au grand air ou sous une simple bâche quand le temps se gâte. L'homme possède de bonnes notions techniques ; il est habile et consciencieux. Il peut réaliser rapidement des petites réparations courantes comme changer une durite, resserrer un joint, remplacer un filtre, regonfler ou réparer un pneu déficient, refixer un écrou, opérer une vidange suivie d'un graissage pour un coût qu'il facture raisonnablement. La clientèle ne cesse d'affluer et l'ambiance est bon enfant. Cigarette entre les doigts et plaisanteries au bec, les chauffeurs font la queue en attendant leur tour. Bien vite connue du tout Levallois automobile, la petite affaire de Serge ne cesse de se développer. Il se rend bientôt compte qu'il aurait bien besoin d'une solution pour les travaux de carrosserie. Redresser un longeron, décabosser une aile… Il débauche l'ouvrier d'un carrossier de Bezons et agrandit le champ de ses activités.

Serge éprouve une grande reconnaissance envers son bienfaiteur. Le nouveau venu fréquente avec assiduité le domicile de Dimitri et Alexandra, apportant quelques fruits, un bouquet, des pralines et s'occupant gracieusement des réparations que nécessite le taxi de son protecteur. Polina, devenue une jolie jeune femme dotée des yeux gris-bleu de sa mère et des sourcils volontaires de son père, apprécie beaucoup le jeune invité et qu'il lui rende son intérêt avec élan. Les Slaves sont par essence sentimentaux ; rien ne les émeut autant que les histoires d'amour. Chacun a conscience qu'une nouvelle ère démocratique vient de débuter. Sans trop se soucier des questions de mésalliance, la nouvelle tribu de chauffeurs et de mécanos vivant au pays de la Déclaration des Droits de l'Homme encourage bientôt les tourtereaux à convoler.

En guise de dot, la généreuse Alexandra offre au jeune couple son bien le plus précieux : une émeraude de 7 carats presque sans défaut, reliquat de la gloire passée. Une pierre exceptionnelle, originaire de Colombie et de bien meilleure valeur que celles qui viennent d'Oural. Un ami de la famille, qui officie désormais chez Cartier, leur en fait obtenir un excellent prix. Le montant est immédiatement réinvesti par les mariés dans l'achat d'un terrain plus vaste et dans l'édification d'un garage moderne destiné à assurer leur prospérité. En hommage à l'anecdote, on choisit de lui donner le nom de Garage de l'Émeraude.

* * *

D'autres unions se succéderont, et des enfants naîtront, élevés dans la mélodie des moteurs à explosion et l'enivrement des pots d'échappement. La trinité éducative des Nikitin – s'exprimer dans le meilleur français possible, lire les grands auteurs et jouer convenablement aux échecs – s'est complétée d'un quatrième impératif : se passionner pour la mécanique. Il se trouvera toujours un mordu pour reprendre l'activité. Finalement, la lignée des propriétaires aboutira jusqu'au rejeton ultime de la famille : Maximilien, que tout le monde raccourcit en Max.

Les années 1950 connaissent un boom automobile sans précédent. Sous l'impulsion des constructeurs européens qui proposent en masse des modèles plus accessibles, la possession d'une auto est devenue la règle pour beaucoup de ménages. Les ventes s'envolent, suivies par les besoins en entretien et en réparation. L'Émeraude connaît un nouvel âge d'or.

Mais quand Max reprend l'affaire à son tour, la situation a changé. L'activité souffre maintenant de la concurrence des concessionnaires des marques. Pour récupérer le business rémunérateur du service après vente, ils ont développé de nouvelles formules. Et les constructeurs se sont mis à truffer d'électronique leurs modèles, ce qui fortifie leur monopole.

Afin de maintenir l'Émeraude, Max se lance dans deux idées. La première se révélera excellente : les voitures anciennes de collection attirent une clientèle qui ne cesse de croître. Et ce marché est trop diversifié pour faire l'objet des process codifiés qu'affectionnent les grandes marques. Max et son équipe possèdent la passion et les connaissances nécessaires pour se spécialiser dans la restauration et l'entretien de ces modèles.

La seconde initiative sera exécrable : Max s'acoquinera avec le Sarde, la pire rencontre de son existence. Sous des airs sournoisement débonnaires, cet être se montrera aussi féroce qu'un scorpion des sables ayant gobé un piment rouge. Le personnage fera un enfer de la vie du garagiste, le transformera en mi-homme et précipitera l'Émeraude à sa perte.

3. Nouvelle vie

Dans sa boîte précédente, la morne ambiance laissait Bonnie sur sa faim. Elle trouvait que, dans cet honorable cabinet d'experts-comptables, les chiffres n'avaient pas beaucoup d'idées. À l'exception de Sandra, une femme du juridique aux cheveux bleu pâle qui rêvait de la prendre sous son aile, ses collègues féminines la jalousaient, et comme elle se refusait à utiliser auprès d'eux les boosters que son physique lui aurait permis, ses collègues hommes lui barraient le passage vers davantage de responsabilités. La médiocrité des ragots qui alimentaient ce monde petit ne l'intéressait pas. Elle subissait le pire des maux pour une personnalité comme la sienne : elle s'ennuyait.

La proposition qu'elle lança au beau garagiste était, à sa façon, toute d'instinct. Par bonheur, le destin guettait. M. Alterman, un vieil Ashkénaze à l'œil pétillant, qui s'occupait des comptes de l'Émeraude depuis une éternité, venait d'annoncer à Max qu'il allait prendre sa retraite.

Un autre que lui aurait peut-être hésité à recruter une maligne du calibre de Bonnie. Max, au contraire, vit un encouragement dans l'entourloupe de la Spitfire. La manœuvre n'avait lésé personne, loin de là. En matière de comptabilité, une telle créativité est bon signe ; sur le plan de l'imagination financière, les grandes entreprises cotées témoignent chaque jour d'une ingéniosité bien plus grande. Chez les fiscalistes et les grands consultants, c'est même ce qui constitue l'essentiel du job. Chez une bonne comptable, cette disposition ne peut que se montrer précieuse.

***

Dès que Max lui eut donné une réponse positive, Bonnie démissionna avec soulagement de sa triste boîte. Son départ ne donna lieu à aucune effusion particulière, ni de sa part ni de celle de l'entreprise. Quant aux collègues, en guise de pot d'adieu elle partagea simplement une coupe de champagne avec Sandra au bar du coin.

Après avoir opéré la passation des pouvoirs, M. Alterman, lui souhaita bonne chance en lui pinçant affectueusement la joue.

— Une jeune collègue aussi mignonne et futée que vous, je n'en ai pas rencontré beaucoup. Dommage ! Si j'avais eu une associée de votre qualité, j'aurais continué peut-être un peu plus longtemps. Enfin, bon, la vie n'est qu'une suite de mauvais timings. Occupez-vous bien des affaires de Max. C'est un *mensch*.

***

Max ne tardera pas à se féliciter de son intuition. La jeune femme effectue son travail avec intelligence et efficacité, fait preuve d'initiative sans commettre d'impairs, propose de bonnes idées et n'hésite jamais à l'interroger sur toute question qui lui semble pertinente. Les comptes sont parfaitement tenus et aucune facture ne reste longtemps sans relance. Elle libère le garagiste de toutes les routines administratives, ce qui lui laisse tout loisir pour chouchouter avec entrain ses trésors mécaniques. Au pied des tours de bureaux et de la population triste de roitelets et d'esclaves des sièges sociaux, suffisamment loin du centre commercial aux coursives encombrées d'emballages et des rues retentissant du son des klaxons exaspérés – les livreurs restant le rappel bruyant d'un monde ouvrier autrefois ici chez lui et maintenant repoussé vers les tours et les misères des quartiers de Clichy et de Gennevilliers –, la comptable de l'Émeraude a trouvé son îlot de ravissement.

Aussitôt embauchée, Bonnie découvre un univers qui l'enchante : une ambiance de grands gosses qui jouent avec certains des plus beaux joujoux jamais inventés par les hommes. Pour des raisons qui échapperont longtemps à Bonnie, les deux assistants de Max se surnomment Ratchet et Clank*. Ils sont cousins. À l'époque où l'industrie automobile française manquait de main-d'œuvre, leurs grands-parents ont quitté leurs montagnes de Kabylie pour venir travailler aux usines Simca, à Nanterre. Et leurs pères ont adopté la nationalité française à l'issue du parcours du

* Soit « crémaillère et boulon », dans la langue du pays natal de MG et d'Aston Martin. Ratchet et Clank est aussi le nom d'un jeu vidéo fort prisé.

combattant administratif que la République imposait déjà à ceux qui souhaitaient disposer d'un tel privilège.

Les cousins possèdent tous deux la même tignasse de paille de fer coupée à ras, la même bouille arrondie, la même gouaille et la même passion pour la tradition mécanique.

De nombreux voyages au bled en famille leur ont dispensé une culture de la réparation automobile très éloignée de celle qu'on pratique en Europe. Là-bas, pragmatisme et amour du fait-main règnent. On ignore l'échange standard et le remplacement de carrosserie. L'art de réparer les automobiles réclame une attention d'orfèvre et une maestria de sculpteur ; la plupart des problèmes de tôlerie se règlent encore au marteau et au poste à souder. En cas de besoin, on sait rénover les pièces usagées pour leur rendre les fonctionnalités du neuf. Et, si un élément manque, le forgeron voisin vous le fabrique en peu de temps.

Rares sont ceux de la génération des deux compagnons encore désireux d'apprendre à régler un carburateur selon les méthodes classiques. À l'époque où l'électronique commence à tout envahir, ils dédaignent les gadgets à diodes et autres valises de diagnostic. De telles dispositions ne peuvent que leur attacher Max.

Purs *petrolheads* entrés chez lui comme apprentis, les cousins ne l'ont jamais quitté. Devenus ses adjoints, ils prennent chaque défi mécanique comme un joyeux challenge. Les gens ignorent que la réparation est un monde plein de pièges. Il y a toujours un boulon coincé, une pièce bloquée par la rouille, un recoin difficile d'accès. La mécanique se défend, résiste, vous mord les doigts. On n'a jamais la bonne clé, le bon tournevis. On se bat contre une bête farouche qu'il faut parfois dresser avec des outils recréés pour l'occasion, et qui vous font perdre un temps fou pour trois fois rien. Un puzzle d'acier et de caoutchouc inventé par le diable. Quelques énigmes sont enfantines, mais beaucoup, comme les pannes électriques ou les ennuis de culasse, se révèlent coton. Ça stimule.

Dans le trio, chacun joue sa partition et tient à épater les deux autres. Max, toujours d'humeur égale, demeure le chef et son expérience établit son autorité. Pour venir à bout d'un écrou fragile qui résiste malgré le dégrippant ou débusquer un collier récalcitrant, les deux minots absorbent avec fascination ses conseils, nés de l'époque mythique où il existait des voitures de toutes les couleurs.

À la différence du patron qui aime conserver une tenue à l'ancienne dans sa cotte bleue ou verte brodée sur le cœur du nom du garage, les deux garçons travaillent le plus souvent en jean et tee-shirt. Avec les cheveux gris de Max, cette différence de vêture marque son ascendant hiérarchique. Cependant, peu à peu, une sorte de démocratie s'est installée. Ratchet et Clank sont adroits comme des singes et apprennent vite. Quand ils réussissent à damer le pion à Max sur un point de mécanique, les impertinences volent, les blagues fusent et les rendent tous les trois heureux, tout protocole oublié.

C'est un boulot plein de joie :)) et cette joie est communicative. Bonnie se repaît de la musique de leurs jurons en arabe, en français, en argot des cités, de leurs jeux de mots pourris, et de leurs éclats de rire. Ratchet et Clank l'adorent comme une grande sœur.

— Tu sais, Bonnie, la taquinent-ils, c'est toi la plus belle carrosserie du garage.

— C'est ça, rétorque-t-elle, mais qu'est-ce que vous fichez dans mes pattes ? Allez un peu plus loin faire mumuse avec vos pistons.

Elle a vite saisi les subtilités du vocabulaire local.

* * *

Mais elle a ses propres horaires. Il arrive à la belle de disparaître en plein milieu d'après-midi, ou de prolonger ses pauses déjeuner au-delà du conventionnel. Parfois, en début de soirée, Jean-Bertrand ou un autre passe la chercher au garage et, le lendemain, elle ne se présente pas à son poste avant 10 heures, pimpante et souriante. Comme elle ne rechigne jamais à rattraper son retard, Max laisse couler. La liberté de Bonnie lui plaît.

4. Max et Bonnie

Plus proche d'un lumineux Renoir que d'une fille de magazine élevée au chou kale, la comptable affiche sans gêne quelques grammes de cellulite, un giron doux et confortable… Comme une Sofia, une Gina, une Ornella, elle diffuse la douce sorcellerie des femmes à la peau mate et aux lèvres ourlées. Bonnie est de ces Méditerranéennes que la maturité rend plus désirables encore. Sa façon d'ôter sa pince pour laisser cascader sa chevelure, de s'étirer sur une chaise : elle sait depuis toujours les gestes qui bercent sa beauté… Avec elle, le plaisir devient une évidence. Elle aime l'acte de chair (elle roule toujours l'expression sur ses lèvres avec appétit) auquel elle s'abandonne avec entrain. Bonnie rit des jalouses qui, dans leur piteux langage, disent qu'elle a le feu aux miches, voire pire. Elle ne s'en offusque pas, sachant que beaucoup de femmes décrient plus volontiers cette disposition chez leurs semblables quand elles ont le malheur d'en ignorer les délices. Et elle se console aisément en sachant qu'en revanche la plupart des hommes la plébiscitent.

Pauvre Mumu ; il y en a tant de ces malheureux qui ont une amante d'élite dans leur lit et qui ne le savent même pas.

Quant à Max, il lui arrive souvent de se sentir devant Bonnie comme un chiot devant une balle en mousse. Une irrépressible envie de la mordiller, de la léchouiller, de l'emmener dans un coin pour la savourer à sa guise. Dès qu'ils se retrouvent près l'un de l'autre, l'atmosphère se charge d'une vibration incontrôlable. Chaque rencontre sensuelle est un challenge dont Bonnie repart victorieuse. Elle est ce qu'on nomme un bon coup, expression dont finalement la définition est d'une grande simplicité : une fille qui se révèle plus stimulante que les autres. Elle possède, comme une seconde nature, la capacité d'améliorer l'indice de performance de ses partenaires. Un tel talent ne s'explique pas, c'est un don.

Nymphomane ? Nullement. À moins que l'on tienne à utiliser un terme inutilement péjoratif, médicalement imprécis, à l'étymologie hasardeuse et réservé à une seule moitié de l'espèce humaine. A-t-on jamais affublé d'une dénomination comparable les centaines de millions de bipèdes à tige chercheuse qui hantent notre planète ?

Max trouve en Bonnie un écho de son propre goût pour l'indépendance. Il vit sans attache et n'a de comptes à rendre à personne. Bien sûr, il a dans sa vie d'autres femmes, d'autres étreintes et d'autres complicités, et certaines de ces relations se poursuivent par épisodes. Mais, depuis sa jeunesse, lui qui considère sincèrement les femmes comme des déesses a opté pour le polythéisme. Trop occupé à les adorer toutes pour se dédier exclusivement à une seule. Chez Max, un minimum d'affect est nécessaire pour stimuler le désir. Mais, pense-t-il, pas davantage que le sel sur un excellent plat. Ne surtout jamais dépasser la dose, au risque de nuire au festin. La durée du sentiment a peu à voir avec son intensité et le célibat ne l'incommode pas. Entre deux aventures, il traverse sans angoisse les périodes de jachère. Davantage de temps pour ses lectures, ses moteurs et ses problèmes d'échecs.

Le terme même de « tromperie » sonne à ses oreilles comme une ânerie, et celui d'« adultère » comme une puérilité. Que signifient-ils au juste ? Personne n'appartient à personne. S'il existe une tromperie, n'est-ce pas plutôt le mariage, cette supercherie en perte de vitesse qui, comme les meurtres, les procès, les accidents et les duels, s'officialise sous l'œil de témoins ? Qui aimerait être Mumu ? Le signataire berné d'un contrat plein de pièges, d'engagements illusoires, qu'il a signé les yeux fermés, bercé par les paroles patelines d'un prêtre ou d'un maire.

Le mariage, Max est pour, mais seulement chez les autres. Il a toujours apprécié les aventures avec les épouses d'autrui. Beaucoup d'entre elles, finalement, partagent ses vues. Quand il peut les voir, elles sont contentes, et quand il n'est pas libre ça leur simplifie la vie. Le parfait arrangement. Ni jalousie, ni récrimination.

Bien placé pour savoir combien sont poreuses les frontières entre les pays, les langues, les religions, les coutumes et les lois, il considère les morales des hommes comme une vaste blague. La différence entre le bien et le mal, il la fixe lui-même selon ses propres croyances et ses propres règles, et il se réserve le droit d'en changer les contours à son gré. Aucune arrogance ; Max est simplement un apatride des convenances.

* * *

Bonnie a jusqu'alors mené une existence d'albatros ou de panthère, indépendante et agile au sein des marées et des jungles. L'avenir ne l'inquiète pas et le passé ne la tourmente pas. Seul le culte du moment présent nourrit ses bonheurs. Jamais Max n'entendra sa belle maîtresse évoquer ses parents ni faire remonter à la surface de ses confidences quelque souvenir d'enfance. Elle n'exprimera pas davantage le moindre désir de progéniture. Max se dit qu'elle n'a pas besoin de nourrissons d'appoint, les hommes ne sont-ils pas déjà ses bébés ? Jamais non plus elle ne s'expliquera sur le couple singulier qu'elle forme avec Mumu. Quant au brigadier de quartier, il ne semble guère porté sur les curiosités rétrospectives. L'homme savoure le miracle d'avoir épousé Bonnie et cela lui suffit.

Pour surseoir à ses besoins ordinaires, elle chérit son travail de comptable car il garantit son indépendance. Mais, sans hypocrisie, elle n'a jamais nourri aucune condescendance envers celles qui font commerce de leur corps. Sans se voir comme une catin ni une michetonneuse, elle trouve normal de se faire gâter par ses amants. Il n'y a pas davantage malice à se taper un riche qui vous fait profiter de ses moyens que de coucher avec un désargenté qui vous plaît. Et c'est toujours elle qui mène le jeu. Bonnie n'est dotée que d'un vice, et que d'une vertu : le goût du plaisir. Pour elle, pas d'autre idéal que celui qui consiste à faire fonctionner ses sens. Elle aime le soleil, la vitesse, les matières luxueuses, craquer pour du homard et croquer dans des mangues, rire et jouir. Quoi de mal à ça ? Elle se fout totalement de l'opinion des autres et profite des cadeaux de l'existence sans culpabilité ni remords.

L'amusante combinaison de la Triumph restera le sommet de ce qu'elle obtiendra jamais comme à-côté de la part d'un amant. Il lui arrive pourtant de débarquer avec une belle montre ou un sac de marque offert par l'un de ses sponsors. Elle raconte à Mumu que ce sont des faux qu'elle a achetés à Aubervilliers chez les Chinois. Incroyable, commente Mumu en soupesant la nouvelle Rolex de sa femme, ils sont vraiment forts, ces gars, on dirait presque une vraie.

* * *

Bonnie accorde ses faveurs au garagiste avec plaisir et affection, mais de son propre gré. Il est déjà son employeur ; elle ne l'a pas désigné en prime comme son propriétaire. Ce qu'elle offre aux autres ne lui retire rien. Elle ne manifeste aucun des signes qui témoignent d'arrière-pensées à long terme, de rêveries d'engagement. Et lui devine que le moindre signe de possessivité de sa part serait mal accueilli. Sans oublier qu'accessoirement l'instinct de possession est une réaction totalement inappropriée quand on couche avec une femme mariée. Parfois, quand même, malgré toutes ces belles théories, le garagiste ne peut empêcher le hérisson de la jalousie de pénétrer en son cœur par effraction. La fourbe bestiole essaie d'y planter ses piquants. Et il peut arriver que le garagiste se surprenne à tenter d'en savoir un peu plus sur les escapades de Bonnie, qu'il entreprenne, l'air de rien, de vérifier tel point de son emploi du temps. Elle, fine mouche, le voit venir et lui pose une question toute simple, toujours la même : « Comment veux-tu que je te préfère si je ne te compare pas ? » Max reconnaît en rigolant la logique de l'argument. Bonnie enfonce le clou. « Je ne cherche pas à t'empêcher d'en voir d'autres ; fais en autant. Tu sais bien qu'au fond ils ne comptent pas. Ce qui compte pour de bon, c'est la liberté, non ? »

Pour finir de l'apaiser, elle se colle à l'homme dans l'intention d'engloutir une partie de son corps à lui dans une partie de son corps à elle. Elle le charrie tendrement : viens par là, mon préféré. Deux amants, deux aimants. De délicieuses cajoleries s'ensuivent. Et le hérisson, radouci, retourne dans ses taillis.

L'établissement ne manque pas de recoins. La mezzanine où a été aménagé un coin couchette pour le repos des employés en cas d'heures supplémentaires trouve parfois un emploi moins raisonnable. Or, Max et Bonnie le savent tous deux, l'excès de passion peut corroder une relation aussi sûrement que le vinaigre attaque la coquille d'un œuf. Comme ils tiennent l'un à l'autre, ils s'accordent sur la nécessité de ne pas se laisser glisser à toute heure dans les dérapages du désir. La présence quasi permanente des employés et l'éventuelle arrivée intempestive de quelque visiteur les aideront à tenir leurs vertueuses résolutions. Sans parler d'une toujours possible visite inopinée de Mumu.

Si la pulsion monte trop, ils peuvent toujours aller chez Max. Perché au neuvième étage d'un immeuble des années 1980, édifié près des quais de Seine et offrant la vue au-delà sur les hauteurs verdoyantes du mont Valérien, le petit appartement fonctionnel de vieux garçon n'est qu'à quelques rues. C'est plus raisonnable. En matière de râles et de soupirs, l'Émeraude n'accueille plus que ceux des soupapes des moteurs emballés.

* * *

Peu à peu, la présence du blond de la Spitfire s'est raréfiée avant qu'il ne disparaisse tout à fait du paysage, et Max a le sentiment que Bonnie n'est pas pressée d'élire un nouveau chef de file dans le chapelet de ses soupirants. Certes, il arrive qu'une envie d'échappée la reprenne et que, comme auparavant, elle sèche ses heures de présence au garage pour un moment de divertissement dont elle ne se justifie pas, et rentre l'œil vif et le sourire repu. Toutefois, le rythme de ses escapades se ralentit.

Quant à Max, il ne pioche plus aussi souvent dans l'agenda qui répertorie ses aimables maîtresses. Il revoit parfois l'une d'entre elles à l'occasion du voyage d'un mari, de l'absence d'un fiancé, mais il se découvre comme une flemme de prendre l'initiative. Désormais, il aime mieux rappeler qu'appeler.

Tout en refusant de reconnaître qu'ils occupent chacun de plus en plus de place dans la vie de l'autre, se retrouver chez Max à l'heure du déjeuner est devenu habituel. Un jour, avant de retourner à l'Émeraude, ils se préparent à avaler en vitesse deux pasta box. C'est le printemps, et l'air est délicieux. Serrés l'un contre l'autre dans les plis du peignoir de Max – une chose soyeuse et chamarrée très vieille Russie –, ils savourent l'instant parfait. Mais le hérisson est entêté. Le garagiste se laisse aller.

— Mes pierres les plus précieuses, dit-il attendri, sont toi et l'Émeraude.

— Méfie-toi, le taquine-t-elle, que l'une des deux ne soit pas du toc !

Il enchaîne, sans savoir s'il plaisante toujours, un peu étonné lui-même de ses propres paroles.

— C'est idiot, tous ces instants passés à jouer l'indifférence, nous devrions peut-être nous mettre ensemble. Ce serait plus simple.

— Mais nous sommes ensemble ! Tu es là, et moi aussi… fait remarquer Bonnie qui éprouve encore contre ses fesses rondes un reste d'émoi de son amant.

Sentant le moment revenu de remettre à l'heure les pendules de leur relation, Bonnie reprécise gentiment la règle du jeu.

— Tu sais, nous ne sommes pas comme le brave couple de bouchers-charcutiers du coin de la rue. Avec papa qui débite l'échine et l'escalope derrière son étal pendant que maman s'occupe de la monnaie derrière sa caisse. Reconnais que ça ne nous ressemblerait guère, même si je n'ai rien contre l'art du cochon ni les commerces de bouche (elle sourit rêveusement au choix des mots qu'elle vient de prononcer). Une fois réunies, les deux moitiés d'orange pourrissent plus vite qu'on ne croit. Ne soyons pas trop gourmands.

Elle roule sur le côté. Nue sur la couette bleue aux plis anarchiques, elle enfonce le clou.

— La plupart de ce qu'on veut faire croire aux filles est faux. Offrir sa confiance à un homme au point de s'abandonner totalement à lui, sans plus regarder ni à gauche ni à droite, c'est comme miser toute sa fortune sur un seul numéro. Et surtout demander à un simple humain d'assumer la responsabilité d'une bien lourde charge. Il est déjà si compliqué de s'occuper bien de soi-même ! Le couple est un pari immensément risqué. Je t'adore, Max, tu le sais, et la liste de nos complicités est longue. Mais… l'amour et la vie à deux sont choses bien différentes. Ne crois pas que la simplicité est toujours le plus simple. Sauf avec Mumu, bien sûr, mais c'est une autre histoire. Lui, c'est mon petit frère.

À nouveau, Max accepte l'argument tout en empaumant les rotondités de sa maîtresse en signe de reddition. Fin du rappel au règlement.

5. Sylvie, Mumu…

Bonnie n'est pas simple tourbillon. Comme certains astres qui semblent batifoler en vrac dans l'espace, elle orbite malgré tout autour d'un pivot constitué de l'accrétion de plusieurs éléments. Pour elle, outre Max et l'Émeraude, ce sont Mumu et Sylvie.

* * *

Avec sa nature dénuée de toute perversité, Bonnie ne jalouse pas les autres femmes. Elle est la première à s'émerveiller d'une jolie allure, d'un beau petit cul, d'un regard émouvant. Elle adore son amie Sylvie, sa rousse sœur d'aventures rencontrée pendant ses études. En cette complice souriante et bien tournée, aux muqueuses roses et à la toison brasillante, elle a reconnu une sœur d'entrain et de découvertes. Elles échangent sans vergogne toutes les confidences sur leurs hauts faits comme sur leurs méfaits. Un jour, pour le plaisir de tenter l'expérience, Bonnie imagine de l'entraîner dans un plan à trois avec Max. Exceptionnellement, sa complice cale. « Il est trop bien, celui-ci. Garde-le pour toi », donne-t-elle comme explication à sa reculade. Bonnie comprend et apprécie l'attention. Solidarité.

À une époque, Sylvie a été mariée. Dans une soirée organisée par une de ses copines qui occupait un loft du côté de la porte des Lilas, elle avait fait la connaissance d'un jeune homme. Il était charmant, drôle, et se décrivait sous l'appellation aussi floue que pratique de « fils de famille ». Le personnage poursuivait de vagues études de sociologie à la fac de Vincennes. Son mélange séduisant de mystère et d'enthousiasme avait fait sans mal la conquête de la jeune femme. Quand elle tomba enceinte, il accepta sans problème qu'elle mette au jour le fruit de leurs étreintes. Quelques semaines après l'accouchement, ils s'épousèrent en toute simplicité à la mairie des Batignolles en présence d'une poignée de témoins. La fameuse famille de nantis manquait à l'appel, mais Sylvie crut que cette date allait ouvrir la voie d'une vie harmonieuse et bien tracée.

Il ne lui fallut pas longtemps pour déchanter. En alternance avec ses cours de compta, elle avait trouvé un job à temps partiel dans un obscur cabinet. L'emploi était médiocre. Ses revenus suffisaient à peine à couvrir les charges d'un jeune couple avec un bambin mais elle ne pouvait pas faire la difficile. Le père s'était révélé être un prince fainéant, mythomane de surcroît, et prenait ses aises dans le petit appartement de la rue Legendre à deux pas du pont-Cardinet.

Le logement, que les parents de Sylvie lui avaient offert en avance d'héritage quand elle avait exprimé son intention de s'installer à Paris, était coquet et lumineux. À cette époque, le quartier était encore abordable pour les personnes au budget contenu. Le bernard-l'ermite faisait mollement mine de chercher du boulot, trop heureux de parasiter sa naïve épouse en lui racontant mille et un projets pharamineux qui ne débouchaient jamais sur rien. Cela en attendant, affirmait-il, qu'il trouve un logement plus spacieux, avec une chambre supplémentaire.

Aux beaux jours, il aimait bien passer ses après-midi au square Lemercier avec le petit, à fumer des pétards et à draguer des nannies asiatiques. Quand les jours raccourcissaient et que le froid revenait, à l'heure où Sylvie rentrait épuisée du labeur elle le retrouvait répandu sur leur canapé en train d'initier à GTA 3 leur fils de deux ans. Elle finit par comprendre qu'il allait lui falloir mettre un terme à cette union calamiteuse.

À peine le divorce prononcé, elle confia son rejeton aux parents retraités du père qui habitaient une belle maison un peu décatie dans la campagne du côté d'Argentan, vers Écouché-les-Vallées. Ce n'était pas si loin de Paris, à peine deux heures par le train. Elle se promit de venir les visiter le plus souvent possible.

Couvé par la présence chaleureuse de ses grands-parents, le gosse grandit très bien sans sa mère au milieu de l'herbe grasse, des chevaux et des mouches. L'ex avait fini par rejoindre lui aussi le nid normand où il avait éclos et y avait retrouvé son fils, pour qui il faisait décoller des cerfs-volants ou attelait une petite carriole à une jument Cob résidant là en pension. Il racontait à ses parents, qui dans le fond s'en foutaient, qu'il allait monter un business de brocante. Les visites de Sylvie se firent moins fréquentes sans que quiconque en fût gêné.

Pendant quelque temps, tradition oblige, la jeune femme s'obligeait à ramener l'enfant à Paris pour Noël. C'était une épreuve, car, dans ces rencontres convenues, ils s'ennuyaient tous deux prodigieusement. Sylvie était de plus en plus déconcertée par le lourd accent normand que son fils développait en grandissant. Elle arrangeait pour lui une couche de fortune sur le canapé où le père avait disputé tant de parties de PlayStation. Une fois expédiés le boudin blanc que le gamin n'aimait pas et la bûche de chez Picard qu'elle trouvait trop sucrée, ils passaient la soirée à regarder la télé avant que chacun se mette au lit pour naviguer sur son téléphone portable. Le lendemain, ils ouvraient les cadeaux de l'enfant : presque toujours la dernière version de Fifa, jeu sur lequel il était devenu imbattable. Elle comprit qu'ils n'avaient pas grand-chose à vivre ensemble. À leur soulagement commun, ils se virent de moins en moins, sans drame. Le petit était plus heureux avec Papa, Papi et Mamie. Et Sylvie décida qu'elle avait fait le tour des joies de la maternité. Il était temps, pour la jeune femme redynamisée par une fréquentation intensive des réseaux sociaux et de quelques sites de rencontres, de renouer avec les distractions de la vie de célibataire.

Moins souvent que Bonnie, sa dynamique camarade d'études avec qui elle avait renoué après ses noces calamiteuses, elle acceptait d'accompagner au lit un chevalier servant. Le physique de ses amants n'était que secondaire. En revanche, leur notoriété, même relative, représentait toujours un aphrodisiaque. *Voici* et *Closer* étaient son Kâma Sutra. La jeune femme nourrissait une ambition simple et sans détour : elle rêvait d'être connue ou, à défaut, de fréquenter des célébrités. Sylvie ambitionnait, au-delà de tout, d'alpaguer un producteur, un éditeur ou tout autre être à réseau médiatique. Bonnie la surnommait Miss Insta car Internet était le terrain favori de ses recherches. Sylvie était devenue une collectionneuse ouverte à tous ses followers pour peu qu'ils l'emmènent fréquenter les mondes qui la fascinaient.

* * *

Comme toutes les star-fuckers, Sylvie nourrit l'obsession des lieux chic. Elle aime qu'on l'invite et sort fréquemment en compagnie d'« amis » dans les restaurants à la mode. À la différence de Bonnie, qui préfère les beaux mecs et pour qui le reste reste secondaire, les établissements de luxe portent aux sens de sa copine. Elle dit adorer le champagne, de préférence millésimé, et fantasme sur le château Pétrus simplement parce que c'est un vin onéreux.

Quand elle en a le choix, elle commande les plats les plus chers de la carte afin de les photographier, parfois sans y toucher. Nature morte. Elle court tous les événements et s'impose au culot. On ne la connaît pas, mais on croit la reconnaître. Elle rend bien sur les photos. Ça compte. Comme elle est attrayante et sûre d'elle-même, portiers et services d'ordre n'osent la refouler de peur de faire une gaffe.

À chaque occasion, elle entraîne Bonnie dans ses explorations. Leur duo est efficace. Qui refuserait l'entrée à deux flingueuses aussi bien assorties, l'une avec sa chevelure de charbon et l'autre couleur d'incendie ? Mieux valent deux femmes de quarante ans qu'une seule de quatre-vingts, répondent-elles dans un clin d'œil quand on les complimente sur leur impact. Une fois la soirée investie, Sylvie essaie de glaner les noms des autres invités afin de les passer plus tard en revue sur Google avec la méticulosité du turfiste qui prépare son tiercé du dimanche. Même si ces snobismes ne l'intéressent guère, la brune suit le mouvement. À vrai dire, pour peu qu'elle y dégotte un animal à sa convenance, tous les zoos amusent la brune.

Pour les abordages, les buffets sont une aubaine. Sinon, par fortune, l'habitude des plans de table imposés commence à passer de mode. Sylvie préfère ces dîners « à la cool » où chacun s'installe selon le hasard ou les affinités. Elle se place alors aux endroits qu'elle juge stratégiques, à portée de conversation ou de regard d'un mâle attrayant ou d'un potentiel papa gâteau qu'elle juge digne de ses manœuvres d'approche.

Parfois, pour rire, Bonnie fait mine d'être choquée.

— Tes priorités sont douteuses, Sylvie. Et ton âme ? Tu es sans foi ni loi. Une mécréante.

— Je suis une matérialiste, rétorque son amie. Je sais bien qu'il existe des choses inexplicables, des coïncidences mystérieuses de l'espace et du temps. Qu'il y a quelque part une sorte d'entité, une série de forces inconnues qui régissent nos univers. Mais l'invisible me fait trop peur. Je préfère le tangible des bijoux et des endroits précieux. Je ne suis pas assez bête pour ignorer que les palaces et les restaurants cotés, les spas de luxe et les belles plages comportent leur part d'illusion, mais ils sont reconnus, photographiés dans les magazines, célébrés dans les médias. Cela leur donne une forme d'existence. Je m'y sens mieux.

— Remarque, moi, c'est l'amour et les hommes. À chacune ses fétiches pour rester en vie.

Quand Sylvie a changé d'employeur – elle s'occupe désormais des écritures d'une nouvelle boîte spécialisée en communication numérique installée dans le XVIIe –, elle s'est mise à dire qu'elle bossait dans la com. Cela fait, trouve-t-elle, mieux.

Dans le même ordre d'idées, comme elle adore la lecture et possède un peu de vocabulaire, elle raconte avoir suivi une prépa hypokhâgne. Son vernis de savoir sert sa prétention à posséder des lettres. Sylvie se plaît à évoquer *Les Liaisons dangereuses* – qu'elle a vu au cinéma – et *Les Prospérités du vice*– qu'elle conserve avec ses sex-toys dans le tiroir de sa table de chevet. Elle estime que cette bibliographie donne du cachet à ses histoires de fesses. Bonnie, elle, n'embarrasse pas ses aventures de tant de références. Mais elle ne manque pas non plus de culture générale. Lors d'un vernissage dans le Marais, elle fait remarquer à sa complice :

— Laclos, Sade, les choses ont quand même bien évolué depuis. Leurs perversions tournaient en rond. (Elle aussi a vu à la télé le film avec John Malkovich, et l'un de ses vieux amants aimait lui faire lire à voix haute des pages du marquis de Sade en guise de préambule cochon). Regarde les filles d'aujourd'hui, elles innovent.

— Tu as raison, acquiesce Sylvie. Toutes ces théories sur le genre, le combat contre les harcèlements, la dénonciation publique des beaufs, la lutte contre les inégalités au travail et au lit, le polyamour, la chasteté consentie semblent plus libératrices et plus variées. Alors qu'à part les banalités du couple et du triangle amoureux, les femmes comme nous n'aurons connu en gros que les explorations de l'adultère, de la fessée, l'amour entre filles et le sexe à plusieurs. Note que ça suffisait déjà à occuper la vie d'une malhonnête femme !

— Oui, mais c'était réservé aux plus dégourdies, aux mieux roulées, et aux bourgeoises friquées qui y voyaient un moyen de se sentir au-dessus des simples mortelles.

— Exact. Contrairement à ce que croient les naïfs, la sexualité a toujours été affaire de rang social. J'espère vraiment que ces petites jeunettes vont s'en sortir mieux que nous. Et qu'elles sauront renvoyer les abus de pouvoir des machos au rayon des mauvais souvenirs.

— Amen, prononce Bonnie en ponctuation de cette récitation du nouveau catéchisme. Mais je ne nous vois pas retourner à l'école de l'amour pour assimiler tous ces programmes à la mode. Nous n'allons pas, ma chérie, réinventer le monde. On va continuer à faire comme on a appris.

— Tu as raison ! Applaudissons quand même les sites de rencontres. Je viens de dénicher sur Gleeden une paire de beaux jeunes gens bien pourvus – et je te parle aussi du portefeuille. Les zozos se racontent cousins du roi d'Arabie Saoudite. Tout est possible ; ils logent au George-V. Si tu es partante, ils proposent de les accompagner pour un joyeux tour de manège dans leur suite, telles des reines du pétrole. Espérons que leurs dickpics ne soient pas trop trafiqués. Je leur ai proposé de passer nous chercher. Tiens d'ailleurs, je crois que les voici !

Sylvie met rapidement fin à l'échange pour aller rejoindre deux arrivants à fines moustaches, en costumes de chevreau noir et aux montres bien visibles.

— Il n'y a pas de mal à y aller voir, convient Bonnie.

Bref, même si la brune montre moins de goût à théoriser leurs fredaines, les deux alliées partagent plus ou moins la même philosophie du boudoir. Chacune suit volontiers sa complice sur la pente délicieuse des aventures faciles. Tout le monde a besoin d'une âme sœur.

* * *

Le dernier élément inamovible de l'existence de Bonnie est Mumu. La tendresse qu'elle voue à son mari est incompréhensible aux yeux de la plupart, mais reste profonde et sincère. En dépit de sa désinvolture à son égard et de son infidélité constante, elle lui témoigne un attachement inconditionnel. D'innombrables occasions ont été données à Bonnie de quitter son flic pour moins sot, plus beau, plus riche ou moins commun ; elle n'a jamais voulu en considérer aucune.

Il arrive à Mumu encore affublé de sa tenue professionnelle de venir chercher sa femme en fin de journée (toujours après l'avoir prévenue, elle l'exige). Bonnie l'accueille avec effusion.

— Oh, mon petit mari ! Tu tombes bien. Mais j'ai encore un dossier à boucler. Pourquoi ne prendriez-vous pas un verre, Max et toi, en m'attendant ? J'arrive dans dix minutes. Mumu, raconte donc à Max le projet de parking de la place Pompidou. Ils parlent d'y installer un car wash. Ça peut l'intéresser.

La belle brune a poussé les deux hommes à sympathiser. Beaucoup d'épouses adorent faire se rapprocher leur mari et leur amant. Plusieurs ont déjà confronté le garagiste à cette étrange manie, mais il s'est toujours senti bien incapable d'en comprendre la raison. Peut-être est-ce pour elles une façon de se conforter dans leurs préférences. Un peu comme d'étaler deux robes sur un lit avant de décider laquelle porter pour la soirée (en l'occurrence, il s'agirait davantage de choisir pour lequel elles vont l'enlever !). L'hypothèse d'un vague phantasme trioliste dissimulé dans un coin de l'inconscient tient aussi la route. Mais Bonnie aurait bien d'autres moyens, si elle le désirait, de le réaliser sans n'y mêler son conjoint ni son boss. Peut-être aime-t-elle tout simplement que son petit monde soit au complet. Quand ils dînent tous les trois, elle rayonne. Max s'accommode de ces rapprochements encouragés par sa maîtresse. Un dédain trop affiché envers son mari peinerait Bonnie.

Il arrive au garagiste de se sentir vaguement coupable vis-à-vis de Mumu de l'histoire de la Spitfire. L'emploi du flic ne lui rapporte que des clopinettes et l'acquisition du cabriolet a creusé un gros trou dans ses économies. Mais comme à son habitude, le bourrin n'a rien soupçonné de l'entourloupe. Le mari berné se glorifie même à tout bout de champ d'avoir offert ce cadeau de prince à sa femme. Pourquoi Max devrait-il se monter plus royaliste que lui ? Si ça lui a fait plaisir…

À l'usage, faire copain-copain avec le bonhomme de son amante ne dérange pas Max tant que cela. Il y a des moments divertissants. Si l'on parle de la chapelle Sixtine, Mumu est capable de demander où sont passées les quinze autres. La stupidité abyssale du flic renforcée par sa certitude d'avoir toujours raison quelque énormité qu'il profère est parfois amusante. Il paraît qu'on est toujours le con de quelqu'un.

Selon quelques-uns un brave con, selon d'autres un sale con, de l'avis général un pauvre con, Mumu a toujours été celui de tout le monde.

La règle stricte de discrétion édictée par sa femme évite aussi les crises. Il est établi que ce qu'elle fait quand elle sort avec d'autres adultes ne le regarde pas. Comme un mouflet un peu simplet qu'on prie de ne pas se mêler des affaires des grandes personnes tout en lui grattant le crâne avec affection, Bonnie traite son mari à la façon d'un vieux toutou ou d'un ancien domestique un peu stupide, un peu lent, mais dont on ne se séparera pas.

Par égard et souci de ne pas l'humilier, Bonnie lui sert des excuses bidon qu'il se fait une joie de gober.

— De qui parles-tu, Mumu ? Ah, ce type ? C'est un ami, c'est tout. Oui, j'étais chez Sylvie ; elle t'embrasse. Je devais passer à la pharmacie et aux impôts, ça a traîné. Et, au fait, je suis invitée en province à visiter ma cousine souffrante. Tu sais, Patricia, je t'en ai parlé mille fois. Ah tu ne te souviens pas ? Décidément, Mumu, tu n'écoutes jamais ce que je te dis. Ce voyage est une corvée, mais il faut bien. Je t'appellerai dès que je peux. Je rentre dans trois jours, mon Mumu, tu vas me manquer.

Il lui arrive de conclure ces énormités par un « Tu n'es pas jaloux, j'espère ? » ponctué d'un œil sévère. Lui se récrie. Comme tout homme qui se croit le détenteur d'une belle femme sous l'illusoire prétexte qu'il l'a épousée, il fanfaronne volontiers. Non, il n'est pas jaloux. Quelle idée !

Bien évidemment, derrière son dos les collègues le surnomment banalement « le cocu ». Cependant personne ne se risquerait à ricaner devant lui. Et si le gros matou castré se muait soudainement en fauve à la morsure féroce ? On soupçonne à juste titre que, sous des dehors placides, son tempérament sanguin pourrait s'exprimer par d'incontrôlables explosions. Branché sur l'alternatif, le pauvre con se métamorphoserait sans crier gare en mauvais con. Personne ne souhaite risquer l'expérience.

* * *

À cette époque, la ville a pour maire une célébrité haute en couleur qui a tissé un lien viscéral avec sa cité. L'édile considère la commune comme son fief et ses administrés comme ses sujets. La grande majorité ne s'en plaint pas ; il les chouchoute avec munificence grâce à une partie du fruit de ses manœuvres immobilières. Sous sa gestion, près d'un tiers des surfaces en friche ou prétendument mal bâties ont été remplacées par des nouveaux ensembles de bureaux et d'habitations. De grandes sociétés de cosmétique ou de médias et leurs cadres, riches pourvoyeurs en impôts locaux, sont venus les occuper. Quand le maire distribue cette manne au mieux de ses intérêts et de ceux de ses amis, il n'oublie jamais d'en utiliser une partie pour soigner sa popularité locale. Bien que plébiscité depuis plus de deux décennies par ses administrés, l'aimable potentat est moqué par les médias nationaux, honni de la gauche et poursuivi avec acharnement par la magistrature. Et le vent est en train de tourner ; l'un des meilleurs appuis du couple vient de quitter sa place à la tête de l'État. Mais ils n'en font toujours qu'à leur tête, forts d'avoir survécu jusqu'alors à toutes les mises en cause. Derrière cette divertissante figure de proue, quelques rares serviteurs de la municipalité sont restés honnêtes, mais toute une clique de profiteurs, associée aux manœuvres coutumières à cette époque en Île-de-France, magouille et grenouille à son instar.

Mumu aime se bien faire voir de ces personnages. Lorsqu'un processus d'expropriation – le passe-temps local – traîne ou se heurte à trop forte résistance, il est heureux d'intervenir pour assouplir les mauvais coucheurs. Poubelles sorties à la mauvaise heure, critères de tri sélectif non respectés, voiture mal garée, crotte de toutou oubliée devant un perron… toute infraction lui deviendra bonne pour verbaliser le plus férocement possible.

Ainsi que tous les minables, Mumu jouit sans retenue de ses petits pouvoirs. Les joies de l'arbitraire le rendent facétieux. Si vous n'êtes pas content, allez vous plaindre à la mairie. Dans le cas où le récalcitrant a la naïveté de suivre ce conseil, il est accueilli avec goguenardise par les collègues, puis renvoyé de service en service. Au passage, chaque bureau ne manque pas d'agiter d'autres épouvantails : impôts locaux à réévaluer, certificat d'urbanisme à mettre en conformité, circulaires et décrets aux implications menaçantes. Fatiguée par le harcèlement ininterrompu, la victime de ces manœuvres finit par comprendre. Il cède à la raison du plus fort et accepte les indemnités d'éviction. Une fois l'importun déguerpi, les travaux peuvent commencer.

* * *

Ses missions remplies, Mumu reçoit quelques menues récompenses. On lui refile une caisse de bordeaux ou des tickets pour des événements. Dans la commune, les sports prolifèrent. Plusieurs grands noms de l'olympisme y ont prospéré et les matchs de basket, les compétitions d'escrime et de judo de niveau national y font souvent l'affiche. Ces disciplines n'intéressent pas Mumu, qui trouve leurs règles trop subtiles, comparées à celles du foot à la télé. Il conserve le pinard et refile les billets de faveur aux copains. Des jeux, du pain, et des enveloppes : la reconnaissance des huiles ne va pas plus loin. Le policier pourrait sans doute demander mieux en échange de ses services, mais, s'il n'hésite jamais à persécuter plus faible que lui, il a pour usage de se coucher, les oreilles peureusement alignées le long de l'échine, devant toute forme d'autorité supérieure.

6. Mœurs locales

Le garagiste avait imaginé qu'en cas de besoin Mumu pourrait l'aider en lui présentant des gens utiles. Il avait vite déchanté. Sur le plan des relations mondaines, il n'y a pas grand-chose à attendre du limité Mumu. Le flic se rend utile, bavarde beaucoup, se vante, s'applaudit à foison, mais, sauf exception, personne d'influence ne le prend au sérieux. Mumu a pourtant fait rencontrer à Max un personnage au look voyant mais non dépourvu d'entregent. Bien qu'il soit marocain, l'homme se fait nommer le Sarde car il a noué quelques alliances avec des truands notables de l'île aux poissons argentés. Il compte probablement que ce changement imaginaire d'origine le fasse passer pour encore plus redoutable qu'il n'est.

* * *

Le Sarde est un ami de la municipalité. Suffisamment madré pour se rendre compte qu'en public ses allures de voyou ne pourraient qu'embarrasser ses commanditaires, il possède ses entrées à l'hôtel de ville mais en fait usage avec discrétion. Il évite de rencontrer devant témoin le maire ou un élu municipal. Dans les affaires qui se déroulent sous la surface, il importe de garder étanches toutes les cloisons possibles.

En récompense, on le laisse tranquillement développer ses petites occupations. Il opère sans tracas à partir d'une société bidon, au siège et aux locaux domiciliés sur le territoire de la commune. L'objet social en est vaste et flou. Import/export de biens et services divers, prestations de régularisation, services aux PME. En réalité : transferts de fonds, opérations financières douteuses, exactions variées. On a conseillé aux différentes juridictions locales de ne pas trop mettre leur nez dans ces activités tant que leur responsable a la sagesse de ne pas se faire remarquer.

La plupart de ses protecteurs, les yeux rivés en permanence sur la prochaine élection, n'hésiteraient pas à jurer ne rien connaître de son existence. Pourtant, au quotidien, les services du Sarde leur sont devenus indispensables pour de nombreuses opérations délicates. Quand les premières négociations ont échoué, quand les petites tracasseries infligées par l'infanterie de Mumu et de ses semblables sont restées sans effet, on lui demande d'intervenir. D'où que viennent les ordres, ils sont clairs : mettez-nous au pas ces empêcheurs de tripatouiller en rond. Une fois sa cible désignée, le Sarde fait ce qu'il faut – pneus crevés, carrosserie rayée, appels téléphoniques menaçants… – ou passe à des mesures encore plus redoutables.

Certaines de ces pressions accrues font appel aux ressources de la technologie. On enclenche la phase surveillance et écoute. Caméras, micros et hacking sont préludes à divers chantages. En plein XXIe siècle, on peut encore amener un récalcitrant à résipiscence en lui mettant une jeune personne dans les pattes, puis en filmant ses ébats et en menaçant de diffuser les images à ses proches ou via les réseaux sociaux. Auprès de certains complexés, cela fonctionne toujours à merveille.

En dernier recours, une fois épuisées les ressources de la piétaille, de la menace diplomatique et du renseignement, on peut faire parler l'artillerie. Dans le cadre des accords conclus avec eux, le Sarde peut faire appel à ses prétendus cousins d'Oristano ou de Sassari pour qu'ils envoient un ou deux spécialistes. Cependant, ses partenaires politiques de la banlieue ouest préfèrent éviter d'en arriver à ces extrémités. Les prestations de tels professionnels sont onéreuses et porteuses de complications. Répondre aux bruyantes demandes d'explications des familles des victimes, se dépatouiller des soupçons de la PJ et de la presse… des tas de tracas qu'on ne se résignerait à gérer qu'en dernier recours. Non, le plus simple reste que les cibles demeurent en vie mais suffisamment terrorisées pour trouver un accord à l'amiable qui ne gênera plus la triomphante expansion immobilière de la ville.

Ne serait-ce que pour s'assurer qu'ils regardent d'un autre côté aux moments opportuns, beaucoup de ces actions réclament un minimum de concertation avec les flics municipaux. C'est en l'une de ces occasions que Mumu a rencontré le Sarde. En entrepreneur moderne, l'homme cultive son *soft power*, saine politique de communication au service du management. Le gangster préfère, sauf contre-indication, se montrer agréable à chacun et s'entendre bien avec tout le monde. Il traite donc le minable Mumu avec sympathie, ne le prend pas de haut et le tutoie après l'avoir prié d'en faire autant. Cette amabilité contraste avec l'attitude de la majorité des fréquentations du brigadier qui le considèrent comme le dernier des abrutis, et en fait la conquête. Aux yeux du flic, le Sarde est devenu un objet d'adoration.

Le mari de Bonnie a l'esprit de famille. Il a donné à son idole les coordonnées du Garage de l'Émeraude. « Tu devrais y faire entretenir ta voiture, c'est là que travaille ma femme. Le patron est très compétent et c'est un copain, tu y seras bien traité. » La proposition colle justement avec certains projets du truand. Il se déclare intéressé et remercie son grand ami Mumu avec force démonstrations.

* * *

La première fois que le Sarde débarque au garage, il est au volant d'une BMW série 7 à vitres teintées, longue, noire et lustrée comme un cachalot. Avec son survêtement blanc immaculé, ses sneakers hors de prix et son éternelle chaîne aux lourds maillons autour du cou, il ne manque plus que le mot DEALER tagué en or sur la carrosserie. De prime abord, il est difficile à Max de se fier à un personnage aussi caricatural, de surcroît présenté par ce branque de Mumu qui ne fraye en général qu'avec des losers à son image. Le garagiste s'excuse de ne pouvoir s'occuper de la BMW. Le paquebot du Sarde n'entre pas dans ses critères. L'Émeraude met un point d'honneur à se spécialiser dans les véhicules vintage, c'est-à-dire d'au minimum trente ans d'âge. Le Sarde dit qu'il comprend.

Il reviendra trois jours plus tard avec une séduisante Targa orange de 1972. « Et celle-là, Dottore, vous pouvez me la prendre ? » Max accepte d'y jeter un coup d'œil. La Porsche est jolie et en bonne condition. Il faudrait seulement revoir la suspension et resserrer quelques colliers. Il manque le carnet d'entretien mais ce n'est pas inhabituel pour les voitures anciennes. Max, qui apprécie les originaux, commence à trouver le Sarde folklo et oublie sa prudence. Il se promet de relever les numéros de moteur et de châssis afin de vérifier si la voiture figure sur le registre des véhicules signalés, mais, cédant à l'insistance de Mumu, il accepte de s'occuper d'abord de cette histoire d'amortisseurs. Le jour où il vérifiera, il ne pourra que constater ce qu'il soupçonnait déjà. Le numéro d'immatriculation est correct, mais celui du bloc-moteur indiquera que la voiture a été volée.

Le nouveau client continue à se montrer jovial et charmant. Parfois accompagné de Mumu, il passe à l'Émeraude avec une bonne bouteille, une boîte de cigares, ou une simple blague à raconter. Depuis qu'il a repéré la cravate sous le col du bleu de mécanicien, il a décidé d'appeler le garagiste « Dottore », à la manière italienne. Oubliant que, chez les escrocs – se rendre aimable, c'est leur métier –, Max se laisse convaincre de plus en plus que le type est vulgaire mais sympa.

De son côté, le Sarde prend le temps de jauger le garagiste et de peaufiner ses plans. Dès le début, il a vu l'établissement et son patron comme une aubaine. Finalement, il expose à Max qu'il recherche ce qu'il nomme benoîtement une simple boîte à lettres. Il s'agirait d'un service peu complexe et bien rémunéré. Peut-être que cela pourrait intéresser son nouvel ami ? La proposition est la suivante : le Sarde a besoin d'un centre d'aiguillage pour quelques voitures dénichées en province par ses équipes et qui devront transiter en région parisienne avant de repartir vers leurs acheteurs. Des modèles qui, comme la Targa, s'inscriraient dans les compétences du garagiste. Max fait la grimace. L'embobineur le rassure. L'Émeraude est à l'évidence un lieu discret qui fait partie du paysage. Personne ne s'interrogerait sur quelques bagnoles anciennes de plus ou de moins qui passeraient entre les murs de l'Émeraude.

En temps ordinaire, une telle proposition rebuterait Max. D'un autre côté, les seuls contrôles qu'il ait eu à subir, et encore très rarement, n'ont jamais concerné que les déchets, huiles usagées et pneus usés qui doivent être inscrits sur un registre spécial avant de partir au recyclage. Peu à craindre de ce côté-là ; la minutie de Bonnie garantit que tout est toujours en règle. L'offre du Sarde semble finalement anodine, presque innocente, et assortie de compensations financières intéressantes.

— Pourquoi pas ? se dit-il finalement, refusant de voir qu'il laisse le loup entrer dans sa bergerie.

L'expert en voitures anciennes annonce la nouvelle de ce complément d'activité à Bonnie qui, peut-être à cause de Mumu, ou parce qu'au fond la loi lui paraît être affaire de filous et faite pour être contournée, ne commente pas. Quant à Ratchet et Clank, ils sont heureux à la perspective de chouchouter de nouvelles merveilles, et se fichent du reste.

* * *

La vérité est que, comme tout le monde, le garagiste a ses rêves.

Certes, avec l'engouement grandissant des investisseurs pour les voitures anciennes, ses affaires marchent correctement, mais le désir ancré en lui depuis toujours serait de monter une concession pour une grande marque sportive et de prestige. Porsche, Maserati, à la rigueur Aston Martin ou Jaguar qui n'ont plus grand-chose de *british* mais dont l'imaginaire est resté attrayant. Un tel privilège apporterait à l'Émeraude un statut encore supérieur à celui procuré par son atelier de réparation. Seulement, Max le sait, sans très grosse mise de fonds la chose est impossible. Les postes de dépense sont innombrables : les constructeurs exigent non seulement d'adapter les lieux à des normes sévères, qui supposent salon d'exposition, centre de SAV, espace de stockage sécurisé et magasin de pièces détachées, mais aussi d'acheter d'avance un certain nombre de voitures et de pièces d'origine. Tout cela sans compter l'obligation d'un espace après-vente équipé d'un outillage particulier pour ces véhicules haut de gamme aux technologies complexes. Il faudrait ajouter le coût d'employés supplémentaires, des frais de gestion qui monteraient en flèche, les dépenses de formation d'un personnel nombreux. Ce n'est qu'à ces conditions que Max pourrait espérer obtenir l'agrément – et encore, de principe – d'une marque de haute réputation. Et il n'aurait franchi que la première étape.

Une fois agréé, il devrait subir les visites des inspecteurs du fabricant aussi redoutées et redoutables que celles des émissaires du *Michelin* dans un restaurant étoilé ; si vous ne maintenez pas la qualité selon les critères fixés, ils vous retirent votre accréditation, et c'est la catastrophe.

Au début, un tel projet est un gouffre. En échange d'une certaine exclusivité territoriale, le ticket d'entrée pour se lancer dans pareille entreprise est hors de prix. La course d'obstacles est interminable, complexe et ruineuse, mais, une fois intronisés au sommet, les obligations se font moins lourdes et les heureux élus savourent avec béatitude rente de situation et revenus confortables. Ils sont devenus membres d'un club très fermé.

Seulement voilà, Max ne possède pas les sommes nécessaires et les banques ne le suivraient pas. Mais la combine juteuse proposée par le Sarde pourrait aider à rassembler les fonds. Le naïf garagiste espère aussi qu'en cas de besoin ce nouvel ami si cordial pourrait lui donner un coup de main. S'il fallait mettre au bout, il pourrait proposer à l'homme à la BMW d'investir en échange de parts dans la fameuse concession. Bref, en acceptant le deal, Max croira trouver un raccourci pour accéder à son rêve.

Quand il finira par se rendre compte de la provenance systématiquement douteuse des voitures qui transitent par son établissement, il sera trop tard pour faire marche arrière. Le garagiste devra admettre que personne n'accepterait plus de croire à son innocence.

Peu à peu, il a fait la connaissance de quelques éléments de l'équipe du Sarde. La composition du personnel varie au gré des arrivées mais ses plus fidèles soldats restent les nommés Oualid et Clou. Oualid est le plus subtil, un loustic des banlieues, vif et au bagout inépuisable. Quant à Clou, chaque rencontre l'indique : l'homme de main semble aussi débile que méchant. Son signe d'intelligence est finalement de rester toujours coi, ce qui lui évite de dire des conneries.

Un autre employé du malfrat est un jeunot avec une tête de premier de la classe, discret et respectueux. C'est lui qui est chargé de déposer au garage les voitures dont le Sarde a programmé le transfert. Max se demande ce que ce petit saint peut bien faire dans cette troupe de voyous. Avec sa silhouette étriquée et son sourire timide de garçon bien élevé, le jeune convoyeur n'a pas le physique de l'emploi. Sa déférence excessive dérange Max. Trop poli pour être malhonnête.

Mise dans la confidence, Bonnie va s'occuper avec son soin habituel de tenir à jour le registre occulte des nouvelles affaires. À la comptabilité courante s'ajoutera le suivi des magouilles impliquant divers prestataires avec qui il faut s'acoquiner – ferrailleurs ou petits voleurs des rues, fournisseurs de pièces impossibles à se procurer par les moyens légaux. Peu à peu s'organise tout un trafic d'achat, de réparation, de revente, d'expédition, des transactions spéciales à suivre et à consigner en parallèle des opérations régulières. Autant de nouveaux défis à relever pour la reine des chiffres. Contre une nouvelle augmentation, elle accepte ce supplément de responsabilités.

Comme tous les hommes, le Sarde apprécie Bonnie. À plus d'une reprise, Max a surpris les coups d'œil gourmands que le malfrat lance sur sa silhouette. Son amant est habitué à l'effet qu'elle provoque, ça ne le dérange pas, mais une accointance trop forte entre sa comptable et le truand l'inquiéterait. Heureusement, Bonnie aime l'amour mais n'encourage que ceux qui lui plaisent. Elle a ses têtes, et le Sarde n'en fait pas partie. Elle éconduit avec grâce ses avances. Pour une fois délicat, le malfrat n'insiste pas. Tout comme le garagiste, il est bien conscient que conserver du personnel à la hauteur est plus précieux que tout.

Peu à peu, le total de ce que le Sarde doit à Max en rémunération de ses services représente des montants importants. Et le garagiste, outre les nouveaux risques qui découlent de l'illégalité, doit faire face à de nouvelles charges pour les travaux à effectuer sur les voitures en transit. Même si son débiteur finit toujours par s'acquitter de ses arriérés, les règlements se font systématiquement attendre. Aux diverses demandes du garagiste, le truand se contente de hausser les épaules. Max soupçonne que c'est pour le simple plaisir de lui tenir la dragée haute, et ça l'énerve.

Un jour, lassé des insistances de Max, le Sarde se contente de le fixer durement. « Écoute, cesse de m'emmerder avec ça, lâche-t-il. On est amis, non ? Et entre amis on ne fait pas ces comptes de petits épiciers. Tu seras payé, tu le sais bien. Ou alors, si tu préfères, je peux t'envoyer Clou pour que vous fassiez le point ensemble. En attendant, j'ai besoin de toi. Alors tu continues. »

La tonalité du partenariat a changé. Face à la menace à peine voilée, Max fait le dos rond, mais n'en pense pas moins. Il commence à s'avouer que, plutôt que de se mettre en affaire avec ce personnage, il aurait mieux fait de se lancer dans l'élevage de mygales ou de reptiles, redoutables mais qui n'attaquent jamais pour le simple plaisir.

L'AC Cobra était restée un bolide culte encensé par tous les amateurs de voitures de sport, qui auraient tout donné pour avoir le privilège d'en prendre le volant. À sa création dans les années 1960, le nom d'un reptile et un logo à son image avaient été associés à la plus magnifique des racing cars britannico-californiens jamais créés. En revanche, se dit Max, personne ne rêvera jamais d'avoir la tronche du Sarde sur sa calandre. À moins qu'elle ne fût incrustée dans la tôle à la suite d'un choc à haute vitesse.

Il a décidé qu'il trouverait un moyen de faire payer ses vexations à son tourmenteur. Il possède un vague plan. Pour le moment, ses idées de vengeance patientent encore au congélateur, mais le micro-ondes restera à portée de main.

Aujourd'hui, on attend la livraison d'une Lancia. Après un bref passage à l'Émeraude pour vérification, la voiture repartira vers d'autres horizons. C'est Max qui doit la réceptionner. Les cousins sont partis faire réaléser les sièges de soupapes d'une Facellia chez un spécialiste aux Mureaux. Ils ne seront pas de retour avant la mi-journée. Il est dix heures et demie et la Lancia n'est toujours pas là. Le garagiste commence à s'impatienter.

7. Moza

Avant de monter la veille dans le train pour Perpignan, Moza a passé une belle chemise unie, un costume bleu marine bon marché mais qui lui va bien, et il s'est rasé avec soin. Avec son teint clair et ses cheveux châtains, le jeune homme possède une tête de bon petit Français ; c'est l'une des choses qui plaisent bien à son employeur. Le garçon pourrait passer pour un jeune passionné de vieilles autos, ou pour l'innocent rejeton d'une famille de bourges. Sa mine honnête représente le meilleur des laissez-passer auprès des autorités postées le long des routes.

À proximité de la gare, sur le parking d'un Lidl, une Lancia Flaminia Zagato de 1962 l'attend entre deux platanes. Sans prononcer un mot, un inconnu en blouson de daim lui en remet les clés avant de disparaître dans la foule des autres arrivants qui se hâtent vers leur dîner. Sous le capot, le moteur est encore chaud et dans la boîte à gants à la serrure intacte les papiers du véhicule sont au complet. Le magnifique coupé est en état concours. Il a été dérobé dans la journée à un collectionneur de Collioure. Et a déjà été revendu pour quatre cent mille dollars à un amateur sud-africain.

Grâce à quelque complicité, le méfait semble s'être déroulé en douceur. Qui sait si son propriétaire est même déjà au courant de l'enlèvement de la belle italienne ? Une petite chance pour qu'aucune recherche n'ait encore été lancée. Hypothèse rassurante.

À la sortie de la ville, Moza aperçoit, dans la lumière des phares tout juste allumés, une camionnette blanc-gris immatriculée en Andorre stoppée au bord du chemin. Des uniformes et un berger allemand équipés de baudriers réfléchissants s'agitent autour du véhicule immobilisé. Le jeune homme ne modifie pas l'allure de la Lancia. Les fonctionnaires de la douane volante, affairés à contrôler l'estafette, ne lui jettent pas un regard. Il les dépasse sans problème. Le conducteur laisse traîner la main sur le pommeau verni du levier de vitesse. Jusqu'alors, tous les transferts se sont bien passés. Touchons du bois.

Même pour un habitué à transporter des voitures de collection de toutes provenances, piloter une telle merveille n'est pas chose courante. Moza savoure le raffinement de l'habitacle, le reflet des chromes, le cuir épais au parfum inimitable. Les détails raffinés du volant et du tableau de bord, le chant mélodieux du 2,8 l alimenté par trois doubles carburateurs, la légèreté de la carrosserie en aluminium qui permettait pour l'époque des pointes de vitesse impressionnantes, tout dans cette auto le ravit. Même le système de chauffage de la Flaminia fonctionne. Rien ne lui manque.

Le Sarde préfère que les transferts se fassent de nuit. Moins de circulation et moins de curieux. Moza résiste à la tentation de pousser un peu la Lancia. Cette classique sublime sait encore swinguer et peut monter à 200 en un rien de temps. Mais il se contrôle. Pour épargner la mécanique, le jeune homme fait la route prudemment et respecte scrupuleusement les limitations de vitesse.

En bon modèle des années 1960, même avec le pied léger sur l'accélérateur, la Zagato et ses six cylindres consomment goulûment. Vers Clermont-Ferrand, il faut s'arrêter pour faire le plein d'essence. Moza choisit une petite station peu fréquentée en bordure d'agglomération. Après avoir enfoncé un bonnet bas sur son front et posé sur son nez des lunettes de soleil parfaitement incongrues à cette heure de la soirée, il rejoint le local qui abrite un employé ensommeillé. Depuis le haut-parleur encastré dans le faux plafond, *Gangnam Style*, le hit du moment, déroule sa scie. Sur un rayon maigrement garni, le conducteur cueille au cas où un bidon d'huile à la viscosité adéquate et une bouteille d'eau destinée à compléter en cas de besoin le réservoir du circuit de refroidissement. Il règle le tout en espèces et reprend la route vers Paris.

Une heure plus tard, une averse fine mais persistante révèle un petit problème. Par intermittence, l'essuie-glace se grippe et ne suffit plus à dissiper l'ondée qui inonde le pare-brise. Impossible de continuer ainsi. Il faut faire étape. À vitesse ralentie sous le crachin, le jeune homme conduit l'auto jusqu'à une aire de repos. Sans trop redouter les curieux qui pourraient être attirés par la silhouette de la Lancia, il se gare à proximité d'un bosquet de frênes, un peu à l'écart de quelques poids lourds. Avec la pluie qui s'est épaissie et fait rideau et la température qui devient glaciale, les routiers resteront au chaud dans leurs camions stationnés pour la nuit.

Enveloppé dans un plaid écossais trouvé dans le coffre, Moza en profite pour piquer un petit somme. Au matin, réveillé par le gel, il constate que la pluie a cessé, vérifie les niveaux et repart. Un vague soleil se montre parfois dans le ciel cotonneux. Au-dessus de l'horizon, un arc-en-ciel fait une courte apparition.

* * *

Une fois arrivé porte de Champerret, Moza est presque à destination. Levallois-Perret est un échiquier aux chaussées anthracite et aux façades grises. Les rues, une fois sur deux en sens interdit, se ressemblent. Moza pourrait toujours appeler Google Maps à la rescousse en l'actionnant sur son Iphone 4S flambant neuf. L'application qui utilise la technologie GPS est désormais rodée et, en tout cas, bien plus fiable que Plan d'Apple, une daube toute récente pleine de bugs et d'erreurs. Mais conduire d'une main, aux aguets des menaces de la circulation, tout en consultant l'écran de son téléphone mobile ne tente pas le convoyeur.

Ce n'est pas la première fois qu'il emprunte ce chemin et sa mémoire est excellente. Le jeune homme possède un cerveau capable d'apprendre en s'amusant les 269 coups de l'affrontement Nikolic/Arsovic, la plus longue partie d'échecs jamais répertoriée. La fin de l'itinéraire est bien plus facile à mémoriser et, si l'on néglige les refus de priorité de quelques camionnettes de livraison qui déboulent sans visibilité au ras de la carrosserie bordeaux du cabriolet, ne présente pas de grosse difficulté. Moza cherche des yeux la pendulette du tableau de bord qui jouxte le logo Fulvia. Il est 10 heures passées quand, à une paire de rues des anciens établissements

Eiffel et des remises de la G7, la Lancia se présente à allure prudente à l'entrée du garage de l'Émeraude.

Extérieurement, l'établissement ne paie pas de mine. Au fond d'une longue cour bitumée qui sert de parking pendant la journée, la peinture vert pâle de la façade s'écaille comme la peau d'une salamandre dont la mue s'éternise. Le jeune convoyeur s'annonce par un petit coup de klaxon, et le rideau métallique qui aménage l'entrée coulisse à l'allure d'un escargot sous Prozac.

L'intérieur du garage présente un spectacle plus techno. Le vaste volume est illuminé par de nombreux néons bien disposés. Des racks d'outils et plusieurs établis parfaitement rangés longent des parois sans fissure. La carrosserie briquée d'une Jaguar MKII étincelle dans un coin. Plus loin, un break Aston au coffre arrière béant attend une intervention. Vers le fond du vaste espace, près des toilettes et d'un coin cuisine bien équipé, on distingue un magasin de pièces détachées aux rayonnages soigneusement étiquetés. Sur le côté s'allonge une enclave vitrée dédiée à la facturation où, derrière des stores d'intérieur à demi clos, Moza distingue deux silhouettes, dont celle d'une femme assise. En guise de décoration, quelques plaques émaillées refixées aux murs affichent les noms de fournisseurs de lubrifiants disparus. Seule touche de vétusté, une poignée de panneaux de carton posés au sol égrène des maximes éculées : « Crédit est mort », « N'engueulez pas le patron, la patronne s'en charge », « L'alcool tue lentement, tant mieux on n'est pas pressés ». L'évangile de l'humour beauf probablement chapardé dans un bistrot par un mécano féru de blagues et oublié là.

Pendant que, dans son costume maintenant bien froissé, le jeune convoyeur s'extirpe de la Lancia, Max s'avance à sa rencontre. Sous les vêtements de travail du patron des lieux se montre un nœud de cravate de soie parfaitement noué. Le personnage se plaît à entretenir son élégance.

Ce n'est pas leur première rencontre mais ils n'ont jamais vraiment sympathisé. Pour le moment, l'expression de l'œil délavé du garagiste est aussi peu amène que celle d'un plantigrade arraché à son hibernation.

— Ah Mozza, te voilà, grogne-t-il. (Il prononce MoDza.)

Même s'il a l'habitude qu'on articule mal son prénom, cela agace toujours le jeune homme. Il tente poliment de corriger :

— Moza, s'il vous plaît monsieur. Sans D. Ça se prononce comme le musicien, pas comme le fromage.

Max hausse les épaules.

— Ouais. Bon. La prochaine fois, Mozart est prié d'éviter le klaxon. Tu descends de voiture et tu sonnes au bouton près du portail. J'aime ma discrétion. À part ça, je t'attendais plus tôt. Il t'est arrivé quoi en route ?

Sans s'arrêter au manque d'amabilité, le jeune homme donne les raisons du retard, explique l'averse et le problème d'essuie-glace. À cette information, Max se rembrunit. L'acheteur attend une voiture sans le moindre défaut. Qu'est-ce que ce petit couillon a encore bousillé ? Peu intéressé par les dénégations de Moza, le garagiste lui demande d'actionner la manette qui commande l'ouverture du capot afin de pouvoir trifouiller dans la bouche ouverte de la Flaminia. Le professionnel possède des mains puissantes aux doigts fins, faits tout autant pour dégripper les écrous rouillés de la roue d'un camion que pour caler minutieusement les vis platinées d'un moteur de compétition. Des mains d'artiste, des paluches à la Picasso ou à la Rodin, au génie certes indiscutable mais dont la postérité n'a pas retenu en priorité les qualités humaines, se dit Moza.

Quand il a fini de scruter, Max laisse retomber la tôle avec précaution sur l'objet de ses investigations.

— Je pense qu'il n'y a rien à remplacer. On devrait pouvoir réparer ça facilement. Une simple soudure suffira. Tant mieux car il est devenu presque impossible de trouver des pièces d'origine pour ce genre de modèle. Depuis la flambée sur les prix des voitures anciennes, il n'y a plus rien dans les casses.

— Et sur Internet ? demande Moza qui n'en a rien à faire, mais espère apprivoiser le plantigrade qui semble un peu s'amadouer.

— Ça, mon petit Mozza (concernant l'articulation du nom de son interlocuteur, Max s'obstine dans la version fromage), il vaudrait mieux pas. Sur ces sites, chaque fois qu'une voiture disparaît, les propriétaires et les flics dissèquent toutes les transactions liées au type du véhicule. Y compris celles concernant un simple moteur d'essuie-glace. Des petits malins. Plus d'un couillon s'est fait repérer et coincer de cette façon.

Max se décide enfin à exprimer un atome d'amabilité.

— Et sinon ? Tu as fait bonne route ?

— À part l'essuie-glace, rien à signaler. Elle a tourné comme un moulin.

La petite merveille a été parfaitement entretenue. Manifestement, le propriétaire de la Flaminia était un maniaque avec des moyens. L'acquéreur sud-africain va recevoir une voiture irréprochable.

8. Oualid

À l'origine, pas grand-chose ne destinait Moza à ce genre de mission. Fils d'une mère bretonne et d'un ex-professeur iranien qui croyaient mordicus aux vertus de l'honnêteté et de l'éducation, il s'était lancé sagement dans la voie des études universitaires.

Un an avant de se retrouver au volant de la Lancia, Moza était venu prendre l'air au parc André-Malraux à Nanterre. Un petit paradis d'harmonie, planté d'essences gracieuses et créé à l'emplacement d'un ancien bidonville.

Cet espace vert d'une surface de plusieurs hectares est situé à moins de dix minutes de la cité universitaire où réside l'étudiant en langues. Saturé par ses recherches sur la gloire et les conquêtes de Darius le Grand, le jeune homme a eu besoin de lever le nez de son ordinateur. Comme à chacune de ses visites, la tranquillité de l'endroit et la perspective sur l'horizon des tours de la Défense l'apaisent. De la verdure, quelques volatiles en croisière, des chiens qui promènent leur maître et, à l'exception des nounous regroupées près des espaces sportifs pour surveiller une poignée de mouflets, presque personne en vue.

***

Près du petit lac, un livre à la main, Moza s'est assis sur un banc et prend plaisir à faire le plein d'oxygène, de chlorophylle et d'ultraviolets quand un trio agité débarque. Sans s'enquérir de l'éventuel dérangement, un garçon au corps musclé, sombre de poil et de peau, vient se poser à côté de Moza, faisant vibrer le bois du siège. Les deux préadolescentes qui l'accompagnent déposent à leur tour leurs sacs imitation Goyard près de l'étudiant sans se préoccuper de réduire encore son espace vital, puis elles se dirigent bruyamment vers l'étendue d'eau. Un couple de cygnes vogue majestueusement sur l'onde et les filles font cliqueter leur langue entre leurs joues pour tenter d'attirer leur attention.

Moza n'aime pas créer d'histoires. Il s'écarte de son mieux pour faire place à son nouveau voisin et tente de reprendre sa lecture. Désignant son bouquin, l'envahisseur demande, sans gêne :

— Je peux voir ?

L'étudiant vient de terminer de dévorer les souvenirs de Tartakower, le grand maître d'échecs, jeu qui le passionne. Il ne joue pas à de tels niveaux mais il joue bien, même très bien. À la fac, il accepte de temps à autre une partie contre un adversaire qui a entendu vanter ses talents. Cinquante euros la partie gagnée, qu'il empoche presque toujours, ça arrondit ses fins de mois. Là, il est passé à d'autres lectures. Il vient de commencer celle d'un recueil de poèmes de Sohrab Sepehri et le déchiffre laborieusement dans sa version originale, la langue de ses ancêtres paternels qu'il essaie de maîtriser.

Il tend obligeamment son livre à l'autre qui examine la couverture avec perplexité.

— C'est de l'arabe, ça ? Ça ressemble mais c'est bizarre, on comprend rien…

L'étudiant explique :

— Non, c'est du persan. Le même alphabet, mais complètement une autre langue. J'essaie de me perfectionner.

L'autre grimace.

— Persan, c'est iranien, ça ! Tu es un Chiite, alors ? (Il renifle avec courroux.) Les Chiites sont des chiens. Moi, je suis Marocain. Un Sunnite. Un vrai croyant.

La pire des choses devant l'agressivité, c'est de s'affoler. Moza cherche à le rassurer.

— Ne t'énerve pas, ma mère est bretonne. Et, question culte, mon père est mazdéen. Tu as entendu parler des Mazdéens ou des Zoroastriens ?

Toujours soupçonneux, le gars fait signe que non. Moza poursuit :

— Une vieille religion presque disparue. Rien à voir avec les Chiites. Mais moi je respecte tous les messagers de la foi et tous ceux qui portent leur belle parole. Tant qu'ils ne cherchent pas à embêter les autres, ça me va. De toute façon, personnellement ma seule religion, c'est d'apprendre.

Pendant que le Sunnite tourne encore quelques pages en fronçant les sourcils, Moza poursuit ses explications.

— Tu sais, les Mazdéens, leur Dieu était là avant ton prophète Mohammed, peut-être même avant Moïse. Alors vos guéguerres entre Arabes, ça ne les intéresse pas tant que ça. Je te l'ai dit, je suis en partie Perse. Le plus grand empire de l'Antiquité. Une terre de brassage, donc de rencontres. Mes ancêtres régnaient déjà sur le monde quand vous les avez envahis.

— On a bien eu raison. Les mots du Prophète doivent toucher tous les peuples. Et ça parle de quoi, ton livre ?

— C'est de la poésie.

— De la poésie ?!? Comme à l'école ! Un truc de bâtard, frère, j'en lis jamais. C'est comment ?

— Un peu comme du bon rap. Parfois. Mais ça a été inventé quelques siècles plus tôt.

— Et ça sert à quoi ? Ça rapporte ? On peut faire de la moulah avec ça ? Excuse-moi mais tu ne me parais pas vraiment parti pour devenir Kanye West ou Snoop Dogg…

Balancer ses vannes à Moza semble l'apaiser. L'étudiant précise :

— À vrai dire, en plus du persan classique, j'étudie l'histoire de l'art. Je veux devenir guide conférencier dans les musées. Pour le moment, je prépare mon devoir de fin d'études sur les palais des rois achéménides. Il existe au Louvre une remarquable collection d'art persan, sans doute la plus grande du monde, et les spécialistes en la matière sont peu nombreux. Si je décroche mon diplôme, je trouverai sans doute un bon job bien payé. Si tout va bien.

Tout ça passe au-dessus de la tête du voisin de banc. Les questions de filière et d'orientation professionnelle, il les a déjà réglées à sa façon avec un consortium d'autres entrepreneurs en herbe (le cas de le dire) de sa cité. À vrai dire, ça le tracasse un peu que son Dieu à lui ait été inventé plus tard dans l'ordre d'apparition des divinités célestes mais il décide de laisser couler et offre à son tour son visage aux rayons du soleil. Ça fait du bien. Après s'être pensivement gratté le jean à la hauteur de l'aine, il jette un coup d'œil aux deux fillettes qui reviennent vers eux. Les petites étaient trop occupées à séduire les volailles au plumage en barbe à papa pour suivre la conversation. Elles affichent maintenant des mines dépitées car les deux bestioles n'ont répondu à leurs approches que par des sifflements courroucés.

Le Sunnite présente son voisin, de l'air de celui qui maîtrise :

— C'est un étudiant. En guidage de musée.

Puis il se racle la gorge et crache vers un pigeon qui passe. Il rate le volatile qui s'éloigne à pas outragés. En rendant le bouquin à l'étudiant, il effectue une ultime vérification :

— Et si je te dis qu'Ali est un naze, tu dis quoi ?

— Je dis que ça n'aurait pas fait plaisir à ton prophète de t'entendre insulter son gendre qui était aussi son cousin, mais que c'est ton problème, pas le mien.

Ayant remplacé la méfiance par la perplexité, l'autre résume.

— Bon. Tu étudies la poésie. Et les musées. Et tu lis de l'arabe qui n'est pas de l'arabe. Et tu n'es pas un de ces chiens de Chiites, d'accord.

Finalement apaisé par son énumération, il décide d'enterrer la hache de guerre et avec cérémonie tend la main à son voisin de banc.

— Oualid.

Moza se présente à son tour.

— Et moi c'est Moza.

— J'y crois pas, Mozza ! Comme dans la pizza ?

Voilà l'étudiant condamné à sa réponse habituelle :

— Non, Moza comme Mozart… C'est persan, le diminutif de Mozaffareddine.

Oualid rigole.

— Connais pas. C'est putain long comme blaze.

— C'est pour ça qu'on m'appelle Moza, pour faire plus court.

Ce prénom lui a été donné par son père pour raisons sentimentales. Sa majesté Mozaffareddine était un ancien souverain du pays de l'auteur de ses jours. L'histoire de la Perse regorge de poètes, de chanteurs, de mathématiciens, d'auteurs de traités de cuisine, de grands chefs de guerre, de fameux médecins et d'artistes propices à inspirer d'autres prénoms, mais l'érudit professeur d'université adorait le cinoche. (Mozaffareddine Chah avait été l'introducteur du cinéma en Iran à l'aube du XXe siècle. Fait révélé par Wikipédia, site toujours généreux en informations inutiles, c'était pendant un séjour à Contrexéville que ce suzerain cinéphile avait pris cette décision. Personne de la famille n'élucida jamais ni pourquoi ni comment la petite ville vosgienne au nom pétillant avait été le berceau d'une telle épiphanie culturelle.) Le père de Moza avait conçu un grand respect pour le royal admirateur de Charlot et de Mary Pickford. Quant à la mère, elle aurait peut-être préféré quelque chose de plus océanique, mais elle s'était laissé faire, par amour pour son mari.

Sentant toute tension dissipée, les deux filles se sont approchées. Des bébés à têtes de poupées. Les joues encore bien rondes, mais des faux cils et les ongles fluo. Onze ans voulant en faire quatorze.

— Elle, c'est Aïcha ma petite sœur. Tu la touches, ou juste tu la regardes une seconde de trop, et je te coupe les couilles, pigé frérot ? Et elle, là, Zora, c'est une copine à elle.

— Ne t'inquiète pas. On m'a bien élevé. Chez nous, les filles on les respecte. Et je ne m'intéresse pas aux gamines.

Les poupées au regard fardé se regardent, un peu vexées.

— Et ils vivent en Iran, tes darons ?

— Non, à Versailles.

— Ah, je connais. C'est rupin par là-bas. Royal. Il y a du beau business à faire.

— Non, eux habitent le Versailles des pauvres. Pas le même délire que le château. Il y a des HLM aussi, comme à Nanterre. Simplement, c'est plus loin de Paris et plus près de la campagne.

Moza pense depuis toujours que les siens mériteraient mieux que leur vie étriquée dans un des rares logements sociaux de cette banlieue friquée. Ses parents sont loin de connaître l'opulence de certains de ses lointains cousins, dont quelques-uns se sont exilés pour monter en Occident de juteuses affaires de tapis et d'œuvres d'art dans les années 1970. Ceux-là, leurs enfants ont étudié à la Sorbonne, au Monequois College ou à Harvard. Le deux-pièces où se serrent ses parents est mal isolé du froid l'hiver, de la pollution l'été et des voisins bruyants toute l'année. Un boulot dans une supérette et des travaux de jardinage pour le père, des ménages pour la mère. Et ils n'arrivent pas à mettre un sou de côté. Chaque centime gratté sert à financer les études du fiston. Ils ne se plaignent jamais, mais l'étudiant s'est promis que, quand il accéderait à de meilleurs revenus, il les sortirait de ce purgatoire pour les remercier de leurs bienfaits.

Après ces considérations théologiques, protocolaires et géographiques, Oualid et Moza continuent à tchatcher. Pendant que les petites s'obstinent à narguer les cygnes avec des grimaces et des cris de sapajou, ils bavardent maintenant en bonne intelligence. Être jeune, dans la dèche et en terre vaguement hostile, quelle que soit la culture d'origine, ça crée toujours des liens. Soudain, le nouvel ami de Moza demande, saisi d'une idée :

— Pour la géo, tu voudrais pas aider ma frangine ? Elle rame sévère. Son prof, c'est un bâtard, il fait rien que la sacquer. Tu as l'air bon dans ces histoires. Je te revaudrai ça.

Il se tourne vers sa sœur.

— Aïcha, viens là. Tu veux un coup de main pour tes devoirs à la con ?

La mioche n'est pas contre. Elle fait des yeux de cocker à l'étudiant.

— Oh oui, trop ! J'ai un contrôle demain. Vous voudriez bien, monsieur ?

Bon, OK. Moza a du temps devant lui et il ne lui déplaît pas de prolonger sa pause avant de reprendre ses propres études. L'étudiant est motorisé ; sa vieille caisse est son seul luxe. C'est une quasi-épave, une Panda hors d'âge aussi gourmande en huile qu'en essence, rachetée 250 balles à une étudiante en lettres partie tenter Sciences Po à Paris. Il propose de les accompagner jusque chez eux. Oualid n'habite pas trop loin, dans une zone à dangerosité acceptable, une cité à Colombes. La bagnole est garée tout près, à l'orée du parc. Tout le monde s'installe dans les sièges défoncés.

— Suis le bus, là, indique Oualid, et après c'est tout droit.

Miraculeusement, la Panda démarre. Une fois arrivés à destination (Laisse ta caisse devant, ça ne craint pas…), ils grimpent les escaliers jusqu'au deuxième étage. Oualid le présente à sa mère (Moza. Un Iranien mais bien. Il sait plein de trucs et va aider Aïcha pour ses devoirs…). La femme en robe bleue gansée se montre souriante et accueillante. Elle s'émerveille de l'arrivée du sauveur de sa fille chérie. Elle prépare le thé, sort d'une boîte en fer de délicieux petits gâteaux faits maison. L'ambiance orientale enchante Moza. Sur la table de la salle à manger, manuel de géographie et cahier ouverts attendent devant la petite. Il regarde la leçon en cours. Urbanisation et mobilités. Rien de trop compliqué, il suffit de traduire le jargon à l'usage de la gamine et de lui donner quelques exemples. Aïcha semble piger les notions essentielles. Sa copine Zora, que ça intéresse aussi, pose une ou deux questions. La maman ressert un thé à la menthe. Un autre gâteau ?

C'est l'heure de rentrer. L'étudiant prend poliment congé et remercie pour l'hospitalité. Il refuse d'être dédommagé pour le coup de main, et propose de revenir aider si on a encore besoin de lui. Avant de partir, Oualid s'assure que Moza possède bien son permis de conduire. L'étudiant répond que oui, évidemment. Le jeune Algérien dit qu'il a peut-être une idée. Ils échangent les numéros de portable et se disent à bientôt.

9. Missions

Quelques jours plus tard, le téléphone de Moza sonne.

— Allô, Pizza ! C'est Oualid. Grâce à toi, Aïcha a pécho un 16 à son contrôle. Je voudrais te remercier, frérot. Tu veux pas te faire un peu de biff, facile ? J'ai un biz à te proposer. Tout ce qu'il y a de simple. Retrouve-moi ce soir en bas de chez moi.

Guidé par la curiosité et content de retrouver son nouveau pote, Moza reprend la route pour Colombes. En bas de son immeuble, Oualid l'attend avec un compère. L'individu est un parc zoologique à lui tout seul. Une carrure d'hippopotame, des mains de gorille, une pilosité de porc-épic. Et les rares fois où il l'ouvre, on comprend que c'est un buffle.

— Lui, c'est Clou, fait Oualid. Mon stagiaire. On me l'a confié en formation. Il est de la région de Porto Cervo, un bled au nord de la Sardaigne.

Porto Cervo. Moza en a déjà entendu parler. C'est là, sur la Costa Smeralda, que Karim Aga Khan IV, le souverain perse d'une lignée de descendants autoproclamés du Prophète, avait en son temps fait édifier l'ensemble immobilier et le port de plaisance les plus chers et les mieux fréquentés de toute l'Europe. Cet ex-paradis pour milliardaires était ensuite tombé sous la domination d'une poignée de nouveaux investisseurs agissant en tant que prête-noms d'associations louches. Les rares autochtones avouaient volontiers qu'à ces nouveaux intervenants ils préféraient les énormes moustiques qui infestaient les lieux à l'origine. Moins bruyants, moins voraces et moins douloureux.

Clou est en train de taper dans un paquet de Pitch choco qu'il a déchiré sans précaution pour pouvoir s'empiffrer plus vite. La bouche pleine, il hoche la tête en guise de salut à l'attention de Moza. L'acolyte a une tête à ne pas se laver souvent les pieds. Il est planté à côté d'un utilitaire Renault. Sous un badigeon de peinture passé à la va-vite, on distingue encore des traces d'inscription publicitaire pour un électricien du Raincy. Oualid se met à ronchonner.

— Ils n'auraient pas trouvé plus moche ? Pas terrible, cette caisse.

Clou explique que c'est un certain Oussama qui vient de la livrer de la part de qui-on-sait. Une sorte de prêt. Gratos. Pas trop moyen de protester.

Oualid a un sourire d'excuse à l'attention de Moza.

— Désolé ? mon pote. Ils ne devaient plus avoir de Rolls. La prochaine fois, on trouvera mieux. Ce truc reste quand même un peu plus adapté que ton tas de boue, sans offense. Là, si tu veux bien, on a juste besoin que tu prennes le volant. Toi, tu as le permis et pas la bagnole qu'il faut, nous c'est le contraire. On s'arrange. Juste une petite course à faire. Tu nous déposes et tu nous attends, quoi, deux minutes ? En échange, on te fait croquer. Ça te va ?

Avant de monter à bord, Clou finit d'engloutir la dernière brioche du sachet et sort de l'intérieur de son hoodie plein de miettes un jeu de plaques d'immatriculation. Il entreprend de les fixer avec du double-face sur celles du van. La manœuvre est handicapée par les traces de chocolat qui lui restent sur les doigts et collent à l'adhésif.

— Clou, c'est son vrai nom ? demande Moza à Oualid pendant que l'acolyte se démène.

— Bien sûr, répond Oualid. Mais non, couillon, bien sûr que non. Si on l'appelle Clou, c'est parce qu'il n'est pas vraiment maigrichon, si tu as remarqué.

— Par antiphrase, en quelque sorte, résume Moza.

— Oui, si tu veux. En tout cas, ça ne le dérange pas. Il est futé comme un tas de gravats ; on aurait aussi bien pu l'appeler Einstein. Par antitruc, comme tu dis.

— Et là, il a fait quoi avec les plaques ?

— Simple précaution. La caisse est restée planquée dans un box pas loin. Des fois qu'elle serait signalée, on l'arrange un peu pour la sortir en ville. Plus prudent qu'avec ta tire. Les quartiers de bourges, c'est des fouille-merde. Une ronde, une caméra qui traîne, n'importe quoi. Ils mettent des yeux partout.

Sur ce, les voilà partis à quelques kilomètres. Ils traversent Bezons, prennent vers Maisons-Laffitte. Moza a saisi qu'il y a embrouille mais fait bonne figure. C'est Oualid qui guide. Prends à gauche, au carrefour en face dépasse la station-service, et au feu à droite. Le replet installé à l'arrière râle à chaque virage. Arrivée et arrêt en douceur dans un coin chicos. De vieux arbres, des villas aux hautes fenêtres, pas une lumière derrière les façades. Un clébard aboie vaguement dans un parc sans susciter de réactions.

— Attends-nous là. Juste une petite visite. Chez une cousine. Vite fait…

OK, dit Moza… et le duo descend et disparaît. Quelques instants plus tard, l'étudiant commence à se demander s'il ne ferait pas mieux de se tirer de là quand les deux autres rappliquent. Un piano électrique avec ses fils qui pendouillent sous un bras, et sous l'autre une petite table aux jolies poignées en bronze et qui semble de bois précieux, Clou progresse péniblement. Oualid occupe visiblement une position d'autorité. À ce titre, à l'exception d'un fer à lisser qu'il retire avec précaution de la poche arrière de son jean avant de s'asseoir à côté du conducteur, il ne transporte qu'un léger MacBook. Moza remarque aussi que les poches de son blouson semblent plus rebondies qu'avant la visite.

— C'est votre cousine qui vous a donné tout ça ? demande l'étudiant, faisant l'âne.

— Oui, le fer à tifs, c'est pour Aïcha. Elle adorerait avoir les cheveux raides. Ça va lui faire plaisir. Et le reste, c'est des cadeaux pour la famille. Cette cousine, c'est carrément la meuf du Père Noël. Trop sympa. Une fois elle m'a carrément offert une Pastèque Philippe. Une vraie.

— Tu parles d'une montre, c'est bien ça ? vérifie Moza.

— Ah, tu crois ? En tout cas, ça valait bien de la thune.

Avec précaution, les acolytes installent le reste du barda à l'arrière de l'utilitaire. Il ne s'agit pas d'endommager l'écran.

Allez Pizza décarre, demande Oualid tout content. On rentre à la casa.

Une fois de retour à la cité, le Marocain ordonne à Clou de récupérer les plaques d'immatriculation et d'aller planquer les appareils barbotés dans une cave. Clou obéit. Ensuite, il retournera faire le plein dans une épicerie en bordure de la cité. Nécessité impérieuse de se recharger en hydrates de carbone. En le regardant s'éloigner chargé du butin, Oualid tapote sa poche gonflée d'un air satisfait et esquisse en signe d'allégresse un petit pas de danse bien frimeur.

— Grâce à toi, mon pote, ce soir on a fait de la caillasse. Je t'appelle vite fait, pour ta part. Laisse là le Kangoo, t'inquiète. Quelqu'un va passer le récupérer pour le désosser.

Le surlendemain, comme prévu, Oualid rappelle l'étudiant.

— Bon, Pizza, tu vas pouvoir palper de la kisha. Et j'ai une bonne propose à te faire.

Il a parlé à un certain Sarde, qu'il appelle son banquier. L'homme se débrouille dans le tout et le rien et dans tout ce qu'il y a entre. Sans vraiment régner sur un hyper Auchan du crime, il est déjà à la tête d'un joli supermarché. Recel, dope, casses divers et variés, contrebande, usure, chantage, recel, racket, extorsion avec et sans violence, il a tout en rayon et veille lui-même au recrutement du personnel. On raconte que le truand est de mèche avec la mafia de Cagliari, et c'est pour ça, bien qu'il soit né à Fez, qu'on l'appelle « le Sarde ». Oualid lui a vanté les mérites de son nouvel ami. Un étudiant, avec une tête polie d'étudiant et permis de conduire, et qui veut bien gagner des ronds, cela pourrait être intéressant. Une apparence de cave, c'est parfois utile dans le business. En homme d'affaires toujours intéressé par une main-d'œuvre qualifiée, le Sarde a dit : « Pourquoi pas ? » Si le plan intéresse Moza, Oualid peut organiser une rencontre.

Pour Moza, un peu de monnaie est toujours bonne à prendre. Certes, le loyer de sa chambrette de la cité universitaire est modéré et l'étudiant sait se contenter de peu. Son minable véhicule est d'entretien peu coûteux, il ne boit pas, ne fume ni tabac ni autre chose et, comme quasiment tous les fauchés de son âge, n'a pas de petite copine. Il n'a aucune intention d'abandonner ses habitudes frugales, cependant chaque nouvelle opportunité représente l'occasion d'alimenter un petit magot, amassé euro par euro au service de sa noble cause : aider ses parents à déménager pour un meilleur logement. Mais il a beau donner quelques leçons d'histoire, de dessin ou d'échecs à des gamins, arrondir sa cagnotte prend du temps.

Même s'il n'a pas une idée très claire de ce que pourrait coûter une baraque avec un jardin de palmiers et de lauriers-roses, et avec une belle piscine, ou mieux, les pieds dans l'eau en bord de mer, il sait que ses parents y aspirent depuis toujours. Pourquoi n'y auraient-ils pas droit ? Ce serait merveilleux de pouvoir les y aider sans dépendre d'une interminable et hasardeuse carrière de guide. Les ouvertures initiées par Oualid pourraient peut-être l'aider à se rapprocher de son objectif. Il accepte d'être présenté au banquier.

— Top, dit Oualid. On se retrouve au parc de l'autre fois ?

10. Le Sarde

Le lendemain, retour à André-Malraux au pied d'un sycomore. Peu après leur arrivée, le fameux banquier apparaît sans qu'on ait vu par quel côté il était venu. Un homme grand, brun, vêtu d'un survêt volontairement étroit pour sa musculature. Il en dézippe le haut et sort deux enveloppes. Les garçons en transfèrent le contenu, quelques billets dodus, en vrac dans leurs poches. Le Sarde récupère avec soin les enveloppes froissées pour les balancer ostensiblement dans une poubelle de tri sélectif. Argent sale et pelouses propres, voyez-vous ça.

Ensuite, comme d'innocents touristes en promenade sous l'azur, ils bavardent un peu tous les trois. Le type confirme que Oualid lui a parlé de l'étudiant. Pour faire connaissance, il pose deux-trois questions sur les études. (« Les langues, très bon ça. J'aime les gens qui aiment voyager. ») Il demande depuis combien de temps Moza possède le permis de conduire, se renseigne sur la famille. Il adore jouer la figure paternelle, le truand gâteau.

À l'issue de l'entretien, Moza se retrouve embauché chez le Sarde. Hormis à l'occasion d'un ou deux coups de fil,

Moza n'aura que rarement affaire directement au boss. Tout transitera par Oualid.

* * *

Au début, il s'agit de quelques missions simples. L'étudiant doit convoyer Oualid et Clou lors de diverses expéditions. C'est en faisant le mal qu'on devient malfaiteur ; peu à peu, le jeune homme s'aguerrit. Il va même se découvrir un sang-froid dont il se serait cru incapable. Un jour, au cours d'une planque, une voiture de police passe à vitesse réduite à la hauteur de la vieille Opel qu'il conduit. Tout en sachant qu'il est à la merci d'un coup d'œil malencontreux sur une immatriculation de guingois, l'étudiant échange un sourire désarmant avec la jeune fliquette qui est au volant. La maréchaussée s'éloigne sans créer de problème et Moza peut attendre en paix le retour du duo et de son butin.

Une fois qu'il lui a raconté la rencontre, son pote s'inquiète :

— Bravo, mais quand même pas bon, ça. S'ils t'avaient contrôlé, on se serait fait marave.

— Avec des véhicules moins nazes, fait remarquer Moza, on courrait moins de risques de vérifications. Mais vous ne me refilez que des tas de boue presque pires que le mien.

— T'as raison. Les potes qui les chouravent pour nous s'en foutent. J'ai beau leur expliquer, ils s'en battent les figues. On reconnaît le bon ouvrier à ses bons outils. Après tout, c'est ton taf. Le mieux serait que tu choisisses toi-même la caisse.

Par conséquent, en quelques leçons, l'étudiant va apprendre à devenir voleur de voitures. C'est Clou qui lui montre. Pas besoin d'être un génie pour piger la façon. L'ouverture des portières et le démarrage par télécommande ne se sont pas encore généralisés. Sur beaucoup de véhicules, il suffit de forcer serrure et Neiman puis de bricoler les fils du démarreur. En prime, avant les coups, Moza prendra la précaution de passer au Kärcher en self-service. Les prochains véhicules seront plus flambards et risqueront moins de les faire repérer.

* * *

Un jour, l'équipe reçoit instruction de se rendre à l'adresse d'une boulangerie au fin fond de Clichy ; une boutique tristounette à la vitrine poussiéreuse où traînent quelques pauvres pâtisseries. Moza, resté au volant de la 306 qu'il a ramassée sur le parking de la gare, se dit que le chiffre d'affaires de l'établissement ne doit pas être élevé. Question racket, les échéances doivent être difficiles à tenir. Malgré tout, ordre a été donné de s'y rendre en expédition. Clou a accompagné Oualid. Quand les deux petits malfrats ressortent du minable commerce, ils sont trois. Ils encadrent un petit bonhomme aux cheveux blancs assortis à sa tenue de travail. Trop terrifié pour tenter de se défendre ou de s'enfuir, le malheureux affiche un air hagard. Oualid le pousse sur la banquette arrière. Clou, qui s'est emparé d'un sac de croissants et s'est faufilé par l'autre portière, pose sur l'épaule du vieux une main beurrée plus ferme qu'amicale.

— On va faire un petit tour en bord de Seine, déclare Oualid.

En chemin, le boulanger rendu coi par l'effarement tente vainement d'accrocher le regard de Moza dans le rétroviseur. Le conducteur préfère se concentrer sur la route, honteux d'une suite qu'il redoute.

Ils ne vont pas loin. En contrebas de la voie qui longe le fleuve, en bordure de Clichy, à l'ombre des grues et des cheminées d'usines, Oualid indique une bifurcation à l'accès défendu par un panneau fatigué. Sans ralentir, ils s'engouffrent dans un chemin de berge qui s'arrête en cul-de-sac près d'un maigre bosquet envahi de buissons. Au sol, les débris d'un ancien chantier bouchent le passage. Stop. À l'exception d'une barge chargée à bloc qui descend lentement le fleuve, aucune présence n'est visible.

Clou ramasse un gros bout de bois qui traîne et pousse le vieux vers le fourré. Moza rassemble son courage pour descendre de l'auto, il aimerait tenter de calmer le jeu avant que le trio disparaisse de sa vue. Mais Oualid se retourne et jette à l'étudiant un regard qui le fige. La suite se déroule à quelque distance et les sons qui viennent d'entre les arbres chétifs sont éloquents. Un interminable moment plus tard, les cris et les supplications de la victime cessent enfin. Quand ils ressortent du couvert, le boulanger à bout de résistance s'effondre près d'une roue. Il est en sang et son oreille semble arrachée. Oualid balance l'épais bastaing à la surface tachée de rouge sur le gravier. Clou frotte simplement ses phalanges endolories.

Effaré, Moza découvre une tache qui souille lentement le pantalon de coton du vieux. Avant d'abandonner leur victime, Oualid l'avise également.

— Regarde, il s'est pissé dessus. Quel vieux dégueu ! Allez, nous on démarre. Lui, il réussira peut-être à rentrer tout seul jusqu'à sa boulange.

En manœuvrant, l'étudiant peine à maîtriser le tremblement de ses mains moites. Au-dessus de la bordure d'arbres qui les surplombe, le ciel radieux semble lointain, flottant là-haut comme un couvercle bleu soulevé par le souffle du mal. Moza a du mal à lancer le moteur de la Renault. Oualid attend patiemment et évite son regard.

— Il avait fait quoi ? ose demander Moza aux deux voyous.

Clou a les dents pleines de mie de croissant et redécore son tee-shirt de miettes de feuilletage au rythme de ses bouchées. Réponse de Oualid, fataliste :

— Est-ce que je sais, moi ? Ordre de la direction. On suit les instructions, c'est tout. Il a déconné, c'est sûr. Le Sarde n'aime pas qu'on se foute de sa gueule. Souviens-t'en, frérot.

Fin de la classe. Un peu plus tard, Oualid raconte à Moza que le big boss l'a questionné à son sujet. L'ami a attesté que la recrue se débrouille bien comme chauffeur et qu'il traite les voitures avec soin, qu'il les fait même laver avant de partir en expédition. Le Sarde a apprécié. Il a décidé que l'heure est venue de faire franchir une étape à la carrière de leur recrue. Mais que, avant de le promouvoir à de nouvelles responsabilités, son nouveau maître avait jugé utile de lui donner une leçon d'existence, avec travaux pratiques à l'appui. On confiera désormais à Moza une mission de confiance : accompagner des voitures de prix depuis tous les coins de France jusqu'à un garage de Levallois-Perret. Et bonne nouvelle : après la démonstration du bâton va venir la carotte. Le job sera mieux payé.

11. Économie

Le niveau de prestige des véhicules convoyés est varié. Certains sont presque ordinaires, d'autres sont de véritables bijoux de collection : Facel Vega, Austin-Healey, une fois même une berline Bentley S3 qui vaut une fortune. Moza les conduit avec une prudence extrême. Destination unique : Levallois.

Les premiers voyages se déroulent sans encombre. Les économies de Moza grossissent peu à peu. Les conserver en liquide serait une mauvaise idée. En dépit de sa camaraderie avec Oualid, la confiance de l'étudiant en l'honnêteté de ses partenaires reste limitée. Et – sait-on jamais ? – l'une des expéditions pourrait mal tourner et déclencher des conséquences épouvantables : arrestation, confiscation de liquide, saisie de compte, etc. En attendant qu'elle ait grossi suffisamment pour offrir à sa famille le palais de ses rêves, il faut trouver le moyen de garder la cagnotte en sécurité, loin des regards.

Les rentrées en cash sont régulières. Moza se méfie des questions indiscrètes des banques. Par chance, la fréquentation de quelques férus d'informatique de la fac l'aide à comprendre l'intérêt d'une sorte de tirelire numérique dont on commence à parler. Cette innovation, nommée bitcoin, est fondée sur la technologie nouvelle de la blockchain. Elle représente une solution intéressante pour conserver ses gains. Moyennant une commission raisonnable, Lucian, un Canadien copain de fac, acceptera de déposer le liquide reçu par Moza sur son propre compte bancaire. Si on l'interroge sur l'origine de ces fonds, il pourra raconter qu'il s'agit d'argent confié par ses parents de Toronto pour payer ses études. Ensuite, Lucian virera ces sommes vers l'une des premières plateformes d'échange de crypto-monnaies domiciliée au Canada. Une fois cet argent converti en bitcoins, il les reversera à Moza sur un portefeuille électronique dont celui-ci sera le seul à détenir l'accès.

12. Bitcoins

Qui a inventé le bitcoin ? Le créateur de ce qui restera un événement marquant dans l'histoire des monnaies – ou, selon certains, l'une des plus gigantesques supercheries mondiales jamais développées – est un parfait inconnu. Et tout semble indiquer qu'il le restera pour toujours. Chose rare, l'inconnu sans visage porte un nom : Nakamoto, et même un prénom : Satochi.

Satochi Nakamoto est-il un homme, une femme, un groupe, un Japonais comme son pseudo porte à le croire, un extraterrestre ? S'agit-il d'un pur mythe, de l'invention d'une poignée d'informaticiens ou d'un geek de génie, d'un leurre de la CIA ? Vit-il à Kyoto, à Rome, à Bombay, à Tel-Aviv, au Nouveau-Mexique, aux Aléoutiennes ? Est-il mort, ou n'est-il jamais né ? Personne ne le sait, et toutes les hypothèses ont été débattues.

Petite précision : Satochi Nakamoto possède officiellement un million de bitcoins. En 2009, cela représentait seulement quelques centaines de dollars. À peine une dizaine d'années plus tard, ce montant l'aurait hissé au rang approximatif de vingtième fortune mondiale. Joli magot pour un fantôme. Et le plus amusant est qu'il n'y touchera peut-être jamais.

En un rien de temps, le bitcoin était devenu aussi précieux que le furent à d'autres époques la poignée de sel ou de coquillages, la perle de verre, l'oignon de tulipe, le mètre carré de cité impériale, le billet de banque, l'argent métal, l'or ou le dollar. Autant d'outils de transaction créés par la confiance, ou la crédulité, des humains. Toute monnaie suppose un accord tacite entre l'organisme qui l'émet et ceux qui l'utilisent. Le sentiment de sécurité lié au bitcoin a connu d'énormes variations. Au rythme extravagant de ses montées et de ses descentes, la crypto-monnaie a vu son cours évoluer ou se déprécier comme un bambin brinquebalé sur un roller coaster. Pour prédire son avenir, les Nostradamus abondent. Selon certains oiseaux de mauvais augure, la bulle finira un jour par se dégonfler totalement. Selon d'autres, la valeur de cet actif est vouée à grimper plus haut que le ciel.

À moins d'en confier la conservation à une plateforme à la sécurité incertaine, un possesseur averti de bitcoins préfère garder son bien dans son propre porte-monnaie électronique. Grâce à cette autre invention de l'ère Internet, l'accès à ses fonds est protégé par une clé cryptogamique qui n'appartient qu'à lui. Ce code est souvent composé d'une suite de douze mots anglais, que son détenteur a choisis lui-même et qu'il est le seul à connaître.

Inconvénient du système : perdre sa suite de mots, c'est perdre tout accès à sa richesse. On est devenu le possesseur d'un coffre-fort anonyme dont on ne posséderait plus la combinaison. Et là, aucun chalumeau, aucun explosif, aucun chantage ou manœuvre de corruption ne permettra jamais de remettre la main sur son magot. Il faudra subir un chagrin pire que la pauvreté : être riche d'une richesse dont on ne pourra jamais jouir. Sans la série de mots – complète et en bon ordre –, la Belle au bois dormant au costume de diamants restera endormie pour toujours.

Il a été rapporté quantité de cas d'étourdis ayant égaré leur clé cryptogamique. À l'époque où leurs avoirs ne représentaient encore que quelques dizaines d'euros ou de dollars, beaucoup n'y ont pas accordé suffisamment d'importance et ont noté n'importe comment ou n'importe où les précieuses informations. Certaines, volontairement ou pas, ont même fini à la poubelle. Mais, avec la montée en valeur impressionnante du bitcoin, les sommes sont devenues potentiellement énormes. Pour essayer de les récupérer, des éplorés ont tout tenté. D'aucuns ont fait appel à l'hypnose pour réveiller leur inconscient où – du moins l'espéraient-ils – le souvenir de leur clé serait resté stocké. D'autres, dont l'ordinateur, le vieux bagage ou le sac de golf qui recelaient les inestimables informations ont été jetés par erreur, ont loué des bulldozers pour retourner les décharges publiques. La plupart du temps, le miracle n'eut pas lieu. Les précieuses clés virtuelles sont restées perdues à jamais. Et leurs malheureux ex-propriétaires doivent se contenter du souvenir amer de leur fortune égarée.

13. La partie d'échecs

Une fois la Lancia réceptionnée et examinée, le garagiste invite le convoyeur à le suivre dans l'espace bureau. Pendant l'inspection, Bonnie était restée occupée à peaufiner ses tableaux Excel.

— Tu connais Mme Muller ?…

Évidemment. Comment ne pas avoir déjà remarqué Mme Muller ? Moza lui adresse un salut poli. Derrière son bureau, la brune cesse de taper joyeusement des opérations sur son clavier et répond par un sourire qui relève ses pommettes et donne à admirer ses dents bien rangées. Elle occupe les fonctions de secrétaire, de comptable et, Moza le subodore, de partenaire de galipettes de Max. Une personnalité attirante avec ses formes, ses yeux vifs, sa coquetterie un peu chargée en bijoux. Elle semble apprécier le petit jeune homme et sa jolie gueule à la Sami Frey à ses débuts, pas encore trop sûr de son charme.

Sans autres politesses, le garagiste actionne les stores vénitiens pour la discrétion, se dirige vers l'armoire blindée, une Fichet hors d'âge mais increvable. Il récupère sur un rayon une épaisse liasse de billets craquants. C'est le fruit de la vente récente d'un lot d'Austin-Healey que Max doit confier à Moza. Mission pour le jeunot de remettre l'argent à Oualid qui se chargera de la suite.

Le garagiste referme l'antiquité et brouille la combinaison avant de recompter soigneusement les billets et de les déposer au fond d'un sac de sport Adidas.

— Voilà. Il y a 200. Oualid est au courant. Il va te contacter ce soir pour organiser la récupération des fonds. Conserve-les précieusement en attendant son appel. Et ne les bois pas en route, ça contrarierait ton boss.

— Ça ne risque rien, je vous rassure, je ne bois pas, répond le jeune homme.

Silence.

— Un café quand même ? intervient la belle brune.

Moza n'a pas très bien dormi sur son aire de camionneurs. Il répond que, oui, il veut bien, volontiers madame, merci madame.

— Bonnie, ma belle, fais-m'en un aussi, commande Max.

Pas de « s'il te plaît » entre eux. Le macho relax contre la fille sûre de ses charmes. Le dresseur fier de sa panthère aux crocs étincelants. Un vrai petit couple de cinéma rétro.

Bonnie joue le jeu. Elle se dirige vers la kitchenette en faisant rouler ses hanches alléchantes, presque aussi discrète qu'une star hollywoodienne un soir d'Oscars. La poitrine en avant, elle parade, sans l'air d'y toucher, en direction du coin kitchenette. Certaines femmes savent faire ça. Voir en étant vues, y compris de dos. Pendant qu'on les reluque, elles vous scannent et, sans que vous n'ayez réussi à attraper un regard dans votre direction, elles ont déjà décidé ce qu'elles vont faire de vous. Les reines de la diversion dans la jungle urbaine.

Pendant que la Nespresso émet ses glougloutements, Max se demande jusqu'où le gamin est sensible au manège de la comptable. Il sait que Bonnie ne fait que s'amuser. Mais ce petit jeu l'agace quand même. Elle se prend pour la belle Hélène, elle aimerait que s'étripent pour elle Pâris et Ménélas ? Le truc est connu depuis Homère. Et depuis l'apparition du pigeon.

Moza a bien senti l'agacement du vieux, mais son attention est accaparée par une vue aussi excitante que les ondulations de la belle comptable. Il a avisé un échiquier posé sur le coin d'un établi. Tiens, le vieil ours pratiquerait le roi des jeux ? La disposition des pièces lui semble familière. Max remarque son intérêt.

— Tu connais un peu les échecs, petit ?

— Un peu, répond le jeune homme. Ce ne serait pas la partie Botvinnik-Tal du championnat du monde de 1960 ? Le fameux coup quand Tal offre son cavalier en cadeau ?

Tiens, tiens, tiens, nous sommes tombés sur un véritable connaisseur. Dissimulant sa surprise, Max admet.

— Tu as l'œil, petit. Et c'est aux blancs de jouer. Ils sont mal partis.

Ce n'est pas l'avis du gamin. Il expose son point de vue :

— Oui. Tal semble avoir l'avantage. Mais depuis on a réétudié cette position, l'ordinateur a établi que c'est Botvinnik qui aurait dû gagner.

Max sait cela. Botvinnik fut le père immensément respecté de l'école qui formera les trois K (Karpov, Kasparov, Kramnik, tous futurs champions du monde !). Cette partie est la sixième du match pour le championnat du monde qu'il disputa contre Tal, jeune prodige letton en pleine ascension. Le garagiste se l'est rejouée des quantités de fois. Elle a pour lui la beauté absolue d'une symphonie de Mahler ou d'un portrait de Vélasquez. Dans une situation complexe mais qui paraissait stable, un sacrifice instinctif, spécialité du jeune Tal, avait déclenché un véritable ouragan. Les idées spectaculaires avaient volé dans tous les sens. Pendant cet affrontement mythique, le public avait manifesté un enthousiasme si bruyant que, pour échapper au vacarme, les joueurs s'étaient réfugiés dans une autre salle. Pas déconcentré pour autant, le jeune champion de vingt-trois ans avait conservé l'initiative. Après quelques coups audacieux, il proposait à son aîé d'échanger les dames.

L'analyse par ordinateur montrera que si Botvinnik, tenant du titre mondial, avait su résister à cette nouvelle offre alléchante, il aurait pu l'emporter. Mais, sous la pression, bousculé par la fougue de Tal, il accepta l'échange (avec une pièce en plus et un tel embrouillamini sur l'échiquier, 99 % des grands maîtres en auraient fait autant !). Le champion en titre perdit finalement la rencontre et sa couronne au profit de son jeune adversaire. Ce fut un moment emblématique de l'histoire des échecs.

L'affrontement avait représenté l'ascendant du coup de génie contre la froide logique et de l'improvisation culottée contre le savoir rigoureux. Le roi Pelé avait dribblé Franz Beckenbauer, Dizzie Gillespie avait dominé Karajan et Mike avait vaincu l'étoile noire.

— Parfaitement exact, répond avec délectation Max à Moza. Théoriquement, le vieux aurait dû gagner. C'est pour ça que j'aime bien cette partie. Parce qu'il ne faut pas oublier un tout petit détail : dans la vraie vie, c'est Tal qui l'a emporté. Et c'est lui qui est devenu champion du monde à la place de Botvinnik. Toute la beauté est là.

* * *

À la différence de bien d'autres divertissements qui ensorcellent les hommes, les échecs ont ceci de fascinant qu'ils ne doivent rien au hasard (à l'exception du sort qui désigne celui qui joue le premier coup). Voilà ce qui en fait le roi des jeux. Seul l'esprit triomphe.

Bien avant qu'il ne devienne un instrument idéologique au service de la propagande soviétique, le jeu d'échecs était fort prisé de l'aristocratie et de l'intelligentsia russe. Le père de Max jouait. Et, avant lui, son grand-père et son arrière-grand-père. Et tous étaient de forts joueurs.

Il ne savait pas encore ses alphabets romain et cyrillique au complet que Max connaissait les noms des pièces et les coordonnés des cases d'un échiquier.

Le premier championnat du monde fut remporté en 1886 par Wilhelm Steinitz. Chez les ancêtres dandys du garagiste, on reconnut que le talent de ce surdoué était immense. Mais un pur gentilhomme n'aurait jamais eu besoin d'une telle démonstration. On étudiait les parties du grand champion, mais on préférait s'affronter entre personnes de qualité. Dans le monde des aïeux de Max, le sport, mental ou physique, devait rester un loisir. À l'instar de l'alpinisme ou du canotage, les échecs ne devaient engager d'autre enjeu que la gloire. Ces aristocrates tenaient de leur éducation la conviction que certaines activités devaient rester pratiques d'amateur, et regardaient avec condescendance les boxeurs, les skieurs, les joueurs de tennis dont les meilleurs prodiges devenaient professionnels. Autrement dit, singes savants, coqs de combat, gibiers de casino, vulgaires animaux de foire et de cirque destinés à l'admiration des foules. On pouvait parfois engager toute sa vie dans une partie, mais on ne lui confiait pas le soin de gagner sa subsistance. Ça ne se faisait pas.

Une fois devenu taxi, l'aristocrate Dimitri Pavlovitch n'avait pas renoncé aux plaisirs de l'échiquier. Il s'amusait même de quelques analogies entre la mécanique et le jeu. Dans les deux domaines, il est question d'énigmes à éclaircir, d'une suite de décisions en apparence anodines qui influence des enjeux essentiels, et où, avant toute action, une observation scrupuleuse du sujet est recommandée.

Son futur gendre, Serge le peintre, avait, lui, assisté à l'énorme engouement pour les échecs ressurgi sous l'ère soviétique. Pour les pouvoirs installés au Kremlin, s'orner du prestige du jeu des rois représentait une pièce de butin inestimable. Et sa promotion, une façon providentielle de canaliser les élans guerriers des protestataires. On est bien moins dangereux, s'étaient dit moult apparatchiks, assis devant quelques pièces de bois que debout avec une arme à la main.

Encouragées par le régime, des écoles ouvrirent dans tout le pays. L'État fit du jeu une passion nationale. Serge et ses compagnons furent bientôt gagnés par la folie ambiante. Dans les cafés enfumés, dans les parcs à la belle saison, ils refaisaient le monde en recréant sur 64 cases des univers toujours renouvelés; les amis de Serge en vinrent même à prétendre que l'échiquier, cette symbolique sans couleur (carré noir, carré blanc, en juxtaposition obsessionnelle), avait été une inspiration de leur dieu Malevitch.

* * *

Du côté de Moza, la tradition remonte à plus loin encore. L'ancienne Perse fut le pays natal d'innombrables découvertes. C'est à Samarcande que le mathématicien Al-Kashi établit la démonstration de la loi des cosinus. À Hamadan, Avicenne fit considérablement avancer la médecine. Et l'art de l'Islam doit presque tout aux innombrables artistes persans qui surent s'inspirer des beautés du monde tout en respectant les interdits du Prophète. C'est sous les cieux lapis-lazuli des dynasties perses qu'on a développé le jeu où le mot *shah* (transformé plus tard en « échecs », « chess », « scacchi »... par les Occidentaux) désignait le roi, et mat le régicide.

Le jeu d'échecs fut toujours pour les Persans un symbole de résistance aux envahisseurs. Quand les Arabes séduits par ses finesses décidèrent de l'adopter, ils modifièrent la découpe des pièces. En Iran comme ailleurs, ils tentèrent d'imposer des volumes abstraits pour obéir à l'interdit musulman qui prohibait les représentations humaines. Les ancêtres de Moza se fichèrent complètement de cette obligation et conservèrent des rois, des reines et des pions de formes figuratives. À l'ère moderne, visé à plusieurs reprises par les fatwas des barbus qui voulaient l'interdire, le jeu continuait à mobiliser des centaines de milliers d'adeptes.

Le père de Moza, l'ancien savant de l'université de Tabriz, le prof d'histoire privé d'enseignement par l'exil, connaissait les règles et la pratique du jeu. Il en transmit à son fils la symbolique et les beautés. Renverser les tours, encourager les fous et tuer les despotes grâce à la piétaille des pions, tout cela parlait au sang rebelle qui coulait dans leurs veines. Le petit avait à peine cinq ans quand son géniteur l'inscrivit dans un excellent club du Chesnay où ses facilités furent vite reconnues.

L'enfant avait hérité de l'esprit en arabesque de son grand-père, à l'image des calligraphies qui ornaient les céramiques de leur pays. Il avait vite compris que la ligne droite n'était pas toujours le chemin le plus court entre deux points. Et sa Bretonne de mère, née d'une province où l'on pose sa main à plat sur son verre pour le protéger du crachin quand on boit un coup en plein air, lui avait transmis son pragmatisme. Moza possédait l'âme visionnaire du stratège et le cerveau pratique du tacticien, deux dispositions plus complémentaires que contradictoires, et que l'on rencontre presque toujours dans l'esprit des meilleurs joueurs.

* * *

Dans la lumière blafarde de l'Émeraude, la dispute entre Max et Moza se poursuit. La passion pour les échecs les a réunis, mais, sur le reste, presque tout les oppose. Au cadet l'amour du savoir froid, logique, et le culte de la satisfaction mathématique qui a fasciné les pionniers des programmes d'échecs par l'informatique. Et à l'aîné l'admiration pour l'instinct, la beauté du geste, le culot, le panache. Paradoxalement, c'est le jeune Moza qui applaudit la sagesse calculée du vénérable Botvinnik et le vieux Max qui en tient pour la fougue d'un Tal éternellement ardent.

— Les ordinateurs, c'est de la triche, affirme-t-il. Indigne d'un vrai joueur. C'est comme les voitures d'aujourd'hui. À quoi sert l'électronique le jour où il faut refaire le galbe d'une Mercedes 180 SL ? Crois-moi, c'est la main de l'homme qui compte, et son coup d'œil. Tu me fais rire avec tes histoires d'intelligence artificielle !

— Je ne dis pas le contraire, réplique Moza que les égarements hors d'âge de son interlocuteur poussent à l'ironie. Vous avez le droit de préférer la bêtise humaine !

Il finit par se taire, redoutant que son impertinence soit allée un peu loin.

Bonnie Muller revient vers eux, portant deux tasses, disposées avec sucre et touillettes sur un plateau émaillé. Ce faisant, comme par mégarde, elle frôle Moza. Le jeune homme s'attend à un grognement de pitbull issu du thorax de Max, mais les bons amateurs d'échecs savent masquer leurs émotions aussi bien que des joueurs de poker. Sa tête de premier de classe, son gabarit d'intellectuel, ses façons de rougir comme une tomate en reluquant Bonnie et surtout sa certitude d'avoir toujours raison : Max juge tout exaspérant chez l'étudiant, mais il conserve en surface son impassibilité.

Il a une bonne motivation pour garder la tête froide. Son cerveau est occupé en priorité à échafauder un sacré tour. Une combinaison brillante vient de lui apparaître, dont l'objectif principal est de mettre à mal la tyrannie financière du Sarde. Une belle occasion de truander le truand semble se proposer miraculeusement. Le voyou en BMW n'a apporté à l'Émeraude que tracas, risques et humiliations. En ce blanc-bec de Moza, la providence envoie à Max un moyen de régler ses comptes. Le garagiste entrevoit une solution pour remettre les compteurs à zéro. Et, si son plan fonctionne, il fera d'une pierre deux coups en rabattant en prime le caquet du jeune mâle.

* * *

Les meilleures ouvertures sont celles où l'on avance masqué. Chacun tente, l'air de rien, d'estimer la valeur réelle de son interlocuteur.

— Dites-moi, Max, en tant que joueur vous êtes classé ?

L'aîné, au fond ravi de cette question qui fait avancer sa machination, affiche une moue.

— Non, merci beaucoup. Pas pour moi ces concours-là. Je laisse ces hochets à ceux qui jouent dans les clubs et aiment participer aux tournois officiels. Du reste, tu sais parfaitement que tes fameux classements ont toujours été noyautés par les apparatchiks soviétiques de la Fédération internationale… Ces trafics ne m'ont jamais inspiré confiance. Et toi ?

La fatigue de Moza s'est évaporée. Il conserve son air innocent.

— Non pas classé non plus. Simple amateur également.

En réalité, il a déjà arraché une nulle à un grand maître en partie amicale, mais ce résultat n'a jamais été enregistré. Pas la peine d'alerter le garagiste avec ça. D'autant que celui-ci propose, à la cool :

— Nous voilà donc de niveaux comparables. En ce cas, que dirais-tu d'une petite partie. Entre amateurs ?

Il n'est pas impossible que la présence muette de la belle Bonnie stimule l'antagonisme des deux hommes. Bouche entrouverte, main posée sur la poitrine, elle s'est penchée en avant, comme la lionne qui a aspergé deux mâles rivaux de ses phéromones et attend son heure. Elle observe la scène d'un œil doré.

— OK. On se fait un petit blitz ? propose Moza.

Rien ne peut davantage arranger Max. Un blitz représente un préliminaire peu coûteux en temps et un excellent prélude au plan qu'il a en tête. Mais il hausse les épaules comme si cela n'avait guère d'importance.

— Comme tu veux. Personnellement, je préfère les parties classiques, mais si ça t'amuse. Je sors la pendule.

On s'installe devant l'échiquier. Comme le jeune homme s'y attendait, le vieux perd le blitz. De coup rapide en coup rapide, l'affrontement n'a même pas duré les dix minutes réglementaires. Max se fait piquer sa dame, une gaffe stupide au 23e coup. Il couche son roi.

— Tu as perdu ? demande Bonnie.

Max soupire sans répondre. Moza ne peut résister au plaisir de titiller le garagiste sous l'hypocrite vernis du fair-play.

— Vous étiez bien parti. Sans cette erreur, vous auriez pu gagner. Il est vrai que les parties en blitz, par définition, ça va très vite. Les meilleurs peuvent laisser passer des coups évidents, et l'exercice favorise les maladresses.

— Comme tu dis, fiston. Peut-être vaut-il mieux arrêter là.

En réalité, bien loin de rendre les armes, Max jubile. Comme s'il avait pu se faire carotter une pièce aussi importante que sa dame avec une telle naïveté ! En servant d'appât, cette étourderie de façade fait partie de la combinaison, et cette première passe d'armes lui a été utile pour juger des réelles capacités de son adversaire. Loin de l'esprit de chevalerie de ses ancêtres, le garagiste n'est animé que par le désir d'écrabouiller ce jeune gugusse. Le piège est lancé. Mais il faut y aller tout doux, que le môme ne se doute de rien.

14. Le duel

Pendant que Moza replace sur l'échiquier les pièces dispersées, Max attend patiemment. Il a lancé ses lignes. Ça ne tarde pas à mordre.

— Allez, Max, vous n'allez pas abandonner ainsi. Si vous voulez, on peut en rejouer une autre.

Comme espéré, la proie imagine pouvoir humilier indéfiniment le vieux singe. Max feint d'hésiter. Il fait le raisonnable.

— Ce ne serait pas équitable. Tu as roulé toute la nuit. Tu devrais rentrer chez toi.

Le jeunot tient à confirmer sa supériorité. Il se déclare en pleine forme, insiste. Max prend un air résigné.

— Bon, si tu veux. Aujourd'hui c'est tranquille, j'ai le temps. Mais cette fois-ci nous jouons une classique. Et on intéresse la partie.

L'innocent Moza accepte.

— Une classique ? Bien sûr. Quarante coups en deux heures, donc. Et OK pour fixer un enjeu. Simplement, un détail coince. Je n'ai pas grand-chose sur moi.

L'asticot, l'hameçon, le fil et même la canne à pêche ; comme espéré par Max, le baltringue s'est fait une joie d'engloutir la totalité du bazar.

— Mais si, rétorque Max d'un ton d'évidence en désignant du menton la sacoche aux pieds de Moza. Tu es blindé. Tu as deux cent mille euros avec toi !

Bonnie applique sa main sur sa bouche. Elle pense non, non. Voilà qui ne lui dit plus rien qui vaille. Elle s'est divertie à faire monter la tension, mais comment aurait-elle pu imaginer que la situation allait ainsi partir dans l'insensé ? Cette partie à l'enjeu déraisonnable serait très dangereuse, avec en arrière-plan un individu redoutable. C'est quand même de l'argent du Sarde que l'on parle là ; pas d'allumettes ni de jetons en plastique. Elle connaît son Max et ne veut pas le contredire ouvertement, il est possible qu'il ait un plan, mais elle sent monter en elle une inquiétude énorme. Pour lui et pour le jeunot. Effarée, elle regarde fixement son amant pour l'implorer muettement d'arrêter.

Mais le garagiste s'en tient à son programme ; il adresse un geste rassurant à Bonnie et se lève. Il est sûr de son affaire. Il va faire coup double en récupérant une partie des espèces du Sarde tout en faisant porter le chapeau à l'arrogant gringalet. Il se dirige vers l'armoire blindée, la déverrouille à nouveau, ouvre un compartiment et en extrait plusieurs liasses.

— Voilà. Ceux-ci sont à moi. Deux cent mille euros. Vérifie si tu veux. C'est ma mise. Et la tienne est là, dans le sac de sport. Si tu gagnes, tu gagnes tout. Alors, petit, tu es partant, ou tu te dégonfles ?

Le gamin a remarqué l'air troublé de la comptable et il se méprend en l'interprétant comme de l'exaltation. Ça ne lui déplairait pas d'épater la belle brune ; même chez un puceau comme lui, testostérone et dopamine ont fini par parler. Après avoir gagné la partie, peut-être même s'amusera-t-il à appeler Bonnie pour lui proposer de prendre un verre. Pourquoi pas, après tout ?

— Bien sûr que je marche, répond-il.

— C'est un deal, alors. Auparavant et si tu le permets, je passe un petit coup de fil.

Pas complètement kamikaze, Max entend se prémunir des conséquences. Il doit prévenir l'équipe du Sarde que la Lancia a été livrée et que la remise des fonds a eu lieu. Sans attendre la réponse du jeunot, il compose un numéro sur son Nokia.

— Allô, Oualid ? Oui, Ça va… C'est juste pour te dire que les spaghettis sont bien arrivés d'Italie. Les spaghettis, oui… Enfin, tu comprends bien. D'Italie, c'est ça. Ah voilà, tu as saisi. Et j'ai ici le, euh, pizzaïolo qui doit t'apporter la pasta de l'affaire de mardi. Oui, la pasta. Bordel, Oualid, tu es bouché ou quoi ? Oui, exactement. Ben, euh, 200, c'est le poids du paquet. Quoi ? Tu veux quoi ? Ah, c'est pour ton oncle ? Drôle d'idée. Ah, il insiste. S'il y tient, je vous envoie ça tout de suite. C'est ça, oui, j'embrasse le pizzaïolo pour toi.

Il raccroche en pestant.

— En plus, Oualid qui ne comprend rien. Il t'adresse son affection. Mais il veut une photo. Une nouvelle obligation débile imposée par le Sarde. Enfin, l'oncle, comme il dit en croyant brouiller les pistes. Désormais les fripouilles deviennent procédurières ; elles réclament des justificatifs. Ils vont nous installer une pointeuse un de ces jours. Les façons de ces messieurs tournent aux manières de la Sécurité sociale. Les voilà qui exigent une preuve que tu as leur cash. Bien la peine de faire gaffe aux mots de la conversation s'il faut envoyer sur les ondes des images compromettantes... Nous avons quand même affaire à une bande d'abrutis ! Attends, ne bouge pas.

Il prie Moza de bien vouloir poser près de la calandre de la Lancia, sur le capot de laquelle il a préalablement étalé l'argent du Sarde. Moza accepte. À quoi bon toutes ces simagrées ? Photo ou pas photo, il va pulvériser le vieux en moins de 40 coups, récupérer sa mise multipliée par deux et remettre comme prévu la part du Sarde à Oualid. Bénef pour lui : deux cent mille euros. La route des rêves qui mène à la maison pour ses parents va se raccourcir de quelques bons kilomètres.

Max prend le cliché avec son Nokia puis il en réalise un second où l'étudiant tient les liasses en main. Le jeune homme prend la pose sans protester. Si ça les amuse... Une fois satisfait du résultat, Max expédie les images à Oualid.

— Voilà, tout est en règle, récapitule-t-il. À partir de maintenant, le Sarde sait que tu as bien reçu son fric et que tu en es officiellement responsable. S'il disparaît, c'est à toi qu'ils demanderont des comptes. Tu es toujours partant ?

Moza hausse les épaules. Un vieux dicton africain lui revient en mémoire. Une fois la noix de coco avalée, il est trop tard pour s'inquiéter de la taille de son trou de balle.

— Bon, ça roule. En ce cas, je reviens tout de suite.

Dans la partie du local qui forme vestiaire, le garagiste ôte sa cotte de travail outremer et apparaît en lin clair, col et cravate impeccables – son habit favori pour accueillir les clients. Max tient à être à son avantage pour affronter son jeune adversaire. Le cambouis a sa noblesse, mais quand on a rendez-vous avec la chance un rien d'élégance est toujours bienvenu. La coquetterie du matador qui, face au taureau, de quelque caste et envergure soit la bestiole, se vêt de lumière. Même à cent contre un, on peut toujours prendre un coup de corne et se retrouver à perdre son sang sur le sable de l'arène. Autant le faire en beauté.

Moza est persuadé que le vieux ne sera pas à la hauteur. Sa façon de perdre sa dame pendant le blitz était digne d'un novice.

Se faisant fort d'écraser son adversaire, chacun considère que les problèmes ne seront que pour l'autre. Au-dessus de tout, bien sûr, règne la folie de l'orgueil aiguillonné par la rivalité et la condescendance. « Le fou se croit sage et le sage se reconnaît fou. » Mais Max et Moza sont loin de Shakespeare. Ils sont plutôt dans l'*Iliade*. Et comme le poète aveugle l'a illustré à chaque page de son récit : « Quand on est con, on est con. »

La comptable sera garante des enjeux. Les deux protagonistes déposent les liasses en vrac et la sacoche sur le bureau de Bonnie. Total des enjeux : quatre cent mille. Max lui propose :

— Tu nous fais tirer au sort celui qui commence ?

Trop inquiète pour dire un mot, elle acquiesce d'un hochement de tête. En bonne comptable, elle sait la règle d'or. Jouer avec l'argent du business, c'est toujours une très mauvaise idée. Aussi déconseillé que pour un dealer de consommer sa propre came. Certains y ont laissé leur fortune, leur affaire, leur réputation, leur liberté et pire.

Parmi les pièces alignées sur le champ de bataille, elle choisit un pion noir et un pion blanc puis présente ses poings fermés aux opposants. Courtoisement, Max laisse Moza choisir. Son adversaire désigne le gauche. Les doigts aux ongles soigneusement vernis s'écartent ; au creux de la paume apparaît un pion clair. Ce sera donc au plus jeune de commencer.

— À chacun son tour, commente Max. Tu avais eu les noirs pour la blitz.

Moza s'est assis de son côté du plateau. Il avance très classiquement le pion du roi en e4 et Max pose son cavalier en f6. Moza se réjouit de voir les premiers coups. Le garagiste a opté pour la défense Alekhine, assez démodée. Certes, en certaines occasions l'immense Bobby Fisher l'a ressortie des limbes poussiéreux où elle était enfouie, mais la manœuvre est devenue une antiquité presque totalement réfutée à ce jour. Le moins qu'on puisse dire, c'est que l'homme au complet de lin ne se tient pas au courant des dernières avancées de la théorie. Moza se lèche mentalement les babines. Ça va être du gâteau.

De l'autre côté du champ de bataille, Max approfondit sa découverte du style de son adversaire. Le gamin est bon, même très bon, mais il joue un poil trop vite et de façon trop dédaigneuse. Il oublie que les échecs, c'est la guerre. La désinvolture n'y est jamais de mise… Lorsque les doigts entrent en contact avec le bois, sous le masque le plus courtois, le plus civilisé des hommes se mue en un enragé sans pitié aiguillonné par le démon de la gagne et accompagné par la terreur de l'anéantissement. Sous les dehors quadrillés des règles ancestrales, toute urbanité vole en éclats. Il faut tuer le totem de l'autre, c'est-à-dire sa fierté, sa puissance, sa santé, son énergie, son désir de vivre – et, si possible, neutraliser sa dame, souvent son meilleur atout. Un maximum de concentration s'impose.

Pour le moment, Max, avec sérieux, se contente d'organiser soigneusement le déplacement de ses pièces afin d'empêcher son adversaire de développer sa position pour préparer la suite. Une fois passé le début de partie dont les grandes lignes sont prévues par la théorie, il faut prendre des décisions. Coup après coup, Moza dépense de plus en plus de temps pour réfléchir aux pièges qui lui sont tendus. Il ne commet aucune gaffe essentielle mais, au fur et à mesure que la partie avance, il comprend que les difficultés s'accumulent. À devoir batailler ainsi en se méfiant de tout, la fatigue se fait sentir et entame peu à peu son arrogance.

Bonnie a apporté des sandwichs et du café auxquels personne ne touchera. Pendant l'affrontement rythmé par le claquement des doigts des joueurs sur la pendule qui décompte les temps des joueurs, elle a pris une chaise et s'est installée, le coude contre le dossier. Le menton dans la main et le cœur aux lèvres, elle observe les combattants.

La partie reste serrée. Finalement Max avance un coup que Moza n'a pas su anticiper. Ce petit avantage sera décisif. Quand Moza comprend l'idée de Max, il est déjà trop tard. Dans le déni, le jeune s'obstine par quelques actions désespérées qui ne font pas dévier Max de son inexorable calcul. Il faudra encore quelques minutes pour que Moza, abasourdi, reconnaisse que sa défaite est certaine. Il se retrouve avec une tour et deux pions de moins que son adversaire. Pire, le mat est en trois coups et rien ne pourra l'éviter. Acculé contre un bord de l'échiquier, son roi ne sera bientôt plus qu'un bout de bois mort. Inutile de batailler davantage. En signe d'abdication, le jeune homme couche son souverain. Sonné, en état de choc, il accepte la poignée de mains proposée par son aîné.

Max se lève lentement, récupère la totalité des enjeux sur le bureau de Bonnie et va les remiser en lieu sûr. Quand il referme la porte de l'armoire, le métal résonne dans l'espace du garage comme l'écho de la porte d'une prison. Ou, se dit son adversaire anéanti, le fracas de la dalle qu'on scelle sur un lugubre caveau.

15. Après le jeu

Moza contemple l'échiquier avec accablement. L'ombre terrifiante du Sarde et le souvenir des lamentations du boulanger à l'oreille arrachée flottent au-dessus du champ de bataille. Comment faire ? Il est censé appeler Oualid pour organiser la remise des fonds. Tenter de récupérer par la force les sommes perdues, ce n'est même pas la peine d'y penser. Les billets sont désormais remisés hors de vue, et Max est costaud. Peut-être même Bonnie Muller cache-t-elle une arme dans le tiroir de son bureau. La seule solution est de fuir. Oui, mais où et comment ?

— Il va me falloir changer d'air.

— Je crois que c'est une bonne idée. Et même changer de continent, acquiesce Max.

Le Sarde lui-même, par sa méfiance et sa stupidité, a servi son projet. La petite manœuvre de la photographie est tombée à pic pour incriminer totalement le freluquet. Cependant, Max doute qu'expliquer qu'il a gagné le magot à la loyale contre l'étudiant pourrait détendre le truand. Une confrontation avec cette brute n'apporterait rien de bon à personne. Inutile d'entrer dans les détails, les conséquences en seraient des plus néfastes. Le mieux est que Moza disparaisse le plus loin et le plus longtemps possible. Une fois évaporé dans la nature, ce sera lui seul qu'on soupçonnera.

— Max, vous pourriez m'aider ? supplie le gamin, toute gloriole évaporée.

— Je ne sais pas. Pas impossible. On peut essayer quelque chose… Laisse-moi passer un coup de fil.

Le garagiste sort son mobile et s'éloigne vers le fond du garage. Il compose un numéro qui répond. Sa mine s'éclaire et il lève un pouce à l'attention du jeunot.

Bonnie propose à Moza un des sandwichs. Elle a de la bière au frais aussi.

Au point où il en est, Moza accepte la boisson alcoolisée. La mousse fraîche lui fait réaliser combien sa gorge était sèche.

Max discute avec le capitaine d'un porte-conteneurs de ses relations. Il sait que son navire, le *Saint-Ex*, doit bientôt appareiller du Havre vers la mer Rouge avec un fret de plusieurs milliers de tonnes de déchets électroniques destinés officiellement au « recyclage ». Le terme est un euphémisme poli pour désigner les quantités indécentes de matières plastiques et de déchets toxiques ou irradiés qu'on ne veut pas chez nous et qu'on refile en douce à quelques pays dont on a prévariqué les dirigeants. Parmi ces destinations dépotoirs, la Malaisie décida un jour de réagir en réexpédiant vers leurs pays d'origine, la France incluse, tous les chargements nuisibles pour l'environnement qu'elle recevait. Mais, en dépit des accords internationaux qui l'interdisent, des millions de tonnes de cargaison polluante partent toujours chaque année dans la nature, sur d'autres plages et jungles complaisantes d'Afrique et d'Asie.

Max revient, il semble content.

— J'ai une bonne nouvelle pour toi, petit. J'espère que tu aimes les croisières. Un de mes amis quitte la France pour Djibouti dans trois jours. C'est le capitaine d'un cargo de fret qui me devait un service. Il accepte de te prendre discrètement à bord, de te garder au chaud et de t'offrir la traversée. Il ne dira rien au Sarde, je sais qu'il ne peut pas l'encadrer. Bien sûr, maintenant c'est moi qui lui serai redevable, mais que veux-tu…

Tout en rassurant l'étudiant, Max peine à masquer sa satisfaction. Son plan s'est goupillé au poil. Voici le Sarde floué à son tour et la concession de luxe qui s'est rapprochée d'un grand tour de roue. Certes, le garagiste pourrait encore laisser à Moza les deux cent mille qu'il a perdus pour qu'il les remette comme convenu au truand, et accepter une reconnaissance de dette avec l'espoir d'être remboursé un jour. La suite de l'histoire en serait tout autre. Mais il n'y pense même pas. Si c'était lui qui avait perdu la partie d'échecs, il en aurait assumé les conséquences sans rien demander à quiconque. Pourquoi faire au jeunot une telle fleur ? C'est Moza qui a proposé la première partie ; il ne doit s'en prendre qu'à lui-même. Ce godelureau n'est pas près de revenir lui donner des leçons en faisant le joli cœur. Il existerait encore une autre solution pour faire disparaître ce témoin gênant. Mais Max ne possède pas une vocation d'assassin.

Le garagiste poursuit.

— Tu files donc à Saint-Lazare et tu prends le premier train pour Le Havre. Là, tu vas au port et tu cherches le

Saint-Exupéry, un porte-conteneurs sous pavillon panaméen. Le capitaine t'y attendra. Il s'appelle Rafael. Ça te fera assez loin, les faubourgs de Mogadiscio ? Là-bas, personne n'ira te demander des comptes.

Moza essaie de digérer les nouvelles perspectives qui s'offrent à lui. C'est brutal. De quoi paniquer. Un élément s'impose immédiatement :

— Euh, je n'ai pas d'argent liquide. Il m'en faudra pour redémarrer. Je ne peux pas débarquer dans ce trou sans rien. Les fauchés, j'imagine qu'en Somalie ils en ont déjà à foison. Personne ne lèvera le petit doigt pour un arrivant sans le sou. Vous venez d'en faire déjà beaucoup pour moi, mais vous pouvez me dépanner ?

Un pauvre gosse mort de trouille. Toute sa morgue s'est évanouie. Bonnie a l'impulsion de plonger dans sa caisse pour voir si elle ne peut pas lui passer un ou deux billets. Du coin de l'œil, Max a saisi son mouvement et l'arrête d'un geste court de la main.

— Je t'ai déjà arrangé le transport. Je ne suis pas l'Armée du Salut. Tu aurais quelque chose en échange ?

II regarde le poignet de Moza. Nada. L'étudiant n'est pas du genre à se promener avec une montre de marque.

Le jeune fouille dans les poches de sa veste et en sort la pochette qui contient les papiers d'immatriculation de la Panda, puis dépose la clé sur le plastique fatigué.

— Je peux vous laisser ma voiture. Elle est garée sur le parking de la fac, au pied de ma chambre à la cité universitaire. Bâtiment H.

Max rigole, il connaît la caisse pourrie de Moza.

— Eh, je suis mécano, moi, pas ferrailleur. Mais bon, je

t'en file cent euros si tu veux. Honnêtement ça ne les vaut même pas. Tiens, Bonnie, range-moi ça.

En ramassant la carte grise et la clé, Bonnie dit qu'elle s'en occupe.

— Tu as autre chose ?

Moza hésite :

— Oui, j'ai autre chose. Ça vaut bien davantage, mais il faut connaître.

Il retire de son cou une chaînette d'acier où un médaillon rectangulaire, genre plaque d'armée, est accroché. Max se marre derechef.

— Ça ne vaut rien, ça. Pas de l'or, ni même plaquée argent. Pure ferraille, ça se voit.

— Je ne parle pas de la chaîne, je parle de la plaque, ou plutôt de ce qui est gravé dessus. Vous voyez ces mots en anglais ? C'est le code pour récupérer cinquante bitcoins. Vous savez ce que c'est ?

Des bitcoins ? Max a vaguement entendu parler de ce truc. Moza poursuit :

— Cinquante bitcoins, aujourd'hui ça vaut environ quarante cinq mille euros. C'est toutes mes économies depuis que je bosse pour le Sarde.

Bonnie semble savoir ce dont il parle. Elle tapote sur son ordinateur et désigne un taux de conversion sur l'écran. Max corrige :

— Ça fait plutôt dans les quarante mille.

— Bon, d'accord, dans les quarante si vous voulez. Mais beaucoup disent que ça va grimper encore. J'ignore si j'aurai accès à un ordinateur de sitôt. Je me contenterai de trente mille maintenant, pour ne pas repartir à l'autre bout du monde complètement à zéro. En échange, je vous file la plaque et les coordonnées du site où les récupérer. Et les bitcoins sont à vous.

— Mouais, fait Max, pas convaincu. Ça paraît bien compliqué, ton affaire.

— Mais non, plaide Moza aux abois. Il suffit de rentrer le code, la liste de douze mots qui est là, pour y avoir accès. Ensuite, vous pourrez les transférer où vous voudrez sur le compte que vous voudrez. Ou conserver le compte existant comme tirelire pour plus tard. Personne, aucun contrôleur du fisc, aucun fouineur, aucun Sarde ne pourra y avoir accès s'il ne possède pas le code.

Max jette un coup d'œil à Bonnie. Elle a écouté attentivement et semble suivre les explications du jeunot. Elle hoche la tête. Max fait signe au gamin de lui passer la plaque. Effectivement, en caractères minuscules, une liste de mots y est gravée. Max se sent joueur. La journée a été bonne, cette nouvelle mise est relativement minime, pourquoi ne pas remettre au pot ?

— Qu'est-ce qui prouve que ça marche, ton truc ? Et c'est quoi, le site ?

— Ça, je peux vous le dire tout de suite. Attendez, vous avez de quoi noter ?

Bonnie va chercher un papier et un feutre. Moza lui dicte le nom du site. Cryptomania.ca. Elle le tape sur son PC.

— Vous permettez ?

Elle cède la place à l'étudiant et il lui montre comment on parvient à la bonne rubrique. Il demande :

— Pouvez-vous me dicter la liste, s'il vous plaît ?

Max repasse la plaque à Bonnie qui déroule les mots gravés sur la médaille : Church, Alligator, Sterling...

Sous la dictée, les mains du jeune homme s'activent sur le clavier.

— Regardez, il suffit de taper les mots clés dans l'ordre.

La balance du compte ouvert par Moza apparaît sur l'écran : cinquante bitcoins tout rond.

— Voyez, ils sont là. Si vous les voulez, tout est à vous. Pour trente mille euros.

Max a déjà entendu parler des fameux bitcoins, et toute l'histoire lui a semblé être un délire d'Américains allumés. Mais il se dit qu'il se trompe peut-être. Ce pourrait bien être un bonus. Il consulte encore Bonnie du regard. La comptable n'a pas l'air d'être déconcertée par la perspective de la transaction.

Max tranche :

— Bon, je t'en donne vingt-cinq mille. À prendre ou à laisser.

Moza a-t-il le choix ? Sans tenter de négocier davantage, il éteint l'écran et abandonne la plaque au couple. Max récupère deux liasses et paie le jeunot.

— Ne traîne plus maintenant. Si Oualid ou le Sarde appellent, je leur dirai que tu viens juste de partir, ça te laissera un peu de champ. Et je ne te souhaite pas bonne chance, ça porte la scoumoune.

Bonnie donne une sage accolade au jeune homme qui aspire un peu de son parfum comme une transfusion consolante. Il serre cérémonieusement la main du garagiste.

— Ah, au fait, bravo. C'était un très fort coup le pion en c6.

Sur ces mots, le vaincu quitte le garage. Le sursis qui lui est donné est bien maigre. En chemin, chaque passant lui semble suspect. Si le Sarde le retrouve, il préfère ne pas penser aux suites. Il se hâte à pied vers la gare de Clichy-Levallois qui sépare les deux communes. Depuis des générations, les gamins du quartier ont affublé le bâtiment ferroviaire du sobriquet « le-voilà-qui-chie »… Moza connaît la blague, mais, ce coup-ci, elle ne le fait pas sourire.

16. La fuite

Le fugitif n'a pas envisagé sérieusement de s'embarquer au Havre. Il n'a jamais eu le pied marin Et, franchement, le *Saint-Exupéry*, comme nom pour un bateau... Qui peut croire qu'un tel rafiot, avec un équipage d'esclaves recrutés en vertu du non-droit international et le patronyme d'un aviateur péri dans les flots, soit capable de naviguer ? Pourquoi ne pas l'avoir baptisé *L'Enclume* ? Ou *Le Fer à repasser* ? De plus, Moza a deviné le chargement peu conforme aux règles du développement durable... Une saloperie sanitaire est vite attrapée. Quant au capitaine, ce Rafael, une relation du Max et un ennemi du Sarde, ça augure de l'engeance. Décidément, Moza préfère se trouver une autre destination que la Corne de l'Afrique percluse de guerres et de famine. Il pense que son destin – s'il lui en reste un – est ailleurs.

Il n'a pas eu de temps à perdre aux guichets et a bousculé une mémé pour franchir le portillon avec elle. Nanterre Université n'est qu'à quelques arrêts, il prend le risque de voyager sans ticket. Dans le RER L, le jeune homme palpe dans sa poche ce qu'il a réussi à négocier avant de disparaître dans la nature. C'est une première compensation en attendant la suite. Il lutte contre la somnolence. La journée promet d'être longue. Son téléphone vibre rageusement pour le tirer de sa torpeur. Il finit par répondre.

— Oui ?

— Eh, Pizza, c'est Oualid. Qu'est-ce que tu branles ?

— Je viens de partir du garage. J'allais t'appeler.

— Mais, au garage, Max me dit que tu es parti il y a un bon moment. T'es où ?

Ce foutu garagiste n'a même pas été fichu de tenir parole. Moza répond n'importe quoi :

— Je vais au métro Odéon. J'avais un truc urgent à faire.

— Avec le fric ? T'es ouf.

— T'inquiète, je te rappelle ; je dois raccrocher, là.

Oualid prend une voix plus douce, presque fraternelle :

— Eh, Pizza...

— Oui ?

— S'il te plaît. Déconne pas.

Moza, ça lui fait drôle.

Descendu à La Défense, il se dépêche vers les voies du RER A. Aussitôt arrivé à la fac, il coupe au plus court vers les bâtiments de la cité universitaire.

Il se hâte dans le long couloir qui mène à la salle informatique, en accès libre pour les étudiants. À peine assis devant un ordinateur disponible, il entre son mot de passe et pianote frénétiquement sur le clavier.

L'étudiant conservait le pendentif par superstition, mais, depuis le temps qu'il le transporte à son cou, il a fini par savoir les douze mots par cœur. Même sous la pression, sa mémoire se montre sans défaut. Comme il l'espérait, le magot n'a pas eu le temps de s'envoler. En quelques minutes, le fugitif a terminé. Il a réussi à ouvrir un nouveau compte sur lequel il a transféré la totalité des cinquante bitcoins. Il est heureux d'avoir pris le garagiste de vitesse. Cette fois-ci, sur un morceau de papier récupéré dans une corbeille, il a noté la nouvelle liste qui donne accès à son trésor de guerre. Il la recopiera plus tard.

Maintenant, le jeune homme en fuite hésite à passer par sa chambre d'étudiant. Il se décide finalement à risquer le coup en espérant avoir le temps avant que la chasse à l'homme ne se déclenche. Il ramasse quelques affaires, un ou deux livres, des photos, une brassée de vêtements qu'il entasse dans une petite valise à roulettes. Il laisse sur place son passeport. À quoi bon ? Ça brouillera peut-être les pistes.

Dans le hall du bâtiment, il croise Lucian, son copain canadien. Ça tombe bien.

— Tu n'aurais pas un peu de cash sur toi, par hasard ?

— Si, un peu. Tu pars en voyage ?

— Pour quelques jours. Passe-moi ce que tu peux, ça me dépannerait. Je te les rends vite.

Lucian sort trois billets de cinquante de sa poche. Ça ira ? Si tu veux, j'en ai peut-être davantage en haut, dans ma chambre.

— Non ça va, le remercie Moza, peu désireux de s'attarder. Je te rembourse vite, promis.

— OK, lui dit Lucian sans inquiétude. Tu t'es toujours montré réglo.

Tu parles ! Cette fois-ci, le Canadien ne reverra pas son argent. Mais son débiteur n'a pas le choix, chaque centime lui sera précieux.

Jusqu'alors, tout s'est bien passé. Par prudence, Moza va emprunter un détour par les parkings.

Il ne reste aucune trace des cités-bidonvilles qu'occupèrent ici même des centaines de familles dans des cabanes de fortune aux toits de carton goudronné. Tant d'âmes déplacées, comme son père, celui de Oualid et d'autres venus de partout, s'y sont succédé dans l'espoir de se fondre plus tard dans la masse des intégrés, des devenus Français, de ceux à qui l'on fout la paix. En attendant ce jour qui, pour la plupart, ne viendrait jamais, ils avaient survécu dans ces boîtes à lapins.

Sur ces lieux, les urbanistes ont fabriqué un puzzle invraisemblable de voies rapides et d'allées sans issue, de bâtiments officiels coincés entre des barres d'immeubles, de barrières métalliques, de murs de béton qui ont poussé un peu partout, sans oublier un viaduc inachevé qui ne mène nulle part. L'étudiant, qui les connaît bien, progresse rapidement dans ce fouillis.

Son portable a vibré plusieurs fois. Oualid, qui tente encore de le joindre, a laissé des messages que l'étudiant ne perd pas son temps à écouter. Il préfère passer un coup de fil à ses parents, entendre leur voix probablement avant longtemps. Son père décroche. Il lui parle tout de suite de l'appel d'un monsieur qui le cherche. Il faut rappeler le Sarde. Envie de pleurer. Moza ne s'éternise pas.

— OK, je le rappellerai, merci Papa. Dis à Maman que je l'aime.

— Que se passe-t-il ? demande le père alarmé. Tu as des problèmes ?

— Un peu, rien de grave, dit Moza d'un ton qu'il espère léger ; ça va s'arranger, ne te tracasse pas. Si vous n'avez pas de nouvelles de moi, même pendant longtemps, c'est que tout va bien. Je vous embrasse fort, Papa. Très fort. Et surtout, ne vous inquiétez pas.

Coupant court aux questions, le jeune homme raccroche, la gorge serrée. Ça vibre à nouveau. Toujours Oualid. Moza ne répond pas. Il ouvre son tel, le dépiaute et balance la puce dans l'herbe d'un terre-plein mal entretenu.

Il avise, au coin d'une allée, une silhouette qui se presse dans la direction de la fac de lettres. Merde, c'est Clou ! Ils n'ont pas perdu de temps. Pourvu qu'il ne l'ait pas vu. L'étudiant se planque avec son bagage derrière la carcasse taguée d'un 4×4 pendant que le mammifère passe à distance. Puis le fugitif bifurque à pied vers Nanterre ville. *Adios muchachos*, un mort disparaît !

17. Vengeance

Évidemment, toute cette histoire irrite fortement le Sarde. Quand Oualid, très embêté, l'informe que Moza et l'argent sont introuvables, il est pris d'une rage froide. Tout en envoyant Clou vérifier le domicile de l'étudiant, il décide d'enquêter par lui-même. Il ne va pas laisser deux cent mille euros s'envoler pour Pétaouchnock sans demander quelques comptes.

Le lendemain, le truand se rend à l'Émeraude. À son arrivée, le garagiste, qui était en train de démonter un alternateur, prend un chiffon pour essuyer ses mains graisseuses. Mais le Sarde se contente de le saluer de la tête. Dans ce décor, par peur de souiller le blanc de ses survêts, il ne touche jamais rien. Il s'enquiert, sur un mode faussement affable :

— Bonjour, Dottore. Tout va bien, ? Et hier, tout s'est bien passé ?

Max répond, l'innocence même :

— Oui, la Zagato est bien là. Comme tu vois. Enfin si quand même, nous avons eu un petit souci.

— Ah ? fait le Sarde.

— Pas grand-chose. Un petit ennui avec l'essuie-glace. Déjà réparé.

— Bravo. Et, le gamin, pas de problème ?

— Il est reparti comme convenu avec ton fric. Tu as vu la photo ?

— Oui, je l'ai vue. Bon alors,tout baigne, conclut le Sarde, tout sourire. Enfin, si le petit repasse, tu m'appelles, hein. J'ai oublié de lui dire un truc. Un truc important.

— Promis. Tu bois quelque chose ?

— Non merci, Dottore. Une autre fois. Je dois y aller.

Fin de la scène. Ce n'est plus un garage, c'est l'Actor's Studio. À l'affiche : le bal des faux culs.

Une fois dans la cour pavée, le Sarde se retourne vers la façade verte. Puis il hoche la tête et reprend son chemin.

* * *

Dès Moza parti, Bonnie, en comptable consciencieuse, a voulu consulter à nouveau le site. Elle a répété la manœuvre et rassuré Max. Les bitcoins sont bien là. Puis, voyant que tout était en règle, et avec l'accord du garagiste, elle a accroché le pendentif à son cou avant de quitter l'Émeraude.

Le lendemain, prise d'un doute, elle veut vérifier à nouveau depuis chez elle. La connexion au site s'effectue sans problème, mais ensuite cela se complique. L'accès au compte est refusé et un message d'erreur prévient que neuf nouveaux essais seulement sont autorisés. En cas d'insuccès répétés, la caverne d'Ali Baba se refermera pour toujours.

En plissant les yeux, Bonnie recommence. Elle s'applique à suivre méticuleusement la liste gravée en lettres minuscules sur la médaille de Moza. Ce coup-là, ça fonctionne. Le compte ouvert par Moza est bien accessible. Mais son soulagement est de courte durée : le solde est maintenant passé à zéro. Bonnie respire un grand coup. Elle connaît un ex-collègue, un geek qu'elle pourrait appeler pour lui demander conseil. Pourtant, au fond d'elle-même, elle sait déjà. Le gamin en partance pour les tropiques les a refaits.

Elle hésite à communiquer la disparition du magot à son amant par téléphone. Même si la somme ne représente qu'un pourcentage acceptable des gains de la partie, il ne va pas apprécier. Elle décide de le lui annoncer en face-à-face pour essayer d'amortir le choc. Elle enfile son manteau et prévient Mumu qu'elle se rend à l'Émeraude. Le flic soulève à peine le nez des mots fléchés du *Parisien* et grommelle un OK. Dans l'ascenseur, elle se dit que Max va probablement contacter son ami Rafael pour vérifier si le gamin a bien rejoint son bord, mais elle est prête à parier que l'étudiant n'a jamais pris le train pour Le Havre.

À la sortie de son immeuble, ses réflexions sont interrompues par l'arrivée d'une longue silhouette sombre qui se glisse à sa hauteur le long du trottoir. Elle identifie la BMW du Sarde. Au volant, un homme à la peau brune qu'elle ne reconnaît pas et, à l'arrière, un Oualid à l'air embêté qui se penche pour lui ouvrir de l'intérieur la portière côté passager.

— Montez, Bonnie. Le Sarde m'a demandé de venir vous chercher. Il veut vous voir.

Le cœur battant, Bonnie obéit sans même penser à s'enfuir. Aux questions de la brune, le jeune Marocain répond évasivement. Il ne sait pas trop, il exécute les instructions. Sur un ton amical, il lui conseille seulement d'appeler son mari pour avertir qu'elle ne rentrera pas ce soir, tout en restant discrète sur la convocation du Sarde. Elle comprend que les ennuis commencent. La conversation avec Mumu est anodine. Elle lui déroule le tapis de mensonges habituel.

— Allô, Mumu. Juste pour te dire que Sylvie m'a invitée pour le week-end à Deauville. Un chagrin d'amour… Elle a besoin de me parler. Elle m'emmène après le travail, chez des amis à elle. Des gens très bien…

— Sacrée Sylvie ! Je peux te déposer à Saint-Cloud si tu veux.

— Non, t'inquiète. Elle a des courses à faire à So Ouest. Elle va passer me prendre.

Mumu n'insiste pas. Il est bien dressé à assumer sans broncher son état de mari discret. On pourrait faire passer dans son salon une troupe de hussards en tenue d'Adam avec une boîte de préservatifs à la main, il refuserait d'y voir malice.

Bonnie demande si elle peut passer un autre coup de fil, prévenir Max qu'elle va manquer sa journée. Ouali fait signe que non, et lui confisque son mobile sans violence.

— C'est quoi le code ? Le Sarde va vouloir l'examiner.

Sans faire d'histoires, Bonnie fournit l'information. Elle ne voit rien dans le contenu du téléphone qui puisse l'incriminer, mais elle se dit que ça sent de moins en moins bon…

Ils se garent devant un pavillon du côté de Bécon. Ce n'est pas une des résidences habituelles du Sarde. Quartier trop modeste, pas assez frimeur. Peut-être chez l'un de ses sbires. Ou une planque pour certaines transactions.

Dans le salon, le Sarde est là, accompagné de Clou. Quatre hommes au total en comptant Oualid et le conducteur de la BMW qui jusqu'alors n'a pas dit un mot. À côté de ce taiseux, Clou est plus bavard qu'un présentateur télé qui vient de s'enfiler sa ration de coke. Il va falloir jouer serré.

L'interrogatoire débute sur le mode anodin mais bientôt le Sarde passe au vif du sujet. Que s'est-il passé à l'Émeraude ? La brune tient bon. Pour ne pas s'emmêler les pinceaux, le plus simple est le mieux. Et le plus simple, c'est la règle des trois singes : rien vu, rien entendu, se taire. Chaque détail de trop ne ferait que compliquer les choses, susciter de nouvelles interrogations et déclencher de gros ennuis à tout le monde. Elle ne dira pas un mot de la partie d'échecs, des bitcoins, de la fuite de Moza. Tout ce qu'elle sait, c'est que le gamin a bien remis la voiture, a pris l'argent et est reparti. Point.

À l'aveuglette, le Sarde continue de creuser. Il a examiné le contenu du portable de Bonnie, fouinant au flan dans ses textos, ses photos, comme un cochon qui met son groin dans un tiroir de lingerie. Le truand n'a rien trouvé de concluant. Il fait signe à Oualid de lui passer le sac de Bonnie, le renverse sur une table basse. Le Sarde reprend son enquête. Il était quelle heure quand le môme s'est cassé ? Comment était-il sapé ? À vrai dire, il ne sait pas trop ce qu'il cherche. Il y va au pif.

— Tu étais là, au moins, quand il a pris la photo ? Celle du petit con avec le pognon ?

— Oui, j'étais là. Je vous ai trouvé très soupçonneux. Mais, au moins aujourd'hui, ça devrait vous rassurer. Qu'est-ce que vous voulez de plus ? Vous savez bien que Max et moi avons toujours fait pour le mieux concernant vos affaires.

Le Sarde se frotte le menton. Il reste plus furieux que convaincu. Il enchaîne.

— Tu l'aimes bien, ton Max, on le sait. Il en a de la chance de se régaler avec une employée comme toi. C'est toujours bien les filles qui connaissent la musique. On sent que tu as déroulé du câble.

Ce n'est pas vraiment un scoop : en dépit de ses efforts pour se faire passer pour un entrepreneur honorable, le Sarde n'est pas un être doté d'un grand raffinement. En même temps, Bonnie est soulagée. Elle sent l'excitation primaire sous l'insulte. Et sait reconnaître quand un homme est en érection pour elle. Si ça peut aider…

Malheureusement, ce ne sera pas si simple. Le truand est un sauvage avec des principes, la pire des combinaisons. À cheval sur les questions de discipline mais imprévisible quant à sa façon de la faire respecter. Il n'est sûr que d'une chose : le garagiste et la comptable sont les derniers à avoir vu le pognon avant que le jeune ne disparaisse. La piste s'arrête pour le moment à eux. D'une façon ou d'une autre, ils sont complices du problème.

Bonnie a conscience de l'œil du Sarde qui se fait de plus en plus mauvais, de la façon saccadée dont il agite ses mains. Sans se décourager, elle palabre encore. L'important est d'arrondir les angles.

— Évidemment, Max n'y est pour rien mais il se sentira responsable, je le connais. Il ne pouvait pas se douter que le môme allait disparaître. Mais lui, ce qu'il veut, c'est la paix. Laissez-moi lui parler. Il fera un geste pour que vous ne soyez pas lésé. Il est réglo, vous le savez bien. Si vous y tenez, je lui conseillerai de rembourser de sa poche. Il tapera dans ce qu'il a mis de côté pour sa concession, mais il vous dédommagera, je promets.

Aucune cuillère n'est assez longue quand on a accepté de partager la soupe d'un démon de l'espèce du Sarde. Et aucune concession suffisante. Le Sarde accepte la proposition. Mais à ses conditions : il va envoyer sans attendre Oualid récupérer les fonds au garage. Il veut ses deux cent mille tout de suite. Minimum. Ce sera déjà ça.

— On est déjà vendredi, tente d'objecter Bonnie qui s'en tient à sa version. Laissez-lui au moins jusqu'à lundi. Le week-end, toutes les banques sont fermées.

Le Sarde s'en cogne.

— Il se démerdera. Il a du liquide à gauche, je le sais. D'ailleurs, ce n'est pas qu'une question d'argent. C'est plus grave, c'est une question d'honneur.

D'honneur ?! Écoutez qui parle. Il se la joue vraiment Don Corleone, le Berbère. Mais, pour ce parrain élevé à la harissa, Bonnie comprend qu'il s'agit d'une question de standing. Il doit afficher l'inaltérabilité de son pouvoir devant les troupes. Hors de question d'être soupçonné de faiblesse, ce pourrait être la porte ouverte aux dérives. Le voilà maintenant qui cite *grosso modo* une phrase célèbre d'un vieux manuel militaire.

— Dans les affaires comme à la guerre, la discipline est la force principale des armées.

Et il ajoute, pris d'une idée :

— Tiens, pour l'exemple on va lui crever un œil, à ton Max.

Bonnie, horrifiée, comprend que le cinglé ne plaisante pas. Elle essaie d'argumenter :

— Mais ce n'est pas juste, il n'a rien fait !

— Ce qui est injuste, c'est que mon pognon se balade dans la nature dans les mains d'un petit con que vous avez laissé faire. Et puis, je reste indulgent. Si j'étais sûr à cent pour cent qu'il a pris mes ronds, ton mécano, je le ferais buter, tout simplement.

Face à cette logique, Bonnie frémit. Elle objecte quand même :

— Une fois aveugle, il ne vous serait plus d'aucune utilité. Les affaires doivent continuer. Il faut quelqu'un pour tenir le garage.

— Évidemment, dit le truand. Mais je n'ai pas dit : aveugle, j'ai dit : un œil. Regarde le Capitaine Crochet dans *Peter Pan* : même borgne, il réussit bien à faire naviguer son bateau !

Il a dit ça comme on discute le bout de gras ; ce ne sont que les modalités. On cause, tranquille.

Bonnie se souvient avec effroi que le personnage de Disney a fini bouffé par un crocodile. Pour le moment, un autre saurien affamé se tient en face d'elle. La brune ne renonce pas. Elle tente d'user de flatterie, minaude un peu, pas trop. Reprend son argumentation. En appelle à son sens du management, à ses *soft skills*. Encore plus que la terreur, rien ne vaut l'équité pour s'assurer l'estime de ses troupes. Max est réglo, elle l'affirme à nouveau. Elle était là quand Moza est parti avec l'argent, elle en témoigne. Ça lui fait mal au cœur de charger un jeune, presque un môme, mais c'est la vérité, elle le jure.

Le Sarde n'écoute plus que vaguement, distrait par le morceau de soutien-gorge qui joue à cache-cache dans le décolleté et les joues rebondies de la belle comptable qui présagent d'autres rondeurs… Une bonne petite chèvre, se dit-il, qui donne de la corne et bataille jusqu'au bout. Ça excite le loup qui veille en lui. Il opine vaguement :

— Bon, je vais lui faire une fleur, à ton Max. Au nom du bénéfice du doute. Même si mon instinct me dit qu'il n'est pas blanc-bleu. De toute façon, il ne peut pas s'en sortir intact. On dirait quoi, après ça ? Que je me suis ramolli ? Mauvais. On ne va pas lui crever l'œil. On va juste lui péter un bras. Ça te va ? Mais toi, il va falloir te montrer gentille, ajoute-t-il. Tout dans cette affaire continue à me tarabuster. À commencer par ton rôle exact. J'ai droit à une prime. Et la prime, ma chérie, ce sera toi. Tu peux me dire merci.

Elle l'avait vue venir, celle-là. Il faut hélas savoir quand le point final d'une négociation est atteint. La terreur au ventre et la rage au cœur, la brune s'entend en train d'exprimer sa reconnaissance à la brute :

— D'accord. Je vous remercie. Je vous remercie beaucoup.

Sans relever l'ironie, le Sarde s'adresse maintenant à Oualid, qui a attendu sans rien dire le résultat des courses.

— Bon, je vais me montrer sympathique. Son chéri, on passera le voir lundi. J'enverrai Clou et Fabrizio à l'ouverture du garage. Comme ça, s'il faut accompagner monsieur à la banque... Quant à la fille, c'est maintenant qu'on se paie. Vous ne voulez pas en profiter, les gars ? C'est moi qui régale.

Houla, voilà une interprétation très extensive du contrat. Cet alinéa n'a jamais été discuté ; le trio infernal ne faisait pas partie de l'agrément. Mais Bonnie se dit aussi que l'autre a toutes les cartes en main. À commencer par la force, avec l'aide musclée de sa suite. Elle ne peut pas leur échapper. Elle doit bien se résoudre.

Il lui semble que Oualid rougit vaguement. Il prend la direction de la sortie avec un sourire embarrassé, sort la première excuse qu'il trouve :

— Euh, moi je passe mon tour. Trop vieille pour moi.

— On a connu pire comme antiquité. Mais effectivement, on la devine pleine d'expérience ; tu ne sais pas ce que tu perds. Tu es sûr ? À moins que tu sois un peu pédé, par hasard ?

Depuis qu'ils sont là, ni Clou ni l'autre bélître n'ont prononcé un mot. Mais, sur cette bonne blague, les deux sbires s'esclaffent. Oualid, qui connaît son monde, rigole bruyamment avec eux et balance, avant de quitter les lieux :

— Moi, pédé ? Vous devriez demander à vos mères, les frérots. C'est elles qui m'ont fait passer le goût des vieux pots. Mais si vraiment vous insistez, je vais aller les retrouver tout de suite ; je sais qu'elles en redemandent.

L'humour gangster. Sans se formaliser, le Sarde et son duo se bidonnent à nouveau. Sacré Oualid. Le jeune Marocain déguerpit.

Dans le coin d'une chambre au papier peint moisi par plaques, tout est prêt pour la scène. Un matelas défoncé attend l'exécution du décret. Les deux taiseux se dévêtent. Quand Bonnie les imite, les hommes ne remarquent pas le médaillon qu'elle planque discrètement dans ses vêtements. Le boss s'installe à son tour dans le seul fauteuil de la pièce, un vieux machin en velours bleu canard posé sur le parquet nu, et se contente de baisser son Tacchini. La beauté de Bonnie, sa nudité ne l'émeuvent pas plus que ça ; il attend d'elle les mêmes services que de n'importe quelle pouffiasse victime de son mépris. Elle comprend ce qu'il désire, pas besoin de lui faire un dessin. Peut-être s'en contentera-t-il ? Elle se penche sur le giron du Sarde, lui offre avec application la fraîcheur de sa bouche. Mais ce n'est qu'une mise en train. Une fois en forme, il la fait s'allonger sur le matelas, la positionne par les hanches entre ses mains énormes et entreprend, privilège du chef, de se servir en premier.

Quand elle se retrouve embarquée dans l'orgie dont elle constitue le pôle, Bonnie essaie désespérément de se convaincre que c'est elle qui mène le jeu et que l'inédit pourrait la stimuler. Qu'elle a déjà connu des expériences assez hard et en a fait son miel. Que ces brutes pourraient jouer le rôle d'accessoires de ses fantaisies. Une partouze à quatre avec des voyous menés par une belle bête, la proie innocente violée par des mauvais garçons… La dépravée en elle pourrait tenter de transformer l'horreur en un fantasme croustillant, son âme libertine y trouverait peut-être quelque avantage. Les deux autres avec leurs têtes de gorets lui donnent des crampes au ventre, mais le Sarde, avec sa haute taille, ses tatouages et ses muscles posséderait peut-être dans d'autres circonstances un peu d'attrait. Et, au moins, lui est propre et rasé de frais. Elle tente aussi de se dire qu'ils n'auront que son corps ; que son esprit réussira à flotter loin de cette pièce sordide aux acteurs répugnants.

C'est peine perdue. Aucun subterfuge ne fonctionnera. Son esprit se refusera à ces aménagements. Elle est terrifiée à l'idée des violences à venir. Et qui dit que, emportés par leur saloperie, ils ne vont pas la tuer ensuite ? Ce qui lui arrive dépassera toutes les limites de l'effroyable et ne semblera pas avoir de fin.

Après l'avoir violée en premier, le Sarde se relève et, d'un air de dédain, commente en se rajustant :

— Je suis un peu déçu, je m'attendais à mieux. Je vous la laisse pour le week-end. Vous pouvez faire mumuse avec tant que vous voulez.

Les deux autres grognent en signe d'assentiment. À l'évidence, le programme était prémédité. Ils ont apporté ce qu'il faut, prévu des MD et de la coke à faire glisser avec du rhum médiocre. Par gestes, ils proposeront à Bonnie de partager. Au début, elle refusera, déclenchant des ricanements stupides.

Les ordures se la repasseront à tour de rôle sans rien essayer de particulièrement inventif. Elle remarque leurs efforts pathétiques pour éviter de se toucher, se laver de tout soupçon d'homosexualité. Pourtant, se dit Bonnie, se répandre dans les jus d'autres hommes, qu'est-ce donc pour eux ?

Clou, malgré sa corpulence de mammouth, est membré comme un ouistiti. L'autre, devenu plus prolixe, passera son temps à marmonner à voix basse et dans une langue qu'elle ne reconnaîtra pas des injures qu'elle devine dégradantes. Entre deux rounds, les répugnants bourrins étancheront leur soif au goulot de la bouteille ou au robinet piqué de saleté du lavabo de la salle de bains attenante. Et il y aura la torture du contact avec des chairs mal entretenues, les odeurs des pieds surchauffés par les baskets, les sous-vêtements douteux répandus dans la pièce qui sent la poussière ; et son propre corps qui n'est qu'agonie et dont elle ne reconnaît plus les parfums. Abrutie dans son supplice, elle entend à peine le démarrage de la BMW du Sarde reparti vers d'autres affaires.

C'est très long, un week-end. Le temps va passer comme un fantôme sous Valium. Le cerveau depuis longtemps court-circuité, Bonnie ne parviendra à survivre qu'en acceptant à son tour de se gaver de substances abrutissantes. Elle préférera vivre la fin du film le plus défoncée possible. Abreuvée d'alcool pris à jeun et les narines pleines de poudre, elle espère que ça va aider. Il n'en sera rien. Pas le moindre atome de soulagement ne circulera au cœur de ses synapses.

La nuit du samedi venue, elle sombrera dans l'anéantissement.

Elle se réveillera dans l'aveuglante lumière du lendemain. Les immondes ronflent, vautrés contre elle sur le matelas. Quelques préservatifs traînent dans un coin, même si les défoncés ont fini par s'en passer. Elle pense fugitivement à ramper jusqu'à ses vêtements puis à tenter de s'échapper, mais les jambes coupées, terrifiée à l'idée de ce qu'ils lui feront s'ils la surprennent, elle n'arrive même pas à se lever. Quand ses bourreaux émergent, ils lui proposent un peu du chocolat qu'ils ont apporté, mais la nausée l'en empêche. Elle boit des litres d'eau au robinet crasseux, se traîne vers la salle de bains où elle fait ses besoins et se nettoie comme elle peut. Une fois qu'elle s'est séchée tant bien que mal avec sa robe, ils recommencent à la violenter.

Au matin du lundi, satisfaits d'avoir humilié leur victime jusqu'au bout de leurs minables ébats, les deux séides du Sarde la laissent partir. Le boss les a appelés pour prendre des nouvelles et leur dicter la suite des événements. Ils ont acquiescé par monosyllabes et libéré Bonnie à l'heure bleuissante où les travailleurs vont travailler. Épuisée, elle se traînera jusqu'à un arrêt de bus. Ils lui ont rendu son sac mais ont gardé son portable. Prise de guerre.

Le matin est humide et sans espoir. Les larmes gèlent sur ses joues glaciales. Elle devra attendre longtemps qu'un bus 140 s'arrête. À bord, elle voit à peine le machiniste indifférent, les passagers qui vont travailler. Elle trouve un siège libre et s'affale. Quelle allure de traînée, se dit la vieille qui lui fait face ; encore une poivrote qui rentre de goguette. Si c'est pas malheureux de voir ça.

18. Du travail et des transports

Adolf Hitler avait une idée fixe : restaurer la grande Allemagne vaincue en 1918. L'obsédé avait annoncé la couleur dans un bouquin parfaitement paranoïaque. Selon lui, la nation de Kant et de Beethoven se devait d'envahir la totalité de ses voisins pour redevenir elle-même et ne plus se sentir menacée par toutes sortes de monstres : les Juifs, les francs-maçons, les communistes, les gitans, les homosexuels, les aliénés, les étrangers, les résistants, les intellectuels décadents, les peintres abstraits ; bref, à peu près tous « les autres ».

Dans les années 1930, à peine élu, le chancelier à talonnettes avait décidé de couvrir l'Allemagne d'autoroutes. Tout avait commencé par un slogan alléchant : du travail et des transports ! Un programme de grands travaux à la Mussolini destiné à résorber le chômage et à moderniser la patrie. Pour régler ses complexes, le zinzin à petit zizi (le fait serait attesté par plusieurs témoignages médicaux de l'époque) avait une idée derrière la tête. Bien décidé à envahir tous ses voisins, il voulait faciliter les déplacements militaires à venir, et pouvoir envoyer troupes, canons et blindés le plus rapidement possible vers n'importe laquelle de ses frontières. Et, en bonus, ces larges voies sans terre-plein central sauraient offrir, le jour venu, d'excellentes pistes de décollage et d'atterrissage pour les avions de sa Luftwaffe chérie.

À cette époque, les autos étaient rares. L'apanage de quelques passionnés et des hautes sphères de la société. Très chères à l'achat et ruineuses à entretenir. Cela chagrina Adolf : à quoi servaient ces voies magnifiques si personne ne roulait dessus ?

Le pantin au petit manche convoqua le meilleur ingénieur en automobile du moment. Ferdinand Porsche était un génie. Simple exemple : un siècle avant Toyota, il avait déjà conçu une hybride essence-électricité à propulsion intégrale. Il accepta du dictateur un cahier des charges lapidaire : construisez-moi donc une bonne voiture accessible pour le peuple, une Volkswagen !

L'ingénieur lui soumit une proposition : un véhicule à quatre places, économiquement accessible, à la mécanique robuste, et enfantin d'entretien avec son moteur révolutionnaire de quatre cylindres à plat situé à l'arrière, modèle de compacité et d'accessibilité.

L'illuminé donna son accord. On créa une usine modèle afin de produire une première série. Puis la guerre fut là et les priorités changèrent. On affecta l'usine à la production de véhicules militaires.

Finalement, l'Allemagne nazie fut vaincue et Adolf se suicida dans son bunker en compagnie de sa toute fraîche épousée. L'usine automobile délabrée fut confiée à un Anglais pragmatique. Malgré les toits défoncés et la pluie qui avait fait rouiller appareils et chaîne de fabrication, ce Mr Hirst, brillant administrateur, sut voir l'intérêt de ce modèle qu'à grand-peine les ouvriers avaient reconstitué pour lui en deux exemplaires. Séduit, le Britannique réussit à faire passer commande de quelques centaines de voitures aux services de la Poste du nouvel État allemand convalescent.

Une fois les chaînes de montage relancées, la Volkswagen fut de nouveau proposée au public. L'idée était dans l'air de l'après-guerre. On avait commencé à réfléchir, aux quatre coins de l'Europe, à des concepts identiques, qui donnèrent la Fiat Topolino ou la Renault 4 CV. De son côté, André Citroën développait la future 2 CV, dont il avait installé les premières chaînes de montage sur l'ancien site de constructions des voitures Clément Bayard, quai Michelet, à deux pas de l'Émeraude. Rapidement, les ventes de ces nouveaux types d'automobile prirent leur essor. La 2 CV connut un grand succès, mais la petite Volkswagen, vite surnommée selon les pays « Scarabée », « Coccinelle » et autres noms de bestioles à la carapace rondouillarde, allait s'envoler en tête des ventes mondiales. Elle deviendra – sans doute à jamais – la voiture la plus commercialisée au monde.

Au fil du temps, diverses motorisations de la Volkswagen verront le jour, mais déposer son moteur pour le réparer ou en changer restera toujours d'une simplicité révolutionnaire. La propagande proclamait que l'opération ne demandait que de déconnecter quelques cosses et desserrer quatre boulons, pas un de plus. Et en réalité, même en considérant les parties adjacentes à débrancher pour libérer l'engin, l'opération se révélait simplissime, y compris pour un homme seul. Afin de ne pas risquer d'endommager le carter d'huile, il suffisait ensuite aux consciencieux de laisser descendre le moteur en douceur sur le bois d'une palette posée à bonne hauteur. Tout au long des différentes versions de la Cox qui se succéderont, dégager cette masse de moins de cent kilos de son logement restera presque aussi facile que retirer une noisette de sa coque.

19. Le bras

Oualid a appelé. Il a rapporté que le truand est furieux, qu'il tient Max pour responsable de sa perte et ne veut rien entendre. La décision est tombée : le garagiste devra rembourser ce qui a disparu. Le boss y met un point d'honneur et ne plaisante pas. Il enverra ses hommes de main lundi. Ni montant ni délai ne sont négociables. Mieux vaudra que la somme soit prête… Oualid a gardé pour lui les additifs à la sentence. Les nouvelles financières sont suffisamment mauvaises pour ne pas tourmenter le garagiste avec le sort de sa comptable ni l'informer qu'il va se retrouver avec un bras fracturé. Une surprise à la fois.

— Mais je ne lui dois rien, au Sarde ! a protesté Max, perdant pour une fois de son équanimité. Il a bien eu la photo qui montre que c'est le gamin qui est parti avec le pognon ! Moi, j'ai fait ma part du boulot sans problème.

Oualid a soupiré :

— Tu sais ce que c'est. Il dit qu'il a des soupçons. L'intuition que tu as magouillé quelque chose avec Pizza. Il est à deux doigts de te buter. C'est vraiment ce que tu veux ? Il y a un nouveau, Fabrizio, qui vient de débarquer dans l'équipe.

On m'a rencardé, ce n'est pas un tendre, crois-moi… Prépare le paiement, ça vaut mieux.

Max a pris la précaution de planquer la moitié du liquide, l'équivalent de sa mise initiale, dans la remise derrière les pneus à rechaper. Ce sera toujours ça de sauvé ; mais il n'y a pas de raison.

— Tu es avec lui, là ? Tu peux me le passer ?

— Non, il n'est pas là. Mais, de toute façon, il a dit qu'il était inutile que tu cherches à le joindre. Il ne te répondra pas. Il ne veut pas ergoter. Juste la fraîche. Pas plus tard que lundi.

— C'est du délire. Ce n'est pas juste. C'est de l'extorsion.

— Ouais, dit Oualid. Tu as raison… Fais-lui un procès…

* * *

Bonnie est rentrée dans un état affreux. Alerté par un grelottement métallique venant de la porte d'entrée, Mumu la découvre sur le palier, trop tremblante pour parvenir à insérer sa clé dans la serrure. Elle rassemble ce qui lui reste de forces pour servir à son mari un dernier baratin :

— J'ai pris froid. La maison des amis de Sylvie n'était pas chauffée. Et à Deauville en ce moment les nuits sont glaciales. Je vais prendre une douche bien chaude, deux Advil et me mettre au lit. Maintenant fiche-moi la paix, s'il te plaît Mumu. J'ai besoin de me reposer.

Elle met ses fringues dans un sac-poubelle, puis direct une longue douche. Épuisée, elle complète les antidouleurs par deux Lexomil, s'effondre dans son lit et s'endort.

Dans leur chambre aux volets mi-clos, Mumu vient voir si tout va bien. Il lui prend doucement la main. Elle ouvre des yeux rougis avant de retomber dans son sommeil agité.

* * *

Ce lundi-là, Max commence tôt. Il doit avancer sur la Volkswagen cabriolet de M. Duval. Un collectionneur de Neuilly, patron d'un fonds d'investissement qui place une partie de son capital dans les Coccinelle de concours. La voiture est une petite merveille bleu Brunswick à la sellerie assortie, couleur et cuirs d'origine, dont le moteur exige une vérification. Max doit déposer la culasse mais l'opération a pris du retard.

L'Émeraude dispose d'une chèvre de levage, un palan mécanique capable de soulever plus de cinq cents kilos. Après avoir fait rouler l'accessoire à proximité du véhicule, Max a pu y arrimer le moteur et le soulever sans problème afin de l'emporter vers l'établi où il veut l'examiner. Il en est là de la manœuvre quand retentit la sonnette du rideau de fer. Ce ne peut être Bonnie qui possède son propre bip. Le garagiste cale le frein du treuil et déclenche le mécanisme d'ouverture. Il sait que les sbires doivent passer prendre les fonds. Pour être tranquille, il a envoyé les cousins à Montreuil récupérer une série d'enjoliveurs de roues.

La silhouette des deux tarés se découpe à contre-jour. L'esprit encore vrombissant de la came ingurgitée, ils sont venus exécuter leur mission.

Sans mot dire, Max leur tend le sac de sport où il a rassemblé la somme, piochée dans le magot. Se séparer de son gain lui fait mal au cœur, mais Oualid l'a convaincu que c'est le tribut pour la paix. Hélas, il découvre vite qu'il n'en sera pas quitte pour autant. Sans même prendre la peine de vérifier si le compte y est, les deux brutes s'emparent violemment de lui avant de le projeter au sol. Max tente de leur échapper en rampant sur le béton peint, cherchant refuge derrière les voitures garées, mais le grand le rattrape d'une poigne de fer et l'envoie valser contre une Juva 4 en réparation, renversant une servante d'atelier. Le bol magnétique où est réservée la visserie d'un collecteur d'échappement part en valdingue. Les pièces de métal s'éparpillent en tournoyant sur le carrelage. Strike ! hurle Fabrizzio avec un fort accent italien. Le seul mot distinct que Max l'entendra jamais prononcer de sa vie.

Les deux ne sont pas des as en anatomie. Surtout ils s'en foutent. Pour eux, on aurait dû buter Max, tout simplement. Ils avisent le moteur de la Coccinelle qui se balance au bout du palan. Fabrizzio redevenu silencieux fait rouler l'ensemble à la verticale du bras du garagiste fermement maintenu au sol par le poids de Clou. Il se trouve que c'est le bras droit, pas de chance. Fabrizzio libère la poulie. Les quatre-vingts kilos d'acier s'écrasent sur la chair et les os. Les sbires n'ont pas cherché la précision. Après avoir déchaîné leur ouragan de violence, ils abandonnent le garagiste évanoui de douleur, le membre fracassé en plusieurs endroits.

En repartant avec le sac Adidas qu'il balance à bout de bras, Fabrizzio s'amuse à cabosser deux ou trois ailes à coups de pied. Sur ses talons, Clou a ramassé un tournevis sur un établi et raye une ou deux carrosseries. Deux gosses vicieux et méchants qui, en s'en retournant de la fête au village, ne peuvent s'abstenir de quelques derniers méfaits. Puis ils disparaissent dans l'écran de lumière du portail sans daigner refermer derrière eux.

Quand Ratchet et Clank se pointent pour reprendre le travail, ils découvrent leur patron sans connaissance, prostré sur son bras ensanglanté. Le Samu appelé par leurs soins rapplique sans trop tarder. Il est décidé d'injecter à la victime un sédatif puissant et de le transporter à l'hôpital. Avant d'être embarqué, sanglé avec précaution sur une civière, Max aura juste eu le temps de sortir de son évanouissement pour raconter aux cousins qu'il s'agit d'un accident, que le palan s'est renversé à cause d'une maladresse. Pendant que leur patron repart dans son coma, les cousins échangent un regard perplexe. Une telle faute leur paraît incroyable… Sacrée malchance.

Après le trajet en ambulance, un calvaire ressenti par Max au plus profond de la moelle de ses os brisés, on le reçoit sans traîner à l'hôpital franco-britannique situé à dix minutes du garage. Pour cette fois, les urgences méritent leur nom. Il est transféré sans perdre de temps au service de radiologie de l'établissement, puis en traumatologie orthopédique. Les clichés sont sans appel. Tout a été réduit en charpie. Irrécupérable. Il faut monter l'accidenté au bloc pour amputer sans délai. Après l'opération, on transférera l'estropié en centre de soins afin de surveiller les suites opératoires.

20. Après le drame

Quand, profitant d'un réveil de sa femme, Mumu lui apprend l'accident, Bonnie se lève, noue un foulard sur sa crinière emmêlée, chausse ses lunettes de soleil et se rend à l'hôpital. Elle y retrouve Ratchet et Clank, qui ont attendu les résultats de l'opération. Dans l'ignorance de ce qu'elle a enduré, ils attribuent ses paupières gonflées et ses mots hésitants au choc du drame subi par le garagiste. On vient de les informer de ce que Max survivra sans doute, mais infirme à vie. Pas de visite avant quelques jours. Bonnie les libère et les convoque pour le lendemain à l'Émeraude. Elle laisse ses coordonnées aux soignants et rentre chez elle s'effondrer à nouveau dans son lit et retomber dans un sommeil peuplé de sales rêves.

Sitôt le lendemain, Bonnie s'arrache à ses douleurs pour superviser attentivement le nettoyage des dégâts. À l'Émeraude, le désordre est partout et les taches de sang qui éclaboussent le sol ont tracé leur sombre calligraphie. L'établissement ne doit pas rester inactif. Une fois le garage revenu à son aspect habituel, elle prévoit de recruter un intérimaire pour aider les compagnons. Avec un peu d'assistance, ils sont maintenant suffisamment expérimentés pour faire tourner l'affaire. Elle se chargera de rappeler les clients alertés par la pancarte annonçant la fermeture de quelques jours pour les rassurer.

— Un petit accident, pas trop grave. La mécanique, ça peut être méchant parfois. Oui, nous avons eu peur mais tout va bien. L'Émeraude est rouverte. Votre auto sera prête avant la fin du mois.

Dès que les médecins l'y autorisent, faisant fi de ses propres épreuves et de sa tâche alourdie au garage, Bonnie passe visiter Max quotidiennement. Depuis sa couche, l'accidenté a approuvé chacune des décisions qu'elle a prises. Mme Thérèse, l'infirmière qui surveille la cicatrisation en attendant la pose d'une prothèse destinée à rendre à Max une illusion de bras, a toujours considéré les médecins comme des dieux et traité les patients comme du bétail. Face à chaque douleur, elle minimise et ne nourrit aucune gentillesse superflue. Pourtant, ce jour-là, en passant devant la chambre de Max et en voyant le couple apparié dans un tendre silence, une émotion de midinette se fait jour dans son cœur endurci. Elle soupire, attendrie :

— Ils ont l'air de drôlement s'aimer, ces deux-là.

* * *

Chaque jour, l'amante reste quelques instants au chevet de Max, puis la comptable s'en retourne à l'Émeraude pour gérer l'accueil, la facturation et les payes avec son efficacité habituelle. Les compagnons l'épauleront de leur mieux, concentrés et responsables, en faisant les importants devant leur stagiaire. Grâce à leur dévouement, le garage n'aura pas trop à souffrir de ces quelques mois d'hôpital et de convalescence.

* * *

Enfin, le temps d'observation est passé et le bras cicatrise. On équipe Max d'une prothèse provisoire et on autorise finalement l'estropié à rentrer chez lui. Bonnie est venue le chercher et l'installe comme elle peut pour le court trajet sur le siège passager de la Spit. N'ayant pas voulu ajouter trop tôt son désespoir aux tourments de Max, elle a attendu sa sortie d'hôpital pour lui raconter son week-end d'horreur. Après avoir roulé quelques centaines de mètres, elle s'arrête dans une rue calme en bordure du parc de la Planchette et se met à parler. Dans un torrent de larmes longtemps retenues, elle lui lâche tout. L'interrogatoire du Sarde, les deux brutes, les viols.

La gorge serrée dans un étau de rage et de chagrin, Max prend la main de Bonnie dans sa paume valide et parle à son tour. Confidence pour confidence, il révèle à Bonnie la vérité sur son propre accident. Elle se doutait de quelque explication de ce genre mais fond à nouveau en sanglots.

Dans l'étroit habitacle de la Triumph, ils pleurent l'un contre l'autre, se berçant mutuellement comme deux rescapés d'un orphelinat bulgare. Ces récits les ont dévastés. Mais que peuvent-ils faire ? Victimes de monstruosités voisines, appariés dans l'horreur, ils sont maintenant condamnés à faire le dos rond en attendant l'heure de leurs rétablissements respectifs.

— Ton histoire avec le Sarde et les deux, là, tu en as parlé à Mumu ?

— Pour quoi faire ?

Max opine. Tous deux savent la dévotion que le flic voue à sa femme. Pourquoi créer un malheureux de plus ? Et les réactions de Mumu sont parfois incertaines. La seule chose qu'on puisse jamais prévoir avec lui, c'est que la prochaine connerie ne tardera pas. Toute cette affaire a déjà fait trop de dégâts.

En prétendant, d'abord auprès d'elle-même, que les horreurs subies ne méritent pas d'être exhumées, Bonnie se convainc qu'elle pourra échapper aux terreurs et aux contrariétés du passé, que l'amnésie est le secret du bonheur.

— De toute façon, on va faire comme si rien ne m'était arrivé. À côté de toi, ce n'est pas grand-chose. J'ai voulu que tu saches tout, tu en avais le droit, mais je suis certaine que le souvenir disparaîtra. Rien ne vaut le temps pour réparer les sales histoires. Inutile de remuer tout ça pendant des siècles. Après tout, je n'en suis pas morte. On en a vu d'autres. C'est toi qui comptes maintenant, mon chéri. Promets-moi qu'on n'en reparlera plus jamais.

Max craint que Bonnie ne se montre bien naïve. Elle continue à l'embrasser, frottant sa joue noyée de larmes contre la sienne, insiste :

— Tu m'écoutes, hein. Allez, promets-moi. On oublie tout ça. Priorité à la vie. Objectif : on ressuscite.

Elle dépose Max dans son petit appartement de la rue Greffulhe, s'assure qu'il ne manquera de rien et s'engage à venir le visiter chaque jour en attendant qu'il récupère un semblant de forme.

Elle tiendra promesse avec une assiduité et une sagesse de dame patronnesse. Aucun des deux n'aura le cœur aux étreintes, toute idée de contact avec le membre sectionné les emplissant d'appréhension. La sensuelle maîtresse fera de son mieux pour se transformer en grande sœur. Apporter des fleurs, prendre les draps pour faire une machine, donner des nouvelles du garage, solliciter son avis sur tel ou tel point de gestion. Entre ses apparitions, Max s'ennuie. Il s'est vite lassé de feuilleter d'une main les thrillers sans intérêt qu'elle choisit pour lui. Il préfère potasser jusqu'à la migraine des parties d'échecs sur ses manuels écornés, car il n'a pas cessé de s'intéresser à ce jeu de malheur.

* * *

Quand Max reprend sa place à l'Émeraude, des adaptations sont nécessaires. On l'a appareillé d'un faux aileron auquel il ne pourra jamais se faire, préférant laisser « à l'ancienne » la manche de sa chemise, fermée par une épingle de sûreté ou à l'extrémité simplement glissée dans sa poche, flotter sur son membre raccourci. Plus d'espoir pour lui de bricoler avec aisance dans les moteurs. Il se retrouve comme un concertiste condamné à jouer du piano d'une seule main. Passé chef d'orchestre à plein temps, il se résout à un rôle de diagnostic et de supervision. Les deux garçons, qui l'auront sur le dos plus qu'avant, exécuteront ses directives.

Les chairs du garagiste, assemblage hétéroclite de muscles et de tissus en perpétuelle métamorphose, n'acceptent guère leur nouvel état. Comme la quasi-totalité des amputés, Max souffre de douleurs fantômes, cette illusion torturante de posséder encore ce qui vous manque à jamais. Ces peines sont une parfaite allégorie du plus insupportable de sa nouvelle vie : faire mine de continuer comme avant, alors que plus rien n'est comme avant.

Les événements semblent avoir apaisé le Sarde. Le truand a fait savoir qu'après avoir exprimé sa mauvaise humeur aux yeux du monde il en est quitte avec Max et Bonnie. De son point de vue, le remboursement de son préjudice et les sanctions subies par le couple ont rétabli leur loyauté et restauré la paix. Pour le bras de Max, il reconnaît que ses adjoints y sont allés un peu fort ; pour Bonnie, son machisme ne voit rien à redire. Tout cela n'est que malheureuses péripéties de gestion. Ni mansuétude ni regrets : il n'est pas dans la nature du bulldozer d'en éprouver vis-à-vis des cailloux qu'il écrabouille sous ses chenilles. Les affaires vont pouvoir reprendre comme avant. Un nouveau transporteur va remplacer l'ancien et le trafic va recommencer.

Le Sarde a lancé d'intenses recherches pour retrouver l'étudiant et le faire parler. Il considère que la dette du jeune transporteur, elle, est loin d'être éteinte, et n'a pas renoncé à avoir, un jour, le fin mot de toute l'histoire. Des amis bien placés à la mairie et à la préfecture ont procédé à des vérifications. Abonnement téléphonique, compte en banque, tout est resté en déshérence et les écoutes n'ont rien donné. La famille, discrètement surveillée, semble n'avoir aucune nouvelle de lui. Pour les pistes étrangères, les amis de Sardaigne ont été alertés et ont prévenu leur réseau sans le moindre résultat. Au fil des ans, toutes ces investigations ne produiront aucun résultat. Moza semble s'être évaporé.

Comble de l'ironie, le garagiste et sa comptable ne pourront que se féliciter que toutes ces investigations n'aient pas abouti. Nombreux auraient été les détails embarrassants propres à ranimer la férocité du Sarde. Si tout le monde s'était retrouvé face à face, la confrontation n'aurait amené que de nouveaux désastres.

Bonnie a fini par révéler à Max que les bitcoins se sont envolés. Et le capitaine du *Saint-Ex* a confirmé que le fugitif ne s'était jamais présenté à son bord. En dépit du liquide resté planqué dans les pneus, il ne reste plus de bénéfice financier de la partie d'échecs. Les rêves de concession de prestige ont fait demi-tour en laissant de sales traces sur le bitume.

Pour ajouter à l'amertume du garagiste, le cours du bitcoin n'a cessé de grimper. Les cinquante unités du début se sont transformées jour après jour en fortune. Le gamin les a bien floués. La brillante combine n'aura rapporté que souffrances et déception, sans parler de la culpabilité vis-à-vis de la pauvre Bonnie, victime collatérale de cette guerre insensée. Entre Moza, le Sarde, et lui-même, Max ne sait plus qui, dorénavant, il hait le plus.

Entretemps

21. Désillusions

Les années ont passé et tout a changé. Le cours du bitcoin, lui aussi, a connu des hauts et des bas. Après une envolée phénoménale, la crypto-monnaie a subi une chute brutale suivie d'une lente remontée. Seuls les menteurs et les fous peuvent prétendre savoir ce qui lui arrivera demain.

À l'Émeraude, les authentiques amateurs de voitures classiques se sont faits moins nombreux. La passion pour les mécaniques anciennes s'est démocratisée. Une nouvelle génération de clients plus frimeuse, plus radine et plus ignorante s'intéresse à des modèles récents sur lesquels Max n'aurait pas jeté un regard auparavant. Le garage abrite maintenant des Porsche Boxter, des 205 GTI et des R5 GT Turbo. Dans un monde où Jaguar est dorénavant *made in India* et où Bentley est passé sous coupe allemande, Max accepte ces ersatz et laisse ses employés s'en occuper. Il reste cependant intraitable sur un principe fondamental : restaurer les voitures de collection qu'on lui confie dans leur configuration d'origine. Pas de tuning chez lui.

Le pire est que Max doit reconnaître que c'est grâce aux combines du Sarde que l'Émeraude peut renouer parfois avec sa vocation la plus noble. Il arrive qu'un mafieux fasse encore transiter une belle classique italienne ou une Jaguar Type E qui réveillent le parfum des enthousiasmes passés. En ces occasions, Max veille à ce que ces merveilles soient chouchoutées conformément à leur âge et à leur rang. Pour le reste, le manchot enrage secrètement de voir que sa dépendance au truand s'est amplifiée.

Le réservoir de patience de Ratchet et Clank a commencé à fuir. Ils se sont toujours accommodés de la longue série de malversations dont le garage se rendait complice et, par loyauté envers Max, acceptaient de fermer les yeux sans broncher. La période d'atonie de leur patron après la perte de son bras les a terriblement déstabilisés mais ils sont restés fidèles à leur mentor. Arrive pourtant le jour où ils touchent le fond.

— Patron, il faut qu'on parle, dit Ratchet.

— Oui, il faut qu'on parle, surenchérit tristement Clank.

— Eh bien, parlons, dit Max. Qu'est-ce qu'il y a ?

— Votre Sarde, là, on n'en peut plus. Désolé, on a tout supporté : les magouilles, les Simca 1000, les Fiat 850, toutes ces bagnoles de sauteurs même pas vintage. Mais là c'est trop. Faut pas déconner. Stop.

— Mais de quoi parlez-vous ?

— Regardez, patron, ce que l'autre escroc nous a fait déposer tout à l'heure.

Ils entraînent Max vers une forme bâchée par leurs soins dans la partie la plus reculée du garage.

— Voyez vous-même. Là, on bloque.

Max retire la bâche, et révèle une carrosserie argentée ornée d'un logo outrageant.

— Une Tesla ? s'étonne-t-il.

— Voilà. Une Tesla. Et en plus il nous demande de vérifier la pression des pneus. Nous, on n'y touche pas, même avec des gants, à cette saloperie. Même pas pour les pneus. Il n'a qu'à l'emmener dans une station-service. Ici, il n'y a pas écrit Total.

En lui-même, Max comprend les compagnons. Pour ces adeptes par principe de la tradition pure, la présence de cet engin dans le temple de l'académisme n'est pas une compromission acceptable.

— Il faut le lui dire de reprendre sa chiotte, insistent les cousins. Vous pensez à la réputation de l'Émeraude ? On va passer pour qui ? C'est même pas une hybride, cette saloperie. C'est une tout ÉLECTRIQUE !

Le garagiste se sait coincé. Il n'est plus en mesure de dicter quoi que ce soit au Sarde. Ses beaux principes, l'autre s'en fout. Max ne peut que dégainer sa mauvaise foi en faisant mine de se fâcher contre ses employés. Comment faire autrement ?

— Mais vous vous prenez pour qui, les gars ? Vous croyez pouvoir décider de ce qui est bon à ma place ? Je vous rappelle qu'ici c'est chez moi. Et que c'est moi qui décide. Cette voiture reste là et vous me vérifiez les pneus, comme demandé. Si vous n'êtes pas contents, vous savez ce qui vous reste à faire.

Les deux compagnons refrènent les réponses blessantes qui leur montent aux lèvres. Des années que ce pauvre Max n'est plus chez lui que pour la façade. Ils envoient un coup de compresseur dans les pneus de l'engin puis repartent, dents serrées, vers leurs établis.

Le lendemain, quand le Sarde récupère sa Tesla, Max tente de lui expliquer que la présence de sa nouvelle acquisition entame l'image de l'Émeraude auprès de sa clientèle d'aficionados. Comme prévu, le truand l'envoie paître.

Deux semaines plus tard, Ratchet et Clank annoncent à Max qu'ils démissionnent. Ils vont monter un petit atelier de carrosserie, toujours spécialisé dans le classique, du côté de Suresnes. Un sentiment d'irréversibilité plane sur la discussion. L'entretien est des plus brefs. Tout le monde a les larmes aux yeux.

Ils seront remplacés par un couple de mécanos imposés par le Sarde, des gugusses aux nuques rasées de supporters de foot. Max soupçonne qu'ils ont reçu des instructions du truand pour le surveiller et rapporter tout ce qui se passe à l'Émeraude. Contrôle, contrôle. Les nouveaux ont passé leur CAP de mécanique sans davantage de passion qu'ils n'en auraient eu pour la charcuterie ou la pâtisserie. Docilement, ils acceptent de porter la salopette de travail réglementaire. Ce qui fait que Max les baptise sans tarder Mario et Luigi. Des surnoms familiers à Bonnie, elle a téléchargé l'appli dans son mobile. Il ne leur manque que les casquettes.

Les nouveaux suivent ses instructions avec application, mais Max les trouve cons comme des silentblocs. Là pour encaisser sans grincer la pression et les chocs, mais utiles en rien pour faire tourner le moteur. La nouvelle équipe ignore les vieilles subtilités des carrosseries restaurées à l'étain au profit du péché capital pour leurs prédécesseurs : l'odieux choucroutage au mastic, déplorable cache-misère pour camoufler les trous. Idem, refaire un radiateur est un art qui ne les concerne plus. Pour colmater les fuites, ces subordonnés envers lesquels Max n'éprouve ni affection ni antipathie cassent un œuf dont ils balancent le blanc dans le vase d'expansion et le tour est joué. Tant qu'on continue à s'occuper des plus belles voitures dans les règles de l'art, le garagiste se résigne.

* * *

Bonnie, fidèle au poste, constate au fil des ans que les charges n'ont cessé d'augmenter. Alerté, Max pense à mettre l'affaire en vente. Foncier, murs et fonds lui appartiennent, et Levallois-Perret, suivant en cela la fièvre immobilière qui anime les Hauts-de-Seine depuis près de quarante ans, n'a jamais cessé de se rénover. Faute de pouvoir agrandir la superficie foncière, on achète, revend, transforme, démolit et rebâtit à tout bout de champ. Et la proximité avec Paris et Neuilly provoque les appétits des promoteurs, ce qui fait grimper les prix.

La gangrène des magouilles dues aux bouleversements engagés au siècle dernier sous la présidence de région de Charles Pasqua et de ses complices ne s'est jamais guérie. Même disparus ou neutralisés, plusieurs décennies après l'instauration de leur racket organisé, les membres de cette clique ont simplement été remplacés par d'autres, plus discrets et moins pittoresques mais tout aussi cyniques et féroces.

Le terrain sur lequel est bâti l'Émeraude prend chaque année de la valeur, pas autant mais avec moins d'à-coups que les fichus bitcoins de l'Iranien. Le céder à une société immobilière rapporterait un bon paquet. Max pourrait se mettre au vert, tenter comme ses parents l'aventure de la retraite dans un coin perdu de province, enlever Bonnie pour des vacances sous des tropiques enchanteurs où les baignades d'eau de mer soulageraient son bras et apaiseraient peut-être l'âme tourmentée de sa complice.

Mais le Sarde s'y oppose formellement Son influence et ses méthodes sont inchangées. L'Émeraude lui est utile en l'état pour couvrir ses manœuvres, et il se fout totalement des désirs du garagiste. Se rebeller est inenvisageable ; Max sait maintenant le coût de toute désobéissance.

* * *

Avant, Bonnie faisait joyeusement l'amour. Le Sarde et ses sbires le lui ont défait. Rien ne pourra jamais diluer le poison du week-end d'horreur qui coule désormais dans ses veines. Le jour, elle fait bonne figure mais ce qu'elle espérait avoir enfoui revient dans ses nuits. La gomme de l'oubli n'a rien effacé. Elle se retrouve happée par les cauchemars, et au réveil Mumu, alerté par ses pleurs, la retrouve trempée de larmes et de transpiration. Il voit bien que l'humeur de sa femme n'est plus la même Qu'elle toujours si légère est devenue irritable et tourmentée. Que son rayon de soleil a fait place à des ombres qu'il ne comprend pas.

À ses demandes inquiètes, elle répond toujours : ce n'est rien, ça va passer, et avale un verre d'eau avant de sombrer à nouveau dans son sommeil obscur.

Pour tenter d'aller mieux, elle se retourne vers une idée qui lui paraît évidente : soigner le mal par le mâle. Elle va tenter de faire de Max l'épicentre de sa résurrection. Les érections de son amant marqueront, elle en est sûre, l'aiguille du retour de la joie.

Ce sera peine perdue car l'expédition de la paire d'ordures n'a pas seulement laissé Max avec l'avant-bras fracassé. D'autres fonctionnements en ont pâti. Ni Viagra ni Talfadil ne pourront y changer grand-chose, le moteur du garagiste ne démarre plus comme avant. L'amant brisé ne supporte plus que l'amour solitaire. Max peut encore se toucher, bander, et jouir. Mais plus aucun autre contact charnel ne sera capable de relancer sa combustion. Le cœur n'y est plus. L'envie de jouer *les durs* lui est passée.

Dans ses efforts pour lui rendre sa virilité, Bonnie tente de mettre en œuvre un fantasme des plus tordus. Après le travail, alors que Mumu est de service en soirée et qu'ils viennent de boire quelques verres chez Max, la boursouflure du moignon de l'amputé lui souffle une fantaisie inédite. Grisée par le vin, une lueur équivoque dans l'œil et le sourire vorace, elle se colle en ronronnant contre le flanc de son amant. On dirait le sceptre d'un roi, le flatte-t-elle, il me fait de l'effet. Viens par là.

À moitié somnolent, il la laisse agir. Si ça peut lui faire plaisir, il accepte cette nouvelle tentative. Elle l'extirpe de sa chemise, dévoile son moignon, l'encourage.

— Il est encore mieux que celles de Rocco Siffredi ou Manuel Ferrara.

— Qui ? demande Max.

Elle s'empare de l'objet de sa convoitise et enfouit en elle l'ersatz couturé, s'échinant en vain à retrouver les cimes du plaisir. Après quelques pathétiques va-et-vient, ressentant l'inanité de ce simulacre, elle finit en larmes, toute excitation retombée. Il se lève doucement et va prendre une douche.

Ils finiront par renoncer à leurs essais pitoyables ; Bonnie en restera frustrée, et lui encore plus déprimé. Leur complicité pourtant, renforcée par leur drame commun, est toujours là. Chacun se désole de sentir l'autre si malheureux. Drapé dans son peignoir à la russe qui flotte sur son bras supplicié, Max tente de rassurer la brune par des phrases auxquelles il ne croit pas lui-même.

— Qui a dit que, chez l'humain, la fornication serait obligatoire, l'ingrédient numéro un du bonheur ? C'est loin d'être sûr. Regarde les vieux ménages, ou tout simplement sans aller plus loin celui que tu formes avec Mumu. Il est heureux, ton Mumu, et pourtant, tu me l'as dit, ça fait bien longtemps que tu ne lui accordes plus la moindre privauté.

Ces maladroites consolations ne font qu'alarmer Bonnie davantage. Elle qui n'a toujours eu que le plaisir comme boussole se retrouve égarée. Sans ressentir sa contrariété, il insiste :

— J'imagine que ça a dû coller entre vous à une époque. Et on voit bien qu'il n'a rien perdu de sa concupiscence. Il serait sûrement ravi de remonter dans le lit conjugal.

Elle lève les yeux au ciel. Elle prend conscience qu'au fond Max souhaiterait qu'elle recouche avec son mari. Il semble croire que ça pourrait leur faire du bien. Il n'y faut pas compter. En cas de tentative de retour en grâce du pauvre bougre, elle ne pourrait s'imaginer autrement que couverture sous le menton et cuisses étroitement jointes. Entrée interdite. Se retaper son légitime serait pour Bonnie l'abdication du dernier bastion de sa fierté érotique, le signe absolu de la déchéance. Plutôt mourir que céder à cette idée burlesque : faire l'amour avec son mari.

* * *

Au début, en se rendant compte que sa complice de toujours est passée dans le camp de la ruine et de la désolation, Sylvie se montre inquiète. Elle ne comprend pas la cause du ralentissement de libido de Bonnie qui, fidèle à sa théorie du déni, ne lui en donnera jamais la clé. Mais cela ne troublera pas très longtemps la rousse amie ; pas du genre à se torturer pour ce qui lui échappe. Faute d'imagination, sans réelle empathie pour le désarroi de Bonnie, Sylvie continuera à lui vanter le seul remède qu'elle connaît, la panacée à l'efficacité confirmée par sa fréquentation de divers forums :

— Il paraît que quand on a eu un accident de cheval ou de vélo il faut vite remonter en selle.

Bonnie objecte :

— Mais les hommes ne sont pas des bicyclettes. Et je ne sais même plus si j'ai envie de nouvelles grimpettes.

— Bon, et ton Max ?

Bonnie doit bien avouer à son amie la panne d'allumage chronique du garagiste.

— Depuis l'accident arrivé à son bras, il n'a plus envie.

L'autre ne lâche pas :

— Tant pis pour lui. Tu devrais essayer de reprendre un amant, voire plusieurs. Réactive ton Tinder. Retournons sur les sites. Franchement, tu es restée canon. Tu cartonneras, comme tu l'as toujours fait. Veux-tu qu'on prenne des nouvelles photos à poster sur Insta ? Je peux te passer de la lingerie, si tu veux. Un ami monégasque m'a offert un assortiment de parures classes et motivantes. Sers-toi.

Cédant à l'insistance de Sylvie, Bonnie accepte de revoir d'anciens compagnons de jeu. Sur le nombre, beaucoup s'étaient acharnés à la poursuivre. Elle tente de les relancer à son tour. Avec des coquetteries qui n'ont jamais été de son style, elle tente de les charmer à nouveau, de retrouver son rayonnement perdu. Elle s'échine en vain. Ses minauderies les gonflent. On dirait qu'un signal a retenti pour leur enjoindre de dorénavant fuir ce qu'ils ont désiré. La déprime de Bonnie est un répulsif puissant. Le blond à la Spitfire et les autres ne sont plus attirés par l'altière séductrice qui les envoûtait tant. Cap sur d'autres bancs. Pire : maintenant qu'ils la sentent en perdition, ils éprouvent comme un goût méchant de revanche. Le chant des sirènes est désormais d'alarme. Peu émus par sa noyade, les canots de sauvetage s'éloignent à toute rame. L'heure est venue de déserter pour passer à plus jeunes et plus vaillantes. Elle ne les reverra pas.

Devant ces échecs, la rousse finit par admettre que sa Bonnie n'est définitivement plus la même.

— Ah, je n'en sais rien, moi. Tous des cons, de toute façon. Prends un chien.

— Je ne suis pas zoophile. Et *(soupir)* j'ai déjà un mari.

***

La ménopause survient à point pour donner une justification plausible à son état de nerfs. Les règles de Bonnie sont devenues irrégulières puis se sont taries. Elle ressent des étouffements, des vertiges ; la quinquagénaire met son humeur en berne sur le compte de la fin de ses ovulations... Après tout, c'est de son âge. Elle se voit désormais comme une femme dans la cinquantaine que ses hormones ont mise en quarantaine.

Après tant d'étés, le temps des moissons est fini pour elle. Ses chaleurs se manifestent désormais par bouffées et elle se découvre désert suffoquant de sécheresse. Ses atouts de toujours lui apparaissent maintenant comme des handicaps. L'opulence de ses formes, l'arrondi de ses bras et de son ventre lui semblent horribles et pesants. Bonnie épie sur elle le sillon, le mou, le bourrelet.

Son amie Sylvie tente encore de la rassurer comme elle peut :

— Mais tu es complètement à contretemps avec ta chasse aux rondeurs ! Tout a changé en dix ans. Les hanches de garçon ne sont plus à la mode, ni les allures trop sportives. Regarde toutes ces nouvelles stars de l'influence et de la téléréalité. Maintenant, ce qui plaît, c'est la plénitude, la générosité, les formes comme les tiennes.

— Oui, rétorque Bonnie pas dupe, à ce compte-là attendons encore dix ans et ma cellulite et mes vergetures seront à la mode.

Rien n'y fait et Bonnie qui dévorait s'est mise au régime. Jusqu'alors reine épargnée par toute notion de rivalité, considérant les autres femmes comme des sœurs, des complices, des copines de chasse consacrées aux mêmes gibiers et partageant les mêmes passions, elle envie désormais la croupe musclée des adolescentes, les jambes élancées des jeunes filles, leurs poitrines de caoutchouc. Elle se met à haïr la souplesse de ces gamines capables de ramasser leur iPhone sans plier les genoux, d'enfiler leurs jeans pied après pied sans vaciller ni s'appuyer au dos d'une chaise. Le miracle de leur minceur tonique, de l'alliance d'éclat et de velouté, leur sveltesse et leur légèreté l'exaspèrent. Leur joie de vivre lui rappelle la Bonnie pleine d'entrain qu'elle a été si longtemps. Elle qui ne fut qu'éruptions brûlantes et lave en fusion s'est éteinte. Ses ardeurs se sont faites cendres, et les signes funestes sont apparus. Une mèche de cheveux gris (pourtant assez jolie) a tracé sa piste au sein de sa chevelure ; ses rides d'expression (qui lui donnent tant de charme) se sont creusées. Ça l'obnubile. Existe-t-il combat plus déchirant et vain que se mettre en concurrence avec un souvenir d'un soi qui ne reviendra jamais ?

Bonnie a rejoint la cohorte des femmes rendues désespérées par la brutalité des hommes. Comme tant d'infortunées, elle subit à son tour la plus sombre des malédictions : elle ne s'aime plus et s'enfonce lentement dans les vases de l'ennui.

* * *

Sentant Bonnie si affaiblie, un mauvais démon a inspiré Mumu. Il se pousse maintenant du col, prend des airs de proprio, plastronne, donne des ordres, s'autorise des critiques. « Ce pain n'est pas terrible. Tu ne l'as pas acheté chez Leclerc, quand même ? As-tu rappelé la Sécu ? Où est passée ma chemise propre ? »

Sa femme n'est pas impressionnée par sa vocation neuve de tyran domestique. Elle laisse Mumu s'y croire deux secondes puis l'envoie paître, à peine agacée. Tant qu'il y est, l'agent municipal essaie aussi de reprendre le dessus dans l'intimité en tentant de retrouver le chemin des jupes de Bonnie. Et puis quoi encore ? De nouveau, elle l'envoie balader comme une mouche qui vous colle de trop près. Comme depuis toujours, toutes velléités anéanties, Mumu en prend son parti. Il retrouve son côté du lit et sa chemise sale laissée en boule au fond de l'armoire. On ne change pas un minable qui perd.

Dans son job, cependant, il a pris du galon. À l'ancienneté, et en dépit d'un accident de parcours auquel il n'a pas compris grand-chose. Occasionnellement, il faisait le chauffeur pour l'ancien maire. Le haut personnage se montrait sympathique et pas fier et il s'adressait à Mumu comme à un humain à part entière. Récupérer un colis à la poste, ramener une nounou chez elle, emmener sa femme à l'aéroport quand elle devait s'envoler vers les Antilles, cela semblait tout naturel. Sans se poser davantage de questions, Mumu se rendait volontiers au bureau de tabac chercher ses cigarettes à l'édile. Mais, à la stupéfaction du municipal, on lui avait révélé, un beau jour, que rendre ces services était interdit et portait un nom bien tarabiscoté. Complicité de détournement de fonds publics. Mumu ignorait tout de cet aspect de la loi, tout comme, il l'aurait juré, le maire lui-même…

Quand la justice l'interrogea, Mumu eut beau expliquer que rien de tout cela ne l'avait jamais dérangé, qu'il agissait seulement à titre personnel, on ne l'écouta pas. Mais sa hiérarchie dut juger qu'un benêt comme Mumu pouvait être encore utile, et on ne l'inquiéta pas davantage. Une fois l'ancien maire interdit de fonction, on lui expliqua simplement qu'il n'allait plus être question de tels dérapages.

Mumu continuera de faire l'intermédiaire entre le Sarde et la nouvelle équipe municipale, technocrates férus d'efficacité, calculateurs sans bonhomie, et qui connaissent chaque méandre de la loi pour mieux s'en accommoder. Ce n'est pas l'un d'entre eux qui commettrait l'erreur d'envoyer Mumu au bureau de tabac pour son compte. D'ailleurs, ils ne fument pas.

* * *

Chacun tente de rafistoler ses plaies à sa manière. Conformément à ses origines, Max est capable d'une bonne descente. Médocs, bourgognes, grands côtes-du-rhône, la famille a toujours apprécié les bons crus. Il a abandonné la flottille des insensés qui s'imaginent piloter le sens de leur vie pour rejoindre celle de ceux qui dérivent sur les radeaux de la bistouille.

Devenu pas complètement alcoolique mais sur la pente, il se dit que boire un petit coup n'a jamais fait de mal à personne, et que c'est mieux que les antidépresseurs. Ce qui le freine un peu, c'est que, depuis l'agression perpétrée par les séides du Sarde, la consommation non accompagnée est compliquée. Il n'est pas facile d'utiliser une seule main pour actionner un tire-bouchon. Certains picrates suisses aux bouteilles munies de capsules en plastique (obligatoires là-bas, question d'hygiène, paraît-il) sont plus faciles à dévisser en solo, mais après quelques dégustations calamiteuses il a décidé d'y renoncer. Il lui reste la Moskovskaïa, la seule vodka qu'il tolère, au bouchon si commode à enlever et à remettre avec les dents. Mais c'est pour Max une boisson de célébration que ses parents lui ont appris à ne pas boire seul, sous peine de passer pour un moujik. Au déjeuner, quand elle vient chez lui avec quelques zakouskis de chez le traiteur ou en préparant en vitesse quelque brouillade aux œufs de saumon, Bonnie lui tient compagnie. Allez, un ou deux petits shots ? Na zdrownie ! Mais cela reste exceptionnel.

En fin de journée, Mumu se met de la partie. À l'heure de l'apéro, le flic au rabais débarque au garage, comme s'il avait senti qu'aucun scabreux spectacle ne l'y menaçait plus. L'instinct du cocu dont l'inconscient chouchoutait la cécité lui donne maintenant le feu vert. Les deux hommes sont devenus potes au plus haut point. Avant, le charisme du garagiste impressionnait toujours un peu le flic ; maintenant l'infirmité de son compère le décontracte. Il se sent plus libre de donner cours à ses familiarités. Allez, on va s'en jeter un ? Avec Mumu + la picole, Max se sent approcher d'un idéal tentant : le point zéro de la pensée. Santé, bonheur, bonne continuation ! Mais il s'accroche à sa dignité. Il existe des limites aux acidités qu'un estomac, même entraîné, peut supporter.

Au grand plaisir de Bonnie, Mumu l'invite fréquemment à dîner à la maison. Un vrai petit ménage à trois, dans le genre des plus chastes. Le policier municipal débouche fièrement des bouteilles plus ou moins honorables. Les arrivages restent fonction de ses bons services aux messieurs de la mairie.

* * *

On a fait repeindre la façade de l'Émeraude qui tournait couleur de vase. En interprétant à sa façon les instructions, le peintre en bâtiment, un copain de Mumu qui s'est chargé de l'ouvrage, a opté pour un vert vif et clinquant, un vert de jardinerie.

Bonnie quinqua

22. Sylvie

Chez Sylvie, la cinquantaine a déclenché des effets diamétralement inverses ; pendant que Bonnie se débat dans les filets de ses désespoirs, la rousse est occupée à faire la preuve que l'arrivée à la maturité n'est pas la crise du bonheur. Du moins pas chez elle. Elle cite souvent une phrase piochée sur marieclaire.fr : « Beaucoup de femmes redoutent que la vie soit une montée suivie d'une descente. Alors que c'est un livre dont on peut dévorer chaque jour une nouvelle page avec entrain. »

Elle se sent solidaire de cette pensée profonde. Pour les bienheureuses de son espèce, la métamorphose de la ménopause représente un soulagement. Se sentant enfin délivrées des obsessions de l'apparence et des menaces de la maternité, certaines se réconcilient avec leur corps et se découvrent une autre séduction. Elles savourent désormais la décontraction d'une anatomie sans contraintes et lâchent la bride à leur silhouette. Elles s'autorisent des vêtements plus confortables, renoncent aux privations. Les relations humaines elles-mêmes changent de contours. Certaines tournent le dos à un esprit de compétition bien ancré, se découvrent des dispositions inattendues pour l'empathie, s'ouvrent à la sororité, voire à ce qui leur avait toujours semblé un vain fantasme à destination des naïfs : l'amitié entre les hommes et les femmes. Émerveillées, elles se retrouvent libérées.

La belle aventurière à la toison cuivrée n'a aucunement ralenti son allure. Elle poursuit gaiement son chemin sans renoncer aux choses de l'amour ni aux hommes. Pour fêter les derniers feux, elle a mobilisé les derniers artifices, et le bouquet final semble appelé à durer toujours. Comme en réaction à la déconfiture annoncée par les âmes chagrines, elle entend bien continuer à traverser la vie la culotte à la main. Les histoires de vieillissement, de pulsions en berne ne sont pas pour elle. Les ovules anti-sécheresse ne sont pas faits pour les chiennes, ou plutôt si, proclame-t-elle en riant. Elle s'astreint à quarante-cinq minutes de gym tous les matins, surveille sa ligne comme jamais. Quant aux quelques rides qui sont passées à travers une vie de soins, de drainages, de crèmes et d'injections, elle les arbore comme des signes extérieurs d'expérience, des promesses de salacité. En la voyant minauder et gazouiller, Bonnie se dit qu'elle ressemble de plus en plus à une petite fille.

Dans l'espoir incertain de remonter le moral et l'appétit de son amie, Sylvie n'a pas perdu l'habitude de lui confier le détail de ses folies, restées fréquentes et utilitaires. La technologie a évolué. Les rencontres sur Internet ont connu une belle croissance avant de rentrer dans les mœurs et de représenter une source de divertissement qui ne s'est pas tarie. Bonnie écoute vaguement. Même si ces histoires ne l'intéressent plus trop, elle est heureuse d'avoir conservé sa vieille copine dans son existence.

En dernière tentative, Sylvie lui a vanté les mérites de son chirurgien plastique. Le spécialiste jouit d'une forte réputation. Il est marié à une femme ravissante, sorte de modèle témoin de son savoir-faire et repoussoir pour les clientes qui, comme Sylvie, ne rêveraient que de croquer tout cru le praticien. Spécialiste de la révision des 50, le docteur de ces dames vous remonte une paupière ou vous remodèle un menton affaissé en trois fils et deux coups de bistouri. Même le plus intime a droit à ses talents. La poitrine, bien sûr, un business de base, mais ce n'est pas tout. Le virtuose exécute une nymphoplastie comme votre boucher tranche une escalope en vue du dîner. Les clientes ravies font la queue pour retrouver leurs lèvres de jeune fille. Pressées de repartir pour un tour, les patientes impatientes demandent naïvement combien de temps va s'écouler avant de retrouver un équipement en état de marche. Sur les délais, par une habitude du métier à laquelle il ne voit pas malice, le filou s'affirme aussi rassurant et menteur qu'un entrepreneur en bâtiment ou un coiffeur pour hommes. Pas d'inquiétude, ce sera vite terminé. En réalité, la cicatrisation prendra plus de temps que promis. Mais au bout du compte, après quelques semaines, tout sera redevenu comme presque neuf. À l'arrivée, tout le monde est content. Du saignant-gagnant.

Bien sûr, les affaires sont les affaires et tout cela n'est pas à la portée des pauvresses. Bonnie refusera poliment de profiter de ces dernières ressources de la chirurgie, réussissant du même coup à garder un porte-monnaie en meilleure santé.

De surcroît, Sylvie a découvert récemment qu'elle possédait une âme. Elle s'est mise au yoga. *Harmoniser* son corps et sa tête, travailler ses *chakra*s pour être mieux *alignée* avec elle-même, se livrer à la méditation de *pleine conscience.* Les livres d'épanouissement personnel s'installent sur ses rayons. À l'exception des quelques basiques de la polissonnerie conservés près de son lit, les autres ouvrages jugés moins essentiels sont remisés dans des cartons. Elle les descend au local poubelle de son immeuble quand ils sont pleins ou les dépose, lorsqu'elle en a le temps, dans la boîte à livres installée près du Monoprix.

Certains équilibres sont cependant difficiles à maintenir. Dépistage de l'ostéoporose, palpations mammaires, prescriptions pour coloscopies et électrocardiogrammes « de routine » semblent revenir à intervalles de plus en plus rapprochés. Quelques trous de mémoire, certes anodins, se manifestent dans des occasions incongrues. Ah zut, quel est donc le nom de famille de telle vieille connaissance ? Et en quelle année la dernière fois sur la Riviera italienne ? C'est agaçant et il faudrait bien en tirer les conséquences. Malgré toute son énergie, Sylvie se rend compte que, pour elle aussi, le temps commence à fuir.

Les fruits de son labeur au sein de sa boîte de com n'ont jamais été à la hauteur de son train de vie. Ils ne servaient qu'à assurer, comme elle le disait tristement, le minimum de son essentiel. Elle qui a toujours été gâtée par ses sugar daddies voit poindre pour bientôt une baisse de compétitivité suivie d'une chiche retraite. Problème : la rousse n'arrive pas à concevoir comment elle pourrait se priver du luxe et des voyages en terres chic dont elle nourrit ses réseaux sociaux. Elle ne sait rien faire d'autre que rêver sa vie et photographier ses rêves. Pour elle, disparaître d'Insta faute de beaux décors serait disparaître tout court. Elle s'ouvre de ses réflexions à Bonnie.

— J'ai échappé jusqu'à maintenant à la laideur, à l'ennui et au cancer du sein ; ce n'est pas pour me retrouver solitaire et désargentée.

— Toi, je t'adore. Toujours aussi pragmatique. Comment vas-tu faire ?

Pour Sylvie, pas question de flâner sur le chemin de son nouvel objectif. Elle est une arriviste convaincue, dans le sens où seule la destination l'intéresse. Pour assurer le futur que son narcissisme exige, elle doit rencontrer quelqu'un. Son dernier amant sérieux, un banquier marié, tolérant et généreux, vient de s'envoler. Il les a quittées, elle et son épouse légitime, pour refaire sa vie avec un cuisinier japonais. De telles choses arrivent et c'est pour Sylvie un coup de trompette du destin. Il est temps pour l'amie de Bonnie de se concentrer sur un nouvel objectif : s'assurer une fin honorable.

— À quarante ans, on fait n'importe quoi. On se dit qu'on a le temps, que, si l'on fait une connerie, on pourra toujours la rattraper. À cinquante, c'est différent.

La partie est devenue sérieuse. Investir de son temps et courir le risque que la proie se lasse en chemin, quelle plaie !, mais il faut bien miser pour avoir une chance de gagner. Réaliste, la chercheuse d'or a cessé de rêver à dévaliser Fort Knox, mais dénicher un bon petit filon est encore dans ses cordes. L'amie prend en ligne de mire Jean-Claude, un gros assureur du Chesnay, un peu rassis, mais bon, d'envergure acceptable sur le plan financier. Comme d'habitude, le mettre dans son lit n'est pas le plus difficile. Pour assurer sa prise, elle mobilise l'expérience d'une vie de débauche. Elle régale le Versaillais de sa science du matelas, même si elle fait attention à n'en dévoiler qu'une partie ; elle ne voudrait quand même pas passer pour ce qu'elle est.

Étape deux : la rousse se montre vive et aimable avec les amis de l'assureur, sait calmer la méfiance des enfants – majeurs et nés d'un premier lit –, finit d'oublier son propre rejeton, se révèle pleine d'entrain, cuisinière appliquée et tout à fait capable de gérer un intérieur. Elle parvient même, pour un temps, à passer pour économe en refusant la location d'un sloop de 30 mètres que sa nouvelle conquête veut affréter pour eux aux îles Grenadines. En pleine saison, ce n'est pas raisonnable, assure-t-elle à sa proie. Je suis sûre qu'on peut louer une villa de vacances à Tobago pour trois fois moins cher. Nous pourrions partir à la découverte des criques avec quelque pêcheur, c'est si charmant. Et tu pourrais proposer à tes enfants de venir passer les fêtes avec nous, je rêve de mieux les connaître ; ils sont tellement sympathiques. Je peux me charger de trouver un lieu, propose-t-elle. Tu es débordé avec ton travail, je voudrais que tu gardes des forces pour nous deux. Jean-Claude n'en revient pas d'avoir trouvé une telle fée. Bref, le sans-faute.

Inconscient de ce qu'il est en train de visiter l'appartement témoin mais que, une fois le bail signé, le quotidien ne sera plus aussi paradisiaque, Jean-Claude est mûr pour le coup de grâce. Finalement, toute contente d'exhiber un solitaire de chez Harry Winston monté en bague de fiançailles, Sylvie invite Bonnie à *L'Orient Extrême* pour lui annoncer la nouvelle autour d'un plateau de sashimis : Jean-Claude, extasié, va l'épouser. Elle envisage déjà un voyage de noces en tête à tête dans des lieux mythiques, des vacances sur un bateau redevenu luxueux poussé sur des flots outremer, avec une garde-robe or et céladon accordée à son teint. Plus question de s'encombrer de la progéniture.

Une fois l'alliance au doigt, Sylvie s'est installée à Saint-Cloud avec son mari, à deux pas du parc prestigieux qui accueillit un empereur et la première girafe qui posa un sabot en France. Le couple vit dans le confort d'une lumineuse maison d'architecte, le long d'une rue bordée de pommiers du Japon. Un délicieux air de campagne à seulement dix minutes de Paris. Tout au moins aux heures où les ponts qui traversent la Seine et les portes qui franchissent le périphérique ne sont pas engorgés.

Entre ce que racontent les hommes et qu'ils ne font pas, et ce que font les femmes qu'elles ne racontent pas… Sylvie continuera à s'octroyer quelques free-lances. Rassurée sur son avenir, elle entend plus que jamais profiter de son présent. Elle a toujours plus ou moins considéré la sexualité comme un billet à acquitter pour les voyages dont elle rêvait au pays des nantis. Désormais, elle découvre qu'elle aime *vraiment ça*. Elle flirtera avec les jeunes peintres colombiens qui refont son porche, lorgnant sur leur chair fraîche et leurs corps musclés. Elle se tape, un jour, un chauffeur de taxi qui l'a draguée lors d'une course. Elle se sent rajeunir ! Et puis, comme elle l'affirme à Bonnie, qui aurait du mal à prétendre le contraire, ne sont-ce pas les amants qui font durer les mariages ?

Bien sûr, comme on dit dans les publicités pour boissons alcoolisées, elle usera de ces nouvelles ivresses avec prudence et modération. Inutile de mettre en péril une situation sociale enfin installée. Bonnie, attendrie par ce reflet des frasques anciennes de son amie, tire avec Max cette conclusion : le jeu pour Sylvie tirée d'affaire est devenu : comment ne pas se faire prendre quand elle se fait prendre.

Il arrive aussi que Bonnie convie Sylvie et Jean-Claude dans sa modeste demeure. Un soir dans la cuisine, après avoir sifflé deux bouteilles d'un saint-joseph trop âpre, Mumu tente sa chance avec Sylvie venue l'aider à débarrasser. Il la serre d'un peu trop près. Elle le repousse avec indignation. « Mais tu es fou, Mumu, je suis mariée ! Tu veux que j'appelle ? » Définitif. Le malheureux, une fois de plus, s'écrase. Bonnie et Sylvie en rigoleront longtemps. Mariée. Comme si.

De temps à autre, c'est Max qui invite tout le monde à l'opéra. Question musique il n'aime que les patrons. Verdi, Rossini, Bellini, Puccini. Mumu, qui trouve que l'opéra ça fait chic, s'accroche mais somnole. Jean-Claude écoute avec sérieux, cherchant surtout ce qu'il pourrait donner comme appréciation après le spectacle car il aimerait passer pour un connaisseur. Sylvie profite des entractes pour faire des selfies devant les recoins les plus instagrammables du palais. Bonnie sanglote pendant presque toutes les œuvres. Le garagiste vogue sur les ailes des harmonies rêveuses qui sonnent au diapason de sa mélancolie.

23. Retrouvailles

« Ta haine est une boule de feu que tu rêves de jeter sur ton ennemi. Mais en attendant ce jour, c'est toi qui es brûlé. » Le seigneur Bouddha a parfaitement décrit l'enfer auquel est condamné le pauvre Max : voué à errer en jonglant d'une seule main avec son fardeau ardent, sans espoir raisonnable de retrouver l'étudiant qui le floua. Mais le hasard est un démon blagueur. Comment le garagiste aurait-il pu imaginer que c'était grâce à une invitation de la frivole Sylvie que ce petit salopard de Moza allait se retrouver sur leur chemin ?

La rousse a convié Bonnie à une garden-party prévue chez un couple voisin. Des gens très bien, selon ses goûts. Fils d'un ancien producteur chez Sony, le mari possède plusieurs auto-écoles fréquentées par les enfants du show-biz. Son épouse poursuit une carrière de chef costumière à TF1. Ils connaissent du monde.

— Christine est une professionnelle de la télévision. Elle habille Christophe Dechavanne et s'occupe de la garde-robe de Corinne Touzet, avait annoncé Sylvie avec gourmandise. Ils seront peut-être présents, avec d'autres stars. Elle organise une réception à la cool qui se tiendra chez eux. C'est à Marne-la-Coquette, dans leur belle villa à deux pas de chez moi en coupant par le parc. Jean-Claude sera en province à un congrès ; je me retrouve célibataire. Allons-y entre filles, ça te fera une sortie. Début des festivités : samedi à 13 heures. Viens !

L'événement promet un parfum d'insouciance, un reflet des noubas de Ramatuelle ou du Ferret où Sylvie villégiaturait il y a peu dans une location ruineuse avec une piscine de huit mètres. Il s'agit de convoquer un dernier souvenir des grandes vacances, cette curieuse période où toutes celles qui ne préfèrent pas les landes bretonnes et les fjords norvégiens par peur des chaleurs se pressent en d'autres lieux à la page pour rôtir leur peau au paradis et sucer des glaces en enfer. En ce week-end de début septembre, les températures sont encore douces mais plus pour longtemps ; il a été conseillé d'apporter une petite laine.

— On va s'amuser, promet Sylvie à sa vieille amie. Passe me prendre à la maison.

Gare de Levallois, la rame qui accueille Bonnie est déjà envahie par les voyageurs montés à Saint-Lazare. La ligne L du Transilien qui se rend à Saint-Cloud avant de continuer vers Chaville, Viroflay, Versailles… est bondée. Bonnie se faufile au milieu d'une famille nombreuse accompagnée de ses vélos électriques. La tribu est menée par un père à l'air satisfait, moulé dans une tenue de cycliste et accompagné d'une femme trop laide pour ne pas être la sienne. Bonnie a pu s'installer près d'une fenêtre. L'ado vautré à son flanc fait mine d'être absorbé par l'écran de son smartphone. L'air de rien, il a collé sa cuisse contre la jambe de Bonnie qui s'en fiche. Elle s'apprête à se laisser bercer par la succession d'immeubles et de verdure qui défile le long de la voie en une alternance de vert et de gris.

Sa rêverie est de courte durée. Dès l'arrêt suivant, à Asnières, une apparition la secoue.

Moza ! Là, à quelques mètres d'elle, le responsable de leurs malheurs marche tranquillement sur le quai… Au travers de la vitre, Bonnie reconnaît tout de suite le disparu. Descendu de l'une des voitures situées en aval, il passe juste devant elle. Il semble en pleine forme et se déplace sans inquiétude apparente. À peine empâté et toujours le cheveu sombre et luisant, l'air sérieux, le vêtement modeste mais soigné, c'est bien lui. Une jeune femme à la démarche vive et un petit garçon dans les cinq ans qui lui tient la main l'accompagnent. Absorbé par sa conversation avec l'enfant, il transporte deux gros sacs de courses. Des emplettes pour la rentrée scolaire ? Quelque chose dans l'allure du trio qui se déplace avec assurance sans chercher son chemin ni regarder les panneaux indique qu'ils sont familiers des lieux.

Moza n'a pas repéré Bonnie qui gaspille quelques précieuses secondes à prendre une décision. Vaut-il mieux descendre sur le quai, au risque que Moza la reconnaisse et file de nouveau à jamais ? Rester dans le train ? Elle décide de tenter le coup, mais bousculer le cycliste et son engeance, se frayer un passage au sein de la densité moite des passagers plantés sur son passage, et atteindre enfin la portière lui prend trop de temps. La porte automatique s'est refermée devant elle et le train s'est remis en marche.

À Bécon-les-Bruyères, Bonnie descend pour rebrousser chemin. Elle veut retrouver Max au plus vite afin de lui annoncer l'incroyable nouvelle. Il est possible qu'il traîne encore au garage comme souvent le week-end... En attendant le Transilien qui va la ramener dans l'autre sens, elle passe un appel rapide à Sylvie pour annuler sa présence à la fiesta sous un prétexte vaseux. Son désistement ne dérange pas la rousse. Elle vient d'apprendre que son nouveau stomatologue y sera. Un beau brun qui a refait le sourire d'Enrico Macias. Il est en instance de divorce et cherche des consolations. Sylvie prône l'alphabétisme ; elle n'a rien contre un plan B, voire C. Pourquoi pas ce séduisant dentiste ?

Bonnie interrompt les confidences de son amie et raccroche en lui souhaitant bonne chance. Après le court retour en train qui semble durer des heures, la brune arrive à l'Émeraude, le châle en bataille. Max est en train de refermer le portail coulissant devant le museau d'une Austin Healey B que les garçons doivent bientôt attaquer. Elle se précipite vers lui, en faisant claquer ses sandales dorées, le cœur palpitant sous sa robe de printemps.

— Ouf, tu es là ! Je me suis pressée. Il faut que je te raconte une chose incroyable.

La voyant hors d'haleine, il lui propose un verre d'eau pour l'aider à reprendre son souffle. Elle pose châle et sac pour le boire d'un trait, et lui annonce l'incroyable nouvelle. Elle a vu l'ancien convoyeur là, le petit Moza, à la gare d'Asnières. Avec une femme et un gosse. Il s'étonne.

— Moza ? Tu es sûre ? Mais qu'est-ce qu'il foutait là ?

Le garagiste n'en revient pas. Le petit arsouilleur serait donc resté sous leur nez, et y aurait peut-être fondé famille ? Après toutes ces recherches, les appels passés aux quatre coins du monde par le Sarde et ses équipes, c'est ironique.

— Puisque je te dis que c'était lui ! Il est passé juste devant moi. Ce n'était pas un fantôme.

Max est épaté. La proie s'était planquée sous les moustaches du tigre. Pendant qu'on cherchait ce traître partout, il logeait à un rien de Levallois. Pourtant la crapule aurait dû être aujourd'hui suffisamment fortunée pour s'être envolé à l'autre bout de la planète. Max le sait : comme celui qui ne peut s'empêcher de passer sa langue dans l'alvéole d'une dent extraite, il vérifie les cours du bitcoin presque quotidiennement, par pur plaisir masochiste. Depuis la partie d'échecs, leur cote a connu des soubresauts mais ceux du gamin représentent maintenant une somme confortable.

La chance serait-elle revenue ? Miraculeusement, l'Histoire semble prête à repasser les plats. Unique objectif désormais : retrouver Moza. La piste démarre de la gare d'Asnières-sur-Seine. Comme dans la chanson leste du curé, s'il est passé par ici, il repassera par là. Il faut organiser un plan d'action… Décision est prise de mettre en place une surveillance, de se relayer dans l'espoir de filer le fugitif jusque chez lui ou de dénicher son lieu de travail. D'après l'intuition de Bonnie, il semble habiter dans le coin. Mais d'autres questions affluent. Vit-il vraiment à Asnières ? Où travaille-t-il ? Sous quelle identité ? Qui est la femme ? L'enfant, est-ce le sien ? Et surtout : a-t-il encore le magot ?

Ils allument l'ordinateur du garage. Google. Consultation des horaires. En semaine les trains se succèdent à des fréquences diverses. Le matin et la fin de journée semblent les plus logiques, au moins pour commencer. Ils se relaieront sur le lieu de la réapparition. Avec sa précision habituelle, Bonnie établit un planning des surveillances. La première échoit à Max. Demain, 17 heures.

Sur ces entrefaites, voilà Mumu qui se pointe au garage à son tour, le cheveu brillant de lotion, venu rendre une petite visite à son copain. Le flic s'étonne à peine de la présence de sa femme. Il a une découverte à partager.

— J'en ai appris une bonne chez le coiffeur. Vous voulez que je vous dise ?

— Non, répond Bonnie.

— Ça ne nous intéresse pas, confirme Max.

— Vous savez ce que ça mange une baleine ?

— …

— Rien que du plancton.

— Ah tiens ? fait Bonnie, du plancton.

— Ce sont des trucs microscopiques, moins d'un millimètre chacun. Elle en avale chaque jour assez pour se nourrir.

— Oui, tout le monde le sait, dit Bonnie.

— Fascinant, dit Max.

— Elles se maintiennent comme les boulangers, ou les vendeurs de journaux, qui font leur graisse à coups de petites pièces de monnaie.

— Tu es un puits de science, le félicite Max.

— En fait, la baleine, c'est l'inventeur du petit commerce, conclut triomphalement Mumu.

Il s'étonne enfin de la présence de Bonnie.

— Mais tu es là, toi ?

Bonnie désigne l'ordinateur allumé.

— Comme tu vois, quelque chose à récupérer pour ma compta.

— Mais tu ne devais pas aller à un truc avec Sylvie ?

— Elle vient d'annuler. Et j'avais oublié un échéancier à vérifier ce week-end.

— Ah bon, fait Mumu, pas plus curieux que d'habitude et ne sachant pas vraiment ce qu'est un échéancier. On rentre à la casa, alors. Max, tu viens prendre l'apéro ?

Max refuse l'apéro. Mumu embarque sa femme. Pour faire plaisir à Bonnie qui aime bien les séries, le flic a téléchargé un nouvel épisode de Succession.

24. Filatures

L'objectif est de voir sans être vu. Malgré un bras en moins, des kilos en plus, et des cheveux où le sel l'emporte désormais largement sur le poivre, Max n'est pas certain que ces changements suffisent à empêcher Moza de le reconnaître. Une paire de lunettes dont il a ôté les verres, l'absence de rasage, un chapeau de son grand-père qu'il s'est résigné à aplatir et un vieux manteau de même provenance sont venus parachever son camouflage.

L'horloge numérique de la gare indique 17 : 03 quand Max ainsi accoutré prend position sur le quai des trains qui arrivent de Paris, là où Bonnie a repéré Max. Le faux clodo s'est posé sur un siège en plastique au design tordu, conçu par les autorités pour empêcher les vrais sans-abri de s'y assoupir à l'aise. Peu importe, Max n'est pas venu pour faire la sieste. À ses pieds, une assiette en carton ornée d'un Merci tracé au feutre noir lance un appel à d'improbables aumônes. Au début, le temps passe tranquillement puis la cadence des trains s'accélère, les arrivages de voyageurs affairés comme des mulots dans un labyrinthe deviennent de plus en plus fréquents et l'heure de pointe est là.

L'affût de Max requiert toute sa concentration. Il ne veut pas rater son coup. Mais son esprit ne peut empêcher sa détestation pour Moza de lui remonter des entrailles. Le gamin a trahi deux fois. La première, en jouant avec l'argent du Sarde. Et la seconde, en plumant son vainqueur des bitcoins qu'il lui avait vendus. Il faut se méfier des innocents, ils sont pires que les gangsters.

Dix ans que Max évite toute pizzeria simplement pour ne plus voir le sobriquet de ce petit con lui sauter à la rétine. La mozzarella est un ingrédient qui dégouline partout… Margherita, quatre-saisons, calzone… Sur les devantures, sur les menus affichés, sur les ardoises au mur… Un faux fromage, un nid à bacilles, un havre pour salmonellose. À côté de cette merde, la Vache qui Rit c'est de la gastronomie.

Le temps passe encore. Contrairement à ce que Max redoutait, aucun agent de la SNCF n'est venu le déranger. Sans doute s'en foutent-ils. La température baisse. Demain, il faudra penser à apporter un coussin, voire quelques chaufferettes.

L'inconfort d'avoir le fondement en Alaska est propice à l'ennui et au découragement. Mais réfléchir lui fait passer le temps et oublier un peu la fraîcheur. Pendant qu'il guette, la même question tourne encore dans ses pensées : Moza devrait être riche maintenant et, en bonne logique, parti à l'autre bout du monde. Max a vérifié : aujourd'hui, cinquante bitcoins représentent des millions d'euros. Avec une telle somme, les paradis à bonne distance de la banlieue ouest ne manquent pas. Pas forcément de quoi acheter une île aux Bahamas, mais de quoi s'offrir une jolie estancia en

Argentine, une villa les pieds dans l'eau en Grèce ou en Croatie, et y vivre à l'aise. Alors, pourquoi n'en a-t-il rien fait ?

La réponse est peut-être que Moza craint de se faire repérer. Pour hardi que ce soit, nicher aussi près de la tanière du Sarde est déjà un sacré risque. Des dépenses inexplicables auraient pu attirer l'attention.

Ou bien alors, à la suite de quelque péripétie liée à la fuite de Moza, les crypto-monnaies se seraient-elles évaporées, car dilapidées ou subtilisées ? Cela pourrait expliquer qu'il ait dû trouver une besogne modeste, faute d'avoir réussi son grand départ. L'évocation de cette éventualité fait grincer les dents de Max.

De temps à autre, le faux mendiant jette un œil sur le quai d'en face, où font arrêt les trains qui viennent de Saint-Cloud. On ne sait jamais. Après Asnières, le Transilien dessert La Défense où les immeubles de bureaux et les emplois abondent. Peut-être Moza va-t-il se présenter venu de l'autre sens.

Vers 20 heures, il fait vraiment trop froid et Max en a assez. Il se dit que Moza ne se montrera plus et qu'il vaut mieux rentrer. Il abandonne ses accessoires au pied de son siège de torture et conserve sur lui son déguisement avec l'intention de le retirer à l'Émeraude. Avant d'attraper la ligne qui va le ramener à Levallois, une sensation au ventre l'avertit. Il se rend compte qu'il a faim et que, chez lui, son frigo est vide. Pour s'acheter un sandwich, il lui suffit d'emprunter les escaliers qui descendent des voies en surplomb pour se retrouver à hauteur de rue. Le Monoprix de la rue de la Station est juste au coin et ferme à 23 heures.

En contrebas, une apparition inattendue se produit. C'est Moza, décidément jamais là où il est censé être. Il patiente au volant d'une petite Fiat blanche immobilisée derrière un camion de livraison. Sans se poser trop de questions sur la présence déroutante de son gibier, Max bouscule une dame affublée d'un cabas ventru, et avance sur le trottoir. Il réussit à mémoriser juste à temps le numéro d'immatriculation de la petite voiture avant qu'elle ne redémarre en direction du centre.

À l'Émeraude, trouver l'identité du propriétaire n'est pas très compliqué. Tous les garagistes n'ont pas accès au fichier des cartes grises, et Max répugne à demander l'information à Mumu. Il préfère passer un coup de fil à Jo, un bon copain qui est accrédité, et lui dicter le numéro d'immatriculation. Par chance, l'autre décroche. Max s'excuse pour l'horaire tardif et énonce sa demande. Le confrère le rassure, il est encore au boulot à faire de la paperasse, et, à condition qu'il soit bien convenu qu'il n'en est pas la source (c'est en principe interdit), lui fournit volontiers l'information. La carte grise correspond à une Fiat 500 Lounge au nom de Farah Khan avec, pour adresse, le 32 rue de l'Alma, à Asnières. Max espère qu'il s'agit de la jeune femme brune décrite par Bonnie.

***

— Allô ?

Prévenue, Bonnie appelle en numéro masqué la gardienne de la résidence du 32 rue de l'Alma. Elle prend sa voix officielle, celle qu'elle emploie pour relancer les mauvais payeurs ou interroger l'administration sur un point de taxation.

— Bonjour, madame. Ici Jeanine, de la société Fedex, nous avons un colis pour un de vos locataires. Nous aurions besoin de vérifier une adresse.

La bignole qui a répondu semble plus pressée que méfiante. Bonnie fournit le nom de la propriétaire de la Fiat, invente un baratin avec une histoire d'adresse d'expéditeur en partie indéchiffrable et de contenu déclaré qui mentionne un jouet pour enfant. Elle précise :

— Tout ce qu'on arrive à lire, c'est que le destinataire réside chez vous, bâtiment C au troisième étage. Vous avez bien un couple avec un ou des jeunes enfants ?

La concierge confirme. Oui, ce sont probablement les Khan. L'infirmière et son mari, un monsieur brun. Un gentil couple avec leur petit garçon. Sur le même palier, à part eux, il n'y a que des vieux. Avant de raccrocher, elle ne peut s'empêcher de commenter :

— Dites donc, vous faites des progrès chez Fedex ! D'habitude, vous ne vous donnez pas tant de mal.

Bonnie raccroche avec satisfaction. Tout colle. Ils tiennent Moza.

Elle fait un clin d'œil à Max. On va arroser ça ? Toute cette aventure représente une trouée dans les nuages de leur désolation. Pour accompagner le saumon acheté chez le traiteur de la rue Marjolin, ils ont pris du champagne. Une fois la bouteille sifflée, ils se retrouvent au lit, comme au temps de leurs bonheurs. Bonnie se déshabille et se colle à son amant. Une hallucination les prend. Chacun reconnaît dans ses bras l'être plus jeune, plus beau, plus joyeux, plus musclé, plus complet qu'il a connu « avant ». Après l'amour, Max régénéré serre contre lui une Bonnie apaisée. Ils savourent ce moment tranquille de confiance et de désir retrouvés. L'enchantement ne se reproduira plus.

* * *

C'est l'aurore du lendemain. Max a pris la Volvo et a franchi le pont d'Asnières, en direction du nord, pour installer sa nouvelle surveillance.

Au pied d'un bâtiment d'habitation il trouve un stationnement sans même avoir dû chercher une place pour handicapés. Il reconnaît la Fiat 500, garée non loin. Le modèle atteint de nanisme automobile évoque comme en écho l'antique Panda de Moza. Son pare-brise est orné d'un caducée d'infirmière avec la mention « Soins à domicile ». La petite famille est encore au bercail.

L'adresse désigne un ensemble propre avec un grand portail donnant sur la rue et resté béant à cause des poubelles qui l'encombrent. Vers 8 heures, Moza sort d'un immeuble de six étages qui fait face à cet accès. Planqué dans sa voiture, Max a du temps pour l'observer à son aise. Bonnie a raison, le petit salopard n'a pas beaucoup changé. Il se déplace sereinement et n'illustre en rien le cliché du fugitif traqué. Sans impatience, Max laisse passer devant lui une poignée d'ados qui se poursuivent sur les trottoirs, et un deux-roues qui a brûlé le feu rouge. Puis il voit bientôt disparaître Moza au coin de la rue. Le principal est d'avoir retrouvé le lieu où loge le gibier. Après dix ans, rien ne presse. Pour le moment, le garagiste préfère examiner les boîtes à lettres de l'immeuble.

Une résidente actionne le digicode dans un geste routinier, et pénètre dans le hall en sortant son trousseau de clés. La porte vitrée se referme derrière elle avant que Max ne puisse l'atteindre, mais la providence se présente immédiatement en la personne d'un livreur Uber Eats qui possède le code. Vous permettez ? lui demande Max en le suivant de près. Le garçon, sans doute un dealer en mission trop pressé pour avoir quelque chose à faire de l'inconnu qui le bouscule, le laisse entrer.

Une fois que le livreur s'est engouffré dans la cabine de l'ascenseur et s'est envolé dans les étages sans s'intéresser davantage à lui, Max examine les boîtes à lettres. Il ne voit rien d'évocateur sur la série de noms qui y figurent. Moza a dû changer d'identité.

Max a le temps de voir que le voyant de l'ascenseur indiquant les étages vient de s'immobiliser sur le chiffre 3. Il se dépêche de sortir de l'immeuble et de rejoindre la Volvo.

C'est maintenant au tour de Farah d'apparaître dans le hall accompagnée d'un jeune garçon. Elle correspond à la description de Bonnie. Une jolie petite brune… Ils se dirigent en direction de l'école maternelle que Max a repérée au coin de la résidence. Max suppose qu'elle va le déposer avant de récupérer sa voiture et d'entamer sa journée de travail. Il interrompt sa filature et rentre à Levallois, dans le trafic des travailleurs qui se rendent au boulot. Il fredonne au volant. Sa journée a bien commencé.

* * *

Les jours suivants, à nouveau embusqué à distance de l'immeuble de Moza, Max reprend ses filatures. Peu à peu, il se fait une bonne idée des horaires du couple, de leurs trajets, de leurs habitudes. Avec de la prudence, ce n'est pas difficile.

La journée de Farah est trépidante. Elle commence par déposer le gamin à l'école maternelle, à cinq minutes de leur résidence. Puis, au volant de sa Fiat au coffre à peine suffisant pour accueillir son matériel médical, la jeune femme file de patient en patient aux quatre coins de la commune. La plupart du temps, c'est elle qui accapare la voiture, alors que Moza semble réaliser la majorité de ses déplacements à pied ou en transports en commun. La rencontre inopinée de Max et Moza au pied des escaliers de la gare était imprévisible. Mais il arrive des moments où le sort cesse de vous noyer sous des torrents de boue pour les remplacer par quelque cadeau du ciel. Même si c'est rare,

L'emploi du temps de Moza commence plus tôt et finit plus tard que celui de sa femme. Il se rend tous les matins dans un collège catho tout à côté du château d'Asnières, pas très loin de la rue de l'Alma. L'institution est dédiée à sainte Apolline, patronne des dentistes, et un panonceau l'annonce comme établissement scolaire affilié à un énigmatique réseau Jean-XXIII. Les filatures prudentes de Max révèlent que Moza rejoint et quitte chaque jour le collège en traversant la rue des Jardins, artère modeste et paisible, puis coupe par le square du Maréchal-Joffre.

Pour vérification, Bonnie passe un nouveau coup de fil. Cette fois-ci, elle appelle l'employeur présumé, se fait passer pour l'Urssaf et demande à parler à la personne chargée du personnel. Une sœur embarrassée répond en bredouillant ; elle confirme qu'il arrive que M. Khan donne bénévolement un coup de main à l'entretien. Pour le reste, envoyez un mail. Redonnez-moi votre nom déjà ?

Voici un bénévolat bien quotidien, et une sœur bien nerveuse. Ça sent fort l'arnaque aux charges sociales et le travail non déclaré. Heureux pour l'institution Sainte-Apolline que Bonnie ne soit pas l'Urssaf pour de bon. La comptable astucieuse donne un nom bidon, et fait mine de gober le bobard maladroit de l'interlocutrice.

— En ce cas, ma sœur, puisqu'il ne s'agit que d'une aide exceptionnelle dans un cadre charitable, il n'y a pas lieu d'insister. Nous avons probablement été alertés par quelqu'un de malintentionné. Ne vous inquiétez pas. Et inutile de partager des mails, ça nous obligerait à ouvrir un dossier. Nous ne voulons pas la mort du pécheur, oublions tout cela et restons-en là.

Le soulagement de l'interlocutrice est palpable. Bonnie raccroche. Peu de risques que son appel soit signalé à Moza et l'alerte. La brune comprend maintenant pourquoi l'institution porte le nom de la sainte vouée aux arracheurs de dents.

25. Joffre

Le garagiste a repéré que Moza rentre chaque jour du travail à la même heure. Max n'est plus physiquement équipé pour étrangler en peu de temps ce petit merdeux à mains nues. Pour faire cracher à sa proie ce qu'il voudrait savoir, il doit préméditer une action compliquée.

L'itinéraire du jeune homme varie rarement. Avant d'arriver à Sainte-Apolline, il traverse le square Maréchal-Joffre, un espace vert de taille moyenne destiné en saison aux retraités et aux bambins d'Asnières. Le chemin qu'il emprunte longe le chalet en bois de l'Amicale bouliste asniéroise, actuellement fermé. Un épais buisson de laurier-tin, arbuste vivace garni de toutes ses feuilles, offre un abri aux regards.

Le ciel est couleur de plomb et, à cette heure-ci, il commence à faire sombre. Planqué derrière un angle de la végétation, Max a revêtu des habits foncés et attend sa proie au tournant. Il a déposé un sac plastique contenant ce qui lui est nécessaire dans une poubelle à proximité. Des colliers de serrage pour immobiliser sa proie, un rouleau de fort adhésif pour la bâillonner. Tout est prêt.

Il a maculé de boue les plaques minéralogiques de sa discrète Volvo équipée pour la conduite des personnes handicapées, et l'a garée au plus près. Le parc n'est qu'à quelques dizaines de mètres de la place, mais si quelqu'un le voit traîner le corps de l'assommé tout est fichu. Pour ne pas se compliquer la vie à chercher ses clés, Max n'a pas verrouillé le coffre. Hisser Moza d'une main, le bâillonner et l'immobiliser rapidement à l'aide de l'épais rouleau de scotch noir, refermer l'abattant et se mettre en route pour l'Émeraude va représenter un nouveau moment délicat. Ensuite, une fois à destination, pinces, tournevis de tous calibres, chalumeau et autres outils d'interrogatoire ne manquent pas à l'atelier ; cette partie devrait être du gâteau.

La vérité est que Max ignore s'il aura le courage de se servir de cet arsenal, mais il nourrit l'espoir qu'à sa vue Moza sera suffisamment impressionné pour coopérer. Le garagiste veut récupérer son dû : la petite fortune que représentent aujourd'hui les bitcoins. En cas de difficulté, il n'exclut pas de s'énerver. Une dent arrachée sans anesthésie pourrait suffire. Ce sera en tout cas moins épouvantable que ce que le garagiste a dû endurer de la part des hommes de main du Sarde. Ensuite, il relâchera le petit con qui aura intérêt à retourner se planquer dans sa cachette. Il sera peu probable que le gamin aille se vanter des raisons de son œil au beurre noir ou de sa joue gonflée.

À l'heure prévue, Moza se pointe. Avant de s'enfoncer dans la niche feuillue qui lui sert de poste de guet, Max jette un coup d'œil alentour. Absolument personne d'autre en vue, ni dans le parc ni dans la rue. Sa revanche est là, au creux de son gant qui se serre sur la brique dont il s'est muni.

Il laisse le gamin le dépasser de quelques mètres. Au-dessus du col de son manteau, la nuque s'offre comme le cou d'une ingénue à la morsure d'un mort-vivant.

Max l'interpelle : « Eh, Moza ! » L'autre s'immobilise. Une voix le hèle au travers d'un fossé temporel de plus de dix ans. Il esquisse un geste pour se retourner, mais Max panique à l'idée d'affronter la rencontre de leurs regards. Le manchot frappe à la base du crâne. De la main gauche, difficile de doser son coup. Moza s'écroule. Le garagiste sait tout de suite que quelque chose ne va pas. Sans un cri, sans émettre une syllabe, le jeune homme est tombé comme un âne fracassé par la foudre.

Il secoue la masse inerte qui ne respire déjà plus. Une décennie que Max rêve d'avoir une discussion avec lui, et là, partie nulle par abandon dès le premier coup. Pour éviter de perdre du temps, le garagiste fait le choix de ne pas traîner le corps jusqu'à la Volvo. Il fouille les poches, dénude le col, fait sauter des boutons, soulève ce qu'il peut des vêtements, ouvre grand le manteau. Il roule le mince pull-over sur la chemise, examine une chair qui se refroidit vite. Il inspecte à la hâte les bras, les chevilles, le torse à la recherche d'un éventuel tatouage, d'un indice qui pourrait le mettre sur la voie du trésor. Il ne trouve rien à l'exception d'un portefeuille, un mince article en simili qu'il transfère dans sa poche pour l'examiner plus tard.

Autour de lui, le parc est toujours désert mais Max ne peut plus s'attarder. Il récupère son barda dans la poubelle, et file en laissant le corps gisant au pied de la statue du maréchal Joffre. Du haut de son socle, le vieux militaire ne semble pas plus affecté que d'habitude ; des macchabées, sur la Marne, il en a fabriqué lui-même des centaines de milliers.

Max retrouve la Volvo. Il ne tremble pas seulement de froid. Depuis le ciel laiteux de la fin de journée, flocon après flocon, la neige s'est mise à tomber. En maquilleuse appliquée, elle s'emploie à masquer l'entaille que le corps porte à la nuque. Puis à ensevelir de sa grisaille bleutée la silhouette tombée au sol. Bientôt un linceul plus fragile que de lin aura tout recouvert.

26. L'enquête

Pour ne pas l'alarmer, Max n'avait pas prévenu Bonnie des détails de son projet d'agression. Mais il n'avait pas prévu que l'enlèvement tournerait court et se solderait par la mort de Moza. Dès le lendemain du drame, derrière la porte close du bureau vitré, il lui raconte la catastrophe : il se retrouve sans le magot, mais avec un assassinat sur la conscience. Sans mot dire, Bonnie pose tendrement la paume de sa main sur le torse de son amant. Message : comme toujours, je reste là pour toi.

S'ensuit une période de confusion morale. Se sentant écrasé par la fatalité et les remords, le garagiste est tenté d'arrêter les frais. Cette partie maudite d'il y a douze ans a déjà entraîné trop de dégâts. À quoi bon s'acharner à en récupérer l'enjeu ?

Le corps a vite été découvert. *Le Parisien* en a fait un titre (« Cadavre au square Joffre »), avec une mauvaise photo de la dépouille partiellement recouverte de neige accompagnée d'un court article. Rien qui permette à un lecteur de reconnaître Moza. L'affaire a été traitée comme un fait divers sans grand intérêt. Le cadavre a été identifié lors de l'enquête de voisinage comme celui d'un homme de ménage nommé Khan et qui travaillait à proximité du lieu du crime. Max suppose que, tout comme lorsque Bonnie l'avait appelé, l'établissement a minimisé l'importance des prestations de la victime. L'article ne fait pas mention d'une cellule de soutien psychologique pour les élèves de l'école. On ne sait pas si le meurtre est un règlement de comptes, une histoire banale de drogue ou une agression au hasard qui a mal tourné. Pas un mot sur le fait que la victime aurait possédé une fausse identité ni aucune hypothèse reliant le mort à Moza. Bref, une histoire qui ne sera pas jugée digne des grands journaux télévisés nationaux ni même régionaux.

Malgré tout, Max s'inquiète d'éventuels progrès de l'enquête de police. Quelques jours plus tard, c'est Mumu qui le rassure. En passant au garage, il avise le quotidien que Max a laissé imprudemment traîner. Il désigne l'article qui relate le meurtre du square Joffre et s'esclaffe, prenant Bonnie à témoin :

— Tu as vu ça ? L'histoire du macchabée transformé en bonhomme de neige ? Encore un crime qui n'arrangera pas les chiffres de ces blaireaux de la nationale. Ils ne sont pas près de retrouver l'auteur !

Bonnie tend l'oreille. Mumu explique :

— Ah ah, ils sont forts, les collègues ! Une des communes les plus fliquées des Hauts-de-Seine et incapables d'empêcher un guet-apens pour un simple larfeuille sur un traîne-savates. Pour trouver l'auteur, ils ont eu beau appeler les grands frères au secours, tout le monde pédale dans la semoule.

— Tu veux dire qu'ils n'ont pas de vraie piste ? demande Bonnie l'air de ne pas y toucher.

— Ça m'étonnerait. On apprend ça à l'école de police : dans la majorité des cas, les morts violentes, c'est un coup de l'entourage. Les feignants de la PJ tablent d'abord là-dessus pour résoudre un grand nombre de cas et faire du bien à leurs statistiques. Si ça ne donne rien, en général, ils laissent tomber.

Il va de soi que la police municipale n'a pas été chargée du dossier. Mais Mumu est ravi d'étaler sa science tout en égratignant le prestige des confrères. C'est connu, les deux polices ne s'adorent pas. Il pérore en initié.

— Ou alors, en cas de crime organisé, cybercriminalité, affaire de drogue – qui sont les principaux facteurs identifiés des crimes de sang –, ils comptent sur les tuyaux de leurs indics, ou sur un coup de bol. Dans la majorité des autres cas, ils font ce qu'ils peuvent. Et ils peuvent peu.

Il désigne le journal d'une chiquenaude. La police de papa qui arrêtait les voleurs de pommes et les assassins du dimanche, c'est fini. Manque d'effectifs. Et les populations collaborent de moins en moins. L'antipathie des administrés pour la flicaille a fini par supplanter l'immense plaisir d'espionner et dénoncer ses voisins.

— Mais ils cherchent quand même, non ? Ils vont bien finir par tomber sur quelque chose, relance Bonnie se faisant l'avocate du diable.

— Oui, ils cherchent si tu veux, mais très mollement. Là, il s'agit clairement d'un simple pouilleux.

Mumu leur explique l'évidence : dans ce genre d'affaire, la police judiciaire réserve en priorité son zèle aux victimes de familles bien placées, susceptibles de faire du foin en haut lieu. Pour le reste, on laisse pourrir. Les progrès sur les recherches d'ADN ont un peu amélioré les choses, mais pas de façon aussi spectaculaire qu'on aimerait le faire entendre. Résultat : le taux de crimes irrésolus, ceux que l'exécutif nomme les « déchets », reste important.

— Vous savez combien d'affaires criminelles ne sont pas résolues chez nous ? Dites un chiffre.

— Cinq pour cent, hasarde Max.

— Cinq pour cent ? Ah ça, ils aimeraient bien ! Combien tu dirais, toi, Bonnie ?

— Aucune idée.

— Quinze pour cent, annonce Mumu. Et encore, ça c'est pour la France. Chez les Ricains, c'est encore pire. On parle de quarante pour cent. Si tu veux trucider ta bonne femme sans problème, va aux US. Oh, pardon chérie, c'est rien qu'histoire de dire.

Bonnie le rassure.

— J'avais bien compris, Mumu. Quelle raison de me zigouiller aurais-tu, d'abord ? Je suis l'épouse idéale.

Mumu reprend le cours de son exposé. Les statistiques sont disponibles pour qui veut les trouver, mais on en parle très peu. Question d'image. La police n'a pas envie de donner des idées aux journalistes toujours taquins. Ni accessoirement aux candidats assassins.

Max laisse échapper un mince soupir de soulagement. Effectivement, quinze pour cent ce n'est pas si mal. Peut-être va-t-il passer entre les gouttes. Et Mumu ne semble pas avoir eu vent de quoi que ce soit.

En dépit des rivalités, une certaine collaboration entre

polices existe ; les municipaux ont leurs informateurs chez les professionnels de l'investigation. Inconscient du rôle que le patron de sa femme a joué dans la sanglante agression du square Joffre, incapable de faire le lien entre la victime et Moza, Mumu informera chaque jour Bonnie de l'insuccès des recherches.

Malgré tout, le garagiste reste tourmenté. C'est elle qui lui remonte le moral sur le mode sensé qui est le sien :

— Réfléchis un peu, le pire n'est pas que tu sois devenu un assassin. Je te rappelle au passage que c'était un accident, un geste commis sans intention meurtrière. Et même si nous savons tous deux que tu avais tes raisons – tuer volontairement Moza –, tu n'avais rien à y gagner. Mais ce qui est fait est fait. Le plus idiot serait que ça n'ait servi à rien. Tu dois reprendre tes recherches.

Loin de fournir à Max la moindre réponse à ses questions, la fouille du portefeuille n'a suscité que de nouvelles interrogations. Pas de liste de mots mais un permis de conduire qui identifie désormais Moza sous le nom de Louis Khan, accompagné d'un pauvre billet de dix euros, et d'une petite carte imprimée d'un simple prénom : Diana. Ni signature ni adresse, et vierge au verso.

27. Farah

Le lendemain du drame, aussitôt le petit déposé à l'école, Farah, inquiète de ne pas avoir vu rentrer Moza, s'était rendue au poste de police d'Asnières. Dès son arrivée, le fonctionnaire en uniforme chargé de l'accueil s'était éloigné du comptoir pour tenir un conciliabule avec un collègue, puis était revenu, la mine neutre, vers l'infirmière.

— Vous êtes madame Khan ? Vous tombez bien, on allait vous convoquer. Attendez là. Un inspecteur va vous recevoir.

Après un quart d'heure d'attente angoissée, on l'avait conduite dans un bureau pour lui annoncer la nouvelle. L'inspecteur en question revenait juste de Sainte-Apolline. Il apprit à Farah qu'en rentrant de son travail son mari avait été agressé. Et tué.

L'infirmière s'effondra. Sans doute par un principe de routine policière dérivé des statistiques expliquées par Mumu, on ne lui laissa qu'un court instant avant de se mettre à la cuisiner sans égards. Une inspectrice les avait rejoints. Farah leur confirma que son mari travaillait en effet pour le collège. Elle dut expliquer où elle était à l'heure présumée de l'agression, donner les coordonnées de ses patients visités pour confirmer son alibi. Après de laborieuses vérifications téléphoniques, les flics s'excusèrent du bout des lèvres. Vous comprenez, ce sont des questions nécessaires. On l'informa qu'elle devrait sans doute se rendre à l'institut médico-légal après l'autopsie pour reconnaître le corps. On l'aviserait. Ils finirent par lui faire signer sa déposition, et la laissèrent partir.

* * *

L'enquête connut ensuite un rebondissement intéressant. À l'occasion d'une formalité administrative usuelle, une piste alléchante fut soulevée par une employée d'état civil de Besançon : il apparaissait que la victime n'était pas la victime ! L'homme aurait usurpé l'identité d'un ancien maçon du Doubs également nommé Louis Khan… En reportant le décès du défunt d'Asnières sur le registre de son lieu de naissance pour donner suite à l'information transmise par la police, l'employée de Besançon avait noté un fait bizarre :

— Ça m'a mis la puce à l'oreille, expliqua-t-elle. Comment un type interné ici à vie pouvait-il avoir été trouvé mort dans les Hauts-de-Seine ?

Et, en effet, le véritable Louis Khan, sans famille et diagnostiqué schizophrène, séjournait depuis des années dans un établissement de soins psychiatriques de Pontarlier.

Il était probable que Moza ait récupéré ses coordonnées, lieu et date de naissance, dans quelque recoin du darkweb, riche en solutions ingénieuses à l'attention des internautes. L'usurpateur s'était ensuite procuré un acte de naissance à la préfecture du Doubs. Rien de plus facile, aucune vérification n'étant réalisée ; il suffit de fournir une simple adresse pour le recevoir. Une fois muni de ce premier document, il avait pu obtenir une pièce d'identité sous ce nouveau nom et ouvrir un compte en banque. Ensuite, il ne commit jamais aucune exaction, manœuvre d'extorsion, tentative frauduleuse d'emprunt ni détournement de fonds qui puisse attirer l'attention. Jusqu'au jour où…

Quand on voulut interroger le véritable Louis Khan, qu'on soupçonnait d'une éventuelle complicité, l'aliéné ne comprit pas grand-chose à ce qu'on lui demandait. Il sembla d'abord ressortir de ses propos qu'il ne connaissait pas la mystérieuse victime d'Asnières, ne l'avait jamais rencontrée, n'avait même jamais mis les pieds de sa vie en région parisienne. Puis, devant l'insistance des enquêteurs, il modifia sa version.

En contradiction avec ses premières déclarations, le personnage expliqua que ça lui revenait maintenant ; il connaissait très bien son homonyme qui n'était autre que son frère céleste. Du reste, ils avaient régulièrement de longues conversations car ils étaient en communication télépathique. À son assistance sidérée, il proposa de transmettre à son correspondant les questions des inspecteurs à l'aide de ses dons médiumniques.

À la suite de ces élucubrations, on bouscula le malheureux avec une vigueur renouvelée. Brusqué par ces méthodes, l'homme se mura dans un silence dont il n'accepta de sortir qu'en poussant des meuglements de vache. Dernier signe de démence ou impertinence envers la maréchaussée ? Personne ne sut le préciser. Finalement, on se rendit à l'évidence : l'homme était interné sans autorisation de sortie depuis plus de douze ans, et n'était pour rien dans l'histoire. On n'insista plus et on le renvoya chez les cinglés.

Il fut également conclu qu'il était possible que Farah, l'épouse du défunt, ainsi qu'elle l'affirmait vigoureusement, n'ait eu aucune connaissance de la fraude. Elle exerçait à Levallois depuis neuf ans, soit deux ans après la supercherie de l'alias Khan. Et plusieurs témoins attestèrent qu'elle n'avait rencontré l'imposteur que bien après son arrivée. En épousant le faux Khan, elle avait adopté son faux nom en toute innocence.

Restait encore la question de l'identité de l'enfant enregistré à sa naissance sous le nom de Jackson Khan. Fallait-il conserver le patronyme sous lequel il avait été déclaré ? Soulagés de pouvoir botter en touche, les flics considérèrent que cet aspect de la question n'était pas de leur ressort, aucun tiers n'ayant apparemment été lésé.

Farah tenta de se renseigner auprès de la mairie. Comme c'est souvent le cas, les personnes investies d'un soupçon d'autorité répugnèrent à prononcer ces mots si simples : je ne sais pas. Une première employée lui conseilla de demander l'annulation du mariage et de modifier l'état civil du gamin pour lui faire porter désormais le nom de sa mère. Deux bureaux plus loin, une autre responsable lui suggéra au contraire de ne rien changer, arguant qu'au moins le gosse avait une identité. En vérité, personne n'avait la moindre idée de ce qu'il convenait de faire.

À la décharge de ces employées, le cas était complexe, du genre dont même les notaires, en principe formés pour faire face à ces subtilités, préféraient se débarrasser. Ça emmerdait tout le monde, cette histoire. Ne sachant trop quoi faire, Farah ne prit aucun parti, et tout resta en l'état.

Dans le fond, elle ne voyait pas ce qu'une procédure aurait changé. Les recherches de la police n'avaient rien donné. La jeune veuve ignorait tout du passé et du nom d'origine du père de son fils. Aucune empreinte digitale ou trace d'ADN ne correspondait à un profil repertorié, sans doute faute d'avoir jamais été enregistrée. Faire ressortir des limbes un étranger qu'elle n'avait jamais connu les aurait comme séparés encore davantage. Elle pleurait Louis, le père de son Jackson, et ça lui suffisait. Sa priorité maintenant était de mobiliser son énergie pour dépasser le drame et veiller sur son enfant.

À la banque, le compte joint ne contenait pas grand-chose. Les quelques meubles, bibelots et vêtements que le couple possédait étaient d'une valeur modeste ; il n'y eut pas de droits de succession à régler.

* * *

Peu à peu, l'affaire du square Joffre s'est tassée. Cela paraît miraculeux, mais les hypothèses de Mumu se confirment. En dépit des traces que Max a probablement laissées derrière lui, la police ne remontera jamais jusqu'à sa personne. D'ailleurs, qui pourrait soupçonner un pauvre manchot d'avoir commis ce crime violent ?

La carte trouvée dans le portefeuille de Moza n'a rien pu apprendre à Max et Bonnie. Le carton sur lequel elle est imprimée est d'un grammage léger ; elle ne ressemble pas à une carte professionnelle. Ce pourrait être une simple sortie d'imprimante, intraçable. Quant au prénom Diana, pas facile de deviner de qui ou de quoi il s'agit. Bonnie et lui doutent qu'il s'agisse de la fameuse princesse aux yeux de lapin russe qui désespérait sa royale belle-maman et menait une vie impossible à son pauvre prince. Ni même, connaissant Moza, d'une référence à Diana Lanni, la championne américaine d'échecs des années 1980. Une amie du couple ? Ou un code peut-être, mais qui renvoie à quoi ? Sans qu'il sache pourquoi, la typo italique un peu *cheap* évoque à Max une idée de monde interlope. Le nom ou le pseudo d'un bar d'hôtesses, d'un salon de massage, d'une escort ? De son côté, Bonnie suggère une manucure, l'enseigne d'une parfumerie, ou d'un salon de coiffure.

Les hypothèses sont innombrables. Les Diana abondent. Que faire de cela ? Les amants de l'Émeraude donnent leur langue au chat.

— Ta piste principale, c'est la femme de Moza, conclut Bonnie.

28. La rencontre

Même si la police semble hors du coup, Max ne désire pas courir le risque de se faire repérer bêtement en rôdant trop autour de la jeune femme. Que se passerait-il si elle relevait sa présence et le signalait aux autorités ? Un fonctionnaire zélé pourrait faire le rapprochement avec le décès brutal de son mari à l'identité mystérieuse, relancer l'enquête, et enquêter dans sa direction. Déplorable perspective. La seule solution est de trouver un moyen de se rapprocher à visage découvert de la veuve car le point positif est qu'elle n'a jamais rencontré Max.

Parmi les habitudes de Farah, il a repéré que, chaque jeudi à la même heure, l'infirmière se gare au pied d'un ensemble de logements sociaux de l'avenue Pablo-Picasso. M. Simon, un octogénaire qui souffre d'un diabète de type 2, attend sa visite pour recevoir son injection hebdomadaire.

Tous les grands dragueurs vous le diront : quand on désire s'attirer la bienveillance immédiate d'une inconnue, il existe deux accessoires presque imparables. Peu de femmes résistent à l'attendrissement généré par un charmant bambin ou à la bouille d'un gentil chienchien. Seulement voilà, Max n'est pas père de famille; et il aime trop les animaux pour infliger à l'un d'entre eux les frustrations d'une vie citadine. Il n'a pas non plus dans ses connaissances quelqu'un à qui emprunter un chiot ou un mioche, et la location de ces deux articles n'est pas encore rentrée dans les mœurs. Cependant, sa profession l'a initié aux qualités d'une troisième arme de séduction, un autre classique imparable de la carabistouille: le bidon d'huile.

La manœuvre est simple. Max a suivi à distance la jeune femme et attendu qu'elle se soit garée. Une fois stationné à son tour, après que la jeune femme s'est engouffrée dans l'immeuble du diabétique, il s'approche de la Fiat, renverse près d'une roue avant le contenu d'un bidon d'huile moteur et attend le retour de l'infirmière. La tache répand lentement les irisations de sa marée noire. Le piège est tendu.

Avec son air sérieux et affairé, ses cheveux coupés court et sa doudoune d'un joli vert assorti à ses yeux noisette, Farah sort de l'immeuble pour rejoindre son auto.

— Je vous prie de m'excuser, madame…

De sa main valide, un homme avec un seul bras lui indique un inquiétant phénomène: la flaque graisseuse dans laquelle baigne son pneu avant droit.

— On dirait que vous avez un petit problème. Regardez, ça semble venir du train avant.

En découvrant la flaque, la jeune femme fronce les sourcils. Et, gardant ses clés à la main, s'apprête à se mettre à genoux sur le trottoir, manière d'inspecter les dégâts. L'inconnu l'arrête.

— Ne vous tordez pas le cou et ne vous salissez pas. Ainsi,

vous ne verrez pas grand chose. Je suis garagiste. Ce genre de fuite peut avoir des causes multiples. Peut-être une fissure du carter, ou un problème moteur. Ou alors un simple joint, ou une durite, ce qui serait moins embêtant.

Tout comme en vin, en musique et beaucoup d'autres choses, même si elles évitent de frimer, beaucoup de femmes s'y connaissent largement autant en mécanique que certains mecs qui la ramènent.

— Ça m'étonnerait que ce soit un cardan. Je fais toujours attention à ne pas cogner les roues dans les trottoirs.

— En effet, confirme Max. ça n'y ressemble pas. Pour les cardans, on utilise de la graisse plus visqueuse que l'huile que l'on voit là… En tout cas, ne prenez pas le risque de rouler comme cela. Vous pourriez fusiller complètement votre transmission ou même votre moteur. Vous permettez que je jette un œil au moteur ?

Il lui demande de soulever le capot, et, sur un ton professionnel, donne un premier avis :

— Vu d'ici, rien de particulier. Écoutez, mon garage est à deux pas. Votre auto, il faudrait la remorquer et la mettre sur le pont pour l'examiner soigneusement.

Elle est embêtée et se frotte le menton d'un air inquiet. Max remarque que ses ongles sont peints de toutes les couleurs de l'arc-en-ciel.

— Quelle poisse ! Moi qui dois aller chercher mon fils chez la nounou à 17 h 30…

— Il est possible que le problème se révèle sans gravité, et soit réglé à temps pour que vous repreniez votre auto, la rassure-t-il. On va regarder tout de suite. Sinon, on vous prêtera un véhicule de courtoisie, le temps de terminer le travail.

Max sort son iPhone et, en composant un numéro du pouce, appelle le garage comme si la cause était entendue. Farah le laisse faire. Avec son bras en moins, l'inconnu ne peut être bien dangereux. Si besoin était, elle se sentirait capable de remettre ce type à sa place Elle est menue mais costaud et, pour leurs soins, a l'habitude de soulever dans leur lit toutes sortes de patients.

—Allô, Mario ? Laisse tomber ce que tu fabriques et rejoins-moi immédiatement avec la dépanneuse. Attends je te donne l'adresse. 94, avenue Pablo-Picasso à Nanterre. Prends le circulaire de La Défense, et ne perds pas de temps, c'est pour un remorquage urgent.

Il cligne de l'œil vers Farah dans un sourire rassurant et raccroche.

— Tout va bien, on se dépêche. Mon garage est à dix minutes, à Levallois, juste de l'autre côté. Comment s'appelle-t-il, votre fiston ?

— Jackson, répond Farah avec l'accent de fierté qui caractérise toutes les mamans du monde quand elles prononcent le prénom de leur descendance. Il a cinq ans.

— Vous allez voir : ce petit Jackson va retrouver sa maman à temps.

En attendant les secours, Farah contemple la flaque visqueuse avec chagrin.

— Ça tombe mal, tout ça. En ce moment, je suis complètement fauchée. Si c'est trop cher, votre remorqueur devra repartir sans ma voiture.

Max désigne le caducée d'infirmière sur le pare-brise de la Fiat.

— Les professions de santé doivent se soutenir entre elles. Vous, c'est les gens ; moi, c'est les voitures. Pour la dépense, ne vous inquiétez pas, on s'arrangera, entre collègues. Le remorquage ne vous coûtera rien, zéro, nada, c'est un cadeau. Et pour la réparation, on trouvera une solution. Aujourd'hui, conclut-il sa plaisanterie, je m'occupe de votre Fiat mais en revanche, à mon prochain rhume, promis je vous appelle.

Elle tente encore de repérer une intention suspecte dans la proposition, mais ne décèle rien. L'homme a juste une bonne tête, un peu usée, un peu fatiguée mais avec des bons yeux, et il ne manque pas de charme. Après tout…

Mario arrive en faisant grincer la gomme des pneus de la dépanneuse sur le revêtement. Sur la portière de l'engin, Farah déchiffre, inscrit en belle anglaise, *GARAGE ÉMERAUDE, voitures de collection.* Ce dernier détail finit de la rassurer. Le manchot semble bien être garagiste. Elle lui accorde enfin un franc sourire et commente :

— J'ignore si l'on peut dire que ma Fiat est de collection. Ou alors pour les collectionneurs d'épaves. Vous ne démarrez aucun travail sans que je voie un devis, hein ?

— Promis. Ne vous inquiétez pas.

Max est content de la voir enfin se détendre. Pendant que Mario hisse et sangle la Fiat sur le plateau de la dépanneuse, son sauveteur providentiel invite la jeune femme à le suivre jusqu'à son stationnement.

— Venez, je suis garé là.

***

Dans l'habitacle de la Volvo, ils se présentent.

— Au fait : moi c'est Max.

— Moi, c'est Farah.

Il feint de s'étonner :

— Farah ? C'est un prénom iranien, non ?

— Non, pas toujours. Je suis née au Liban. Mais c'est drôle que vous disiez ça. Mon mari était iranien.

Oups. Max ne souhaite pas s'engager si tôt sur ce terrain glissant. Il aurait mieux fait d'éviter le sujet mais se sent quand même obligé de poser la question :

— Était ? Qu'est-ce qui… ?

— Il est décédé.

— Oh. Désolé. Condoléances.

Il s'empresse de parler d'autre chose.

— Farah, c'était aussi un prénom d'impératrice au grand cœur !

L'infirmière sourit. Ça lui fait de mignons petits plis au coin des yeux.

— C'est vous le grand cœur, Max. Vous aimez rendre service. Merci.

— Quand on peut, pourquoi pas ?

***

À l'Émeraude, Max a feint d'examiner la voiture à terre puis sur le pont. Toujours question de faire semblant, il désigne un vague endroit de la mécanique et, en portant la voix, ordonne aux brothers de changer un joint. Les deux n'ont pas l'habitude de discuter les ordres. Ils abandonnent une Lotus Élan dont ils étaient occupés à refaire la distribution et font comme Max leur dit. Pendant qu'ils s'en occupent, celui-ci rassure Farah. La fuite ne serait finalement due qu'à un misérable rond de caoutchouc d'une valeur de deux euros, autant dire rien. La main-d'œuvre est offerte, cadeau de la maison. Ça vous ira, madame ? Farah reconnaît que c'est dans ses prix.

Tant que la voiture est là, Max donne l'ordre de remplacer à ses frais les liquides de frein et de refroidissement, de changer deux ou trois filtres, et de compléter le niveau d'huile. Bref, de faire ce qu'on peut pour prolonger la vie de la petite Fiat.

Pendant que les hommes opèrent, Bonnie fait bon accueil à Farah. Elle sert un thé à la jeune femme. Derrière la vitre du local de Bonnie, Max voit bientôt les deux femmes engagées dans une grande conversation. À un moment, Max comprend qu'on parle de lui. À la suite d'une phrase prononcée par Bonnie, Farah a tourné la tête dans sa direction. La comptable en profite pour faire signe du pouce que tout va bien. Ils sont en train d'enfermer la veuve dans le filet de leur plan. Max se demande comment Moza aurait apprécié l'histoire, aussi perverse qu'un conte de Grimm : sa petite épouse chérie tombant sous le charme du grand méchant loup et sympathisant avec sa sorcière de complice.

Farah tient quand même à payer quelque chose. Max annonce une dépense de rien du tout : un petit billet de 20 pour Mario et son jumeau, si elle y tient. Il répète qu'il ne pouvait quand même pas la laisser repartir comme ça. Elle roulera avec une voiture en meilleure forme et sera même dans les temps pour la nounou. Farah donne un billet au compagnon. Super Mario lui conseille de revenir, si elle le veut, pour qu'on lui fasse une vidange/graissage. L'aspect de l'huile indique qu'elle ne devrait pas trop tarder. Max ne peut s'empêcher de faire le malin :

— Quand on pense que pour une broutille pareille certains confrères n'auraient pas hésité à facturer une fortune… Il y a vraiment des imposteurs à tous les coins de rue.

L'entretien de la Fiat achevé dans les délais promis, Farah prend congé. Elle doit filer, la nounou attend. Elle a pris les coordonnées de l'Émeraude et laissé les siennes. Elle va recommander l'établissement à tous les ancêtres qu'elle connaît. Certains sont propriétaires de voitures âgées, ce peut être intéressant. Max néglige de faire le distinguo entre « âgée » et « ancienne », ce n'est pas le sujet du jour. Avant de repartir dans sa Fiat régénérée, elle salue Bonnie et promet de rappeler vite.

Voyant Max rayonnant, Bonnie lâche une remarque sarcastique :

— On dirait que tu lui as bien plu, à la veuve. Elle te voit comme son sauveur maintenant. Un Superman ! Et moi, je t'ai vu aussi ; tu frétillais comme un gardon. Ne prends quand même pas ton rôle de héros trop au sérieux. N'oublie pas que son défunt t'a repassé de cinquante bitcoins. C'est plus difficile à dénicher qu'une petite sainte-nitouche aux airs innocents.

Max proteste :

— Comment veux-tu que j'oublie ? J'applique le plan, c'est tout. Et toi, tu as pu en apprendre davantage ?

— Elle est veuve, a un fils, ne roule pas sur l'or, résume Bonnie. Pour les cryptos, Moza, ou Louis si l'on préfère, ne semble pas lui avoir laissé d'instructions particulières avant que tu le rétames. Son boulot d'infirmière lui plaît. Elle a des amis mais pas de boy-friend. Rien de très utile à première vue. Mais maintenant c'est ta copine, non ? Tu vas pouvoir creuser encore.

29. Chez Farah

— Une autre bière, Max ?

C'est Marcel, un des invités, avec son tee-shirt FTP et sa barbe au volume d'éponge, qui lui propose gentiment une Corona bien fraîche avec son petit morceau de citron vert coincé dans le goulot.

— Non merci, Marcel.

Depuis qu'il est devenu un invité régulier des petites fêtes de Farah, Max préfère garder les idées claires. Il reste à l'affût de tout indice ou bribe de conversation qui pourrait le remettre sur la piste des bitcoins ou, à défaut, de la fameuse Diana. Également, il doit bien se l'avouer, une autre partie de lui-même veut continuer de se montrer à son avantage aux yeux de la jeune veuve.

* * *

C'est elle qui, deux jours après son pseudo-sauvetage, l'a appelé pour l'inviter.

— Bonjour, Max. Je voulais vous remercier. Je donne une petite fête demain soir à la maison. Un simple mezze entre amis. Vous viendriez ? J'ai parlé de vous à tout le monde. Ils veulent tous faire la connaissance du dernier gentilhomme-garagiste de Levallois.

Bingo ! Le travail d'approche a porté ses fruits. L'heure est venue de découvrir l'intérieur qu'elle partage avec Moza, et de rencontrer des amis du couple. Max va peut-être découvrir quelque nouvel indice.

— C'est très gentil, Farah. Si vous êtes sûre que je ne risque pas d'être de trop…

Elle poursuit, sans arrière-pensée :

— Vous rigolez ! Puisque je vous invite. Amenez quelqu'un, si vous voulez.

— Je viendrai seul, répond Max. Je suis un vieux célibataire.

— Tstt tstt, émet Farah. Je suis sûre que la compagnie des femmes ne vous a jamais fait défaut. J'aurais bien proposé à votre comptable de se joindre à nous, je l'ai trouvée adorable, mais elle m'a montré des photos de son mari en uniforme. Or la police, je nourris maintenant une petite allergie ! Je vous raconterai. Ça ne vous dérange pas, j'espère…

Bien au contraire ! Introduire ce balourd de Mumu sur le lieu de ses investigations ne serait pas une bonne idée.

— C'est une allergie assez courante, vous savez. Je passerai vers 21 heures. Ça ira ? Vous voulez que j'apporte quelque chose ?

— Non, venez les mains vides. Euh, je veux dire…

— J'ai compris, ne vous inquiétez pas. Donnez-moi l'adresse.

Nul besoin de révéler à la jeune veuve que, l'adresse, il la connaît déjà par cœur.

* * *

Chez Farah, Max se sent comme un hippopotame hébergé par un village de Pygmées. Balourd et loin de son fleuve. C'est bondé. Après l'avoir débarrassé des chocolats qu'il avait apportés, on l'a installé dans le meilleur trône de la pièce, un vieux fauteuil en cuir récupéré on ne sait où. La tribu qui l'entoure lui montre un grand respect, lui dédie des offrandes. « Un peu de jus de pomme, Max ? Je vais vous chercher quelques falafels ? » Tous ces égards orchestrés par la veuve le désorientent.

Le petit appartement n'a rien d'un lieu de deuil. On sent que le couple aimait la vie. Il y a des coussins aux teintes vives disposés un peu partout. C'est propre et joyeux. Rien ici ne ressemble à ce dont il a l'habitude, à commencer par la cuisine. Farah a préparé du riz safrané, du baba ganoush, du labné qu'on étale sur des galettes avec des boulettes de viande grillée et de délicieuses brochettes rôties au four. L'ameublement est plein de couleurs. Et l'assistance est pour lui d'une espèce inconnue.

Ce qui l'épate, c'est la gentillesse dans les manières, l'absence d'esprit de compétition. La solidarité et l'affection pour autrui semblent primer. Ça ne ressemble guère à l'humanité des forts en gueule qu'il fréquente, celle des amateurs de moteurs et des truands du Sarde. Il règne comme un idéal de pureté. Mais sans doute, ne peut s'empêcher de soupçonner Max, quelques tisons couvent-ils sous ces apparences. Il se sent cynique, mais, dans l'histoire de l'humanité, l'idéal de pureté n'a créé que des dégâts. Les croisades, les guerres de Religion, la foi aveugle : quand l'immaculé prétend régner, l'inquisition n'est jamais loin. Mais bon, on a toujours le droit d'y croire. Même lui. Ça le repose.

Des voisins passent, des collègues infirmières sont venues en famille. Il y a aussi des garçons et des filles en couple, des mamans célibataires, des Libanais heureux de retrouver les saveurs de leur pays natal. La seule morale semble être la tolérance. C'est un monde varié et joyeux qui rappelle à Max les réunions de ses parents avec leurs vieux amis, fidèles à l'idée de leur Russie disparue.

Un ou deux garçons font la cour à Farah qui se montre aimable mais ne les encourage pas. Max la voit avec plaisir repousser une main qui cherche à se poser sur son genou. Une Pénélope qui sait qu'Ulysse, son trop rusé mari, ne reviendra pas des rivages de la mort, mais persiste dans sa fidélité.

Elle lui a présenté Jackson. La mère parle à son enfant comme on parle à un ami, avec naturel et respect. Le garçon observe le garagiste et son moignon sans réaction gênante, et salue poliment avant de retourner à ses playmobils. Il possède les yeux et les gestes de son père. Ça épouvante un peu Max.

On danse, on rigole, on va discrètement fumer un pétard sur le balcon (pas de mauvais exemple pour les enfants qui font semblant de ne rien voir).

Certains discutent politique. Les paupières de Max commencent à se faire lourdes. Il se sent maintenant comme un pépé au bord d'un bac à sable. Il prend congé. Farah l'embrasse sur la joue pour lui dire au revoir. Il n'a glané aucune information utile à ses recherches, mais il a passé l'une de ses meilleures soirées depuis bien longtemps.

30. Sentiments

Ils se reverront souvent. Outre les joyeuses réunions d'amis qu'elle improvise chez elle, Farah l'appelle si elle a un moment libre dans son emploi du temps.

Elle le voit comme un gentil parrain. Tout naturellement, ils sont passés au tutoiement. Leurs discussions sont pleines de douceur. Elle ne frime jamais, s'attache à des sujets simples : son fils, le souvenir de son mari, les anecdotes de sa tournée de soins, un livre qu'elle a aimé, ce qu'elle va préparer pour le dîner. Quand elle ne partage pas l'avis de Max sur un sujet quelconque, elle exprime le sien avec une douceur efficace, sans hésiter mais sans se départir de sa douceur. On ne sent pas la piqûre.

Elle lui parle de son travail d'infirmière, de sa joie de visiter toutes ces personnes âgées qui, sans elle, seraient condamnées à la solitude absolue ou à l'EHPAD. Elle lui parle de la loi des 35 heures qui, dans son cas, est une absurdité. La Sécurité sociale contrôle ses heures avec minutie pour ne pas avoir à rembourser davantage en cas de dépassement. Aucun temps supplémentaire n'est autorisé, ou alors bénévolement ! C'est absurde et peu humain. Si Jackson ne réclamait pas sa présence, Farah pourrait dépasser plusieurs fois par jour le seuil imposé pour donner encore un peu de compagnie, savourer une tasse de thé, aider à rédiger un courrier à l'administration.

* * *

Et puis, un jour, elle parle de sa première rencontre avec son mari défunt.

Le jeune homme déchargeait des piles de cageots pour le compte d'un maraîcher qui manquait de bras pour ses livraisons. Dans la rue, la vue obstruée par son chargement, le brun avait manqué de la percuter. Il s'était excusé, et elle lui avait assuré qu'il n'y avait pas de mal, qu'il l'avait à peine frôlée. Il avait posé ses cageots et lui avait offert un fruit, une belle orange dans son fin papier, pour se faire pardonner. Elle avait remercié le charmant portefaix, un peu maigrelet mais si mignon avec son visage embarrassé et ses paroles respectueuses. Elle avait mis sur le compte de la timidité son air de vouloir raser les murs. Lui la contemplait, cette jolie sœur d'Orient à la silhouette souple et au gentil sourire, amenée par le sort à buter contre lui. Elle s'était présentée.

— Je m'appelle Farah.

Il s'était animé. Heureux d'avoir un sujet pour prolonger un peu l'instant de la rencontre.

— Farah, mais c'est de chez nous, ça ! L'altesse aimée du peuple qui avait épousé un tyran. L'Evita Peron de la mer Caspienne. Et il précisa, au cas où elle n'aurait pas compris : Je suis Iranien.

Elle avait ri.

— Pas moi ! Vous savez que Farah est un prénom porté partout. Jusqu'en Inde, Afghanistan, Nouvelle-Zélande, jusqu'aux États-Unis. Voyez Farah Fawcett, la drôle de dame ! Moi, je suis du Liban.

Ils étaient restés face à face, charmés tous les deux.

— À moi aussi, mes parents ont donné un nom international, ment Moza. Je m'appelle Khan, Louis Khan. Il y en a également un peu partout ; un patronyme aussi bien mongol que persan ou juif. Chacun ses exotismes. Vous, c'est la drôle de dame ; moi, c'est Gengis le conquérant sanguinaire.

— Vous ne me paraissez pas si sanguinaire que ça avec vos cageots ; même si vous avez essayé de m'éborgner !

Ils se serrent la main ; il ne peut pas rester plus longtemps. Le primeur attend sa marchandise et il va se faire engueuler par le chauffeur resté en double file. Est-ce qu'il pourrait la revoir ? Elle lui donne une de ses cartes professionnelles :

— Il y a mon numéro de portable ; appelez-moi, on bavardera entre enfants venus d'ailleurs.

Ils se revoient quelques jours plus tard à Asnières, près de chez elle, dans un bistrot de la rue Poincaré. Il avale sa tasse en vitesse et regarde autour de lui avec son air perdu. Elle a l'impression que le monde le dérange. Vous voulez qu'on aille se promener ?

Le jardin du square Pompidou se trouve tout près, avec ses arbres en fleur. Ils prennent l'habitude de s'y retrouver. Ils se racontent leurs pays divisés ; l'un par un prince jouisseur et vendu aux Américains puis par des barbus tyranniques, l'autre par l'affrontement incessant entre les communautés. Ils parlent art, aussi. Elle adore Rembrandt, qui est pour elle le Balzac du pinceau. Les deux génies ont connu la même gloire et les mêmes difficultés à se faire respecter dans un monde trop petit pour eux. Il adore Pollock. Elle est tout étonnée de rencontrer un porteur de cageots qui partage ses goûts. Ils finiront, bien sûr, par s'embrasser. Elle a trouvé l'homme de sa vie.

Même après le mariage, celui qu'elle appelle Louis se montrera très discret sur son passé. À peine mentionne-t-il que ses parents sont arrivés d'Iran après la chute du Shah et l'avènement des mollahs. Et qu'après l'avoir élevé en province, bien loin de Levallois, ils sont décédés. Un accident. Il ne possède en région parisienne ni famille ni relations.

Le boulot d'homme d'entretien qu'il a pu trouver est âpre et fatiguant et, si infirmière à domicile était un accès vers la fortune, cela se saurait. Le couple ne se vautre pas dans la soie et l'opulence. Ils doivent même souvent se serrer la ceinture. Mais leur vie parcimonieuse n'est pas malheureuse, au contraire. Ils se retrouvent souvent avec des amis, se contentent de joies simples, profitent de la souplesse des horaires de Farah pour faire chaque dimanche le plein de provisions au marché d'Argenteuil avec ses légumes si frais, ses parfums de Méditerranée, ses prix modestes. Ils découvrent l'idée pourtant banale que le vrai bonheur n'est qu'une suite de plaisirs simples et s'en contentent parfaitement.

Quand Jackson naît, son père est fou du gosse. Cette naissance le détend un peu, l'amène à se montrer plus sociable. Farah l'emmène en visite dans sa famille pour présenter le bébé aux oncles et aux cousins. Afin de mettre son mari adoré en valeur, elle tente de lui faire exprimer toute l'étendue de ses savoirs : il lit le persan dans le texte, est incollable en arts anciens, aime toutes sortes de musiques. Il botte en touche avec un sourire gêné et préfère rentrer coucher le petit. Sa modestie attendrit Sarah.

Enfin, Farah parle à Max de la mort tragique de son mari chéri. De son accablement après le choc de l'annonce de l'assassinat. Des soupçons obscènes de la police. Quelques jours après le début de son deuil, les flics l'avaient reconvoquée pour lui apprendre sans davantage de délicatesse que l'homme de sa vie, le père de son enfant, était un usurpateur d'identité. Puis ils l'avaient cuisinée comme une complice ou une coupable. Elle avait subi leur harcèlement jusqu'au jour où le véritable Louis Khan, l'interné de Montbéliard, l'avait plus ou moins mise hors de cause. Les enquêteurs restaient néanmoins suspicieux. Comment se fier complètement à un témoin comme ce dingue ? La Franche-Comté, ça vous dit quelque chose ? Vous connaissez quelqu'un là-bas ? Ils avaient fini par concéder qu'il était possible qu'elle n'y soit pour rien. De nouveau, aucun mot d'excuse ni de regret ne leur viendra à l'esprit.

Pendant toutes ces confidences, Farah ne témoignera jamais à Max autre chose qu'une affectueuse reconnaissance, que la confiance que l'on octroie à plus vieux et plus sage que soi qui vous accorde sa protection. De son côté, Max n'osera pas se poser la question de ses sentiments envers elle. La réponse lui ferait trop peur.

* * *

Même pris sous le charme de la veuve, ce qui est arrivé aux bitcoins n'a cessé de tarabuster le garagiste. Selon le récit de Farah, le couple vivait simplement, et ne dépensait chaque mois que ses maigres revenus. S'il avait pu assurer le bien-être de Farah et Jackson, occuper un appartement plus spacieux et plus confortable, quitter la banlieue pour des lieux plus sûrs, Moza n'en exprima jamais l'idée. S'il était potentiellement millionnaire, rien ne l'indiquait.

Pourtant les cinquante bitcoins ont fini par représenter beaucoup. Alors, pourquoi cette sobriété ? Outre les précautions dictées par la prudence, les hypothèses sont nombreuses et non exclusives l'une de l'autre. Lors de leurs nombreuses discussions avec Bonnie, ils en ont dressé la liste.

1. Farah. Leur rencontre a fait de Moza un homme modifié, à la nouvelle silhouette. Auprès d'elle, il se prétendait orphelin de parents réfugiés et n'aurait pas su comment justifier une telle opulence. Il aurait fallu avouer qu'il mentait ou forger de nouveaux bobards. Il aimait trop sa femme pour cela.

2. L'obstination. Celle du joueur qui s'est fixé un objectif et s'est juré de ne pas quitter le casino tant que celui-ci ne serait pas atteint. Le jeune père n'aurait envisagé de ne sortir de l'ombre qu'une fois sûr de pouvoir partir très loin avec sa famille dans une retraite luxueuse. La cote des bitcoins, très volatile, avait connu des augmentations considérables mais aussi des périodes de reflux. Rares sont les joueurs qui acceptent de quitter le casino en supportant d'avoir perdu une partie de leurs gains. Comme beaucoup d'entre eux, Moza voulait non seulement se refaire, mais hausser ses gains jusqu'au ciel.

3. Les difficultés techniques. En principe, récupérer le magot était aisé : il suffisait d'ouvrir un compte sur une de ces nouvelles plateformes d'échange de crypto-monnaie qui pullulaient et de transférer les sommes converties dans la monnaie de son choix sur son compte en banque. Or, c'était bien là que le bât blessait. Après déclaration à Tracfin, le compte de Moza, ouvert à La Banque postale il y a dix ans grâce à une identité douteuse, aurait fait probablement l'objet de vérifications plus poussées. Il aurait mieux valu en ouvrir un nouveau dans un paradis fiscal, ce qui n'était pas si simple.

4. La superstition. Cet argent avait frôlé la noirceur de trop près. De l'argent sale, l'argent du diable, un remords constant, un porte-malheur ? Les bitcoins possédaient pour lui l'irréalité d'une équation maléfique, d'une chimère de cauchemar. Désormais en paix, il refusait d'y toucher. Ainsi font, paraît-il, certains gagnants à l'EuroMillions qui ne veulent rien changer à leur vie. Farah aimée de lui et qui l'aimait, et leur petit garçon, n'étaient-ils pas les plus belles des richesses ?

Enfin, évidemment, demeurait la plus calamiteuse et la plus plausible des options : les bitcoins avaient disparu, volés ou perdus dans on ne sait quelles circonstances. Moza n'avait pas feint la pauvreté ; il y était retourné.

31. Happy birthday

C'est l'anniversaire de Jackson. Max lui a offert un mini-garage avec toute une collection de petites voitures. Sur la table de la petite salle à manger, Farah a disposé des sodas et des jus pour les enfants. Le gâteau attend dans la cuisine avec ses cinq bougies. Les adultes boivent du cidre ou des thés aux arômes fruités, certains parlent éducation et expositions, d'autres yoga et respiration. Les enfants jouent avec les petites bagnoles de Jackson, échangent leurs sabres en caoutchouc et leurs poupées, ou se rassemblent dans un coin autour d'un écran sans que personne ne pense à leur faire la morale. Certains adultes sont assis par terre à leur hauteur, d'autres se sont posés sur quelque chaise vacante.

Un certain Yann aux traits de boxer fatigué a apporté une guitare, une pauvre imitation de Stratocaster. En fermant les yeux d'un air concerné, il joue gauchement un blues poussif et non identifié, mettant quantité d'accords à côté. L'amateur mimique comme un enfant qui reproduit les gestes sans rien maîtriser aux sons qu'il émet. C'est comme de l'air guitar, mais avec une vraie guitare ! C'est épouvantable à entendre.

Farah vient à son secours. Par politesse, elle l'accompagne à l'harmonica. Elle joue bien, juste et précise, sans trémolo ni vibrato superflu. Ses lèvres vont et viennent sur le métal de l'instrument, sa langue intervient agilement pour boucher les trous. Max est hypnotisé.

Rapidement, l'indulgence de la jeune femme atteint sa limite. Ce pauvre Yann est trop nul. Elle arrête de jouer. Et si l'on mettait un disque ? Moza (Louis !) a laissé une jolie collection de vinyles et un vieil électrophone dénichés au marché d'Argenteuil.

Après quelques chansons pour les enfants et des airs orientaux, on a posé sur la platine un best of de Frank Sinatra. Le chant suave distille : « And now, the end is near... » My Way.

Max explique au serviable Marcel à quel point il a toujours trouvé ce morceau infiniment supérieur à l'original larmoyant créé par Claude François quand France Gall l'avait largué, lassée de ses scènes et de ses infidélités. Avant de le proposer à Sinatra, le crooner canadien Paul Anka l'avait adapté en anglais pour en faire un hymne immense à l'individualité, à la fierté d'être soi-même, au courage face aux conformismes. Et ce chant exceptionnel était devenu un hit mondial pour très longtemps. Grâce à cette trahison/traduction parfaite, « My Way » était devenu l'un des plus grands succès de la seconde partie du XXe siècle, repris dans une infinité de versions, et avait rapporté des fortunes à ses auteurs.

Max est en train de dérouler son exposé quand la révélation lui traverse le cerveau avec la même percutante efficacité qu'une balle de tireur embusqué celui d'un président américain.

— Paul Anka, attends… Mais oui, évidemment !

Max s'excuse auprès de son interlocuteur qui se demande ce qui lui prend mais repart vite en conversation avec un autre convive. Il se lève avec effort de son fauteuil et se dirige vers le meuble où Farah range les disques pour les passer en revue. Personne ne lui prête attention. Il hésite sur un album de Diana Ross dont il examine attentivement l'extérieur et l'intérieur. Le 33-tours est presque neuf et ne semble rien dissimiler de suspect. Il remet l'album en place et finit par dénicher ce qu'il cherchait : un simple 45-tours. Sous le visage angélique d'un jeune homme à la chevelure gominée, cravaté et habillé d'une chemise blanche et d'une veste à carreaux, s'étalent le nom de l'interprète, Paul Anka, et le titre : « Diana ». L'objet est fatigué et la couverture semble recollée.

Serait-ce à cette Diana-ci que Moza voulait mener en trimballant son nom dans son portefeuille ? Une simple carte à la typographie fantaisie pour guider éventuellement les recherches de sa femme en cas de malheur ?

Muni du disque, Max se rend dans la salle de bains, et ferme le loquet. À l'aide d'une lime à ongles trouvée sur le lavabo, il décolle délicatement le rabat de la pochette. Sur le carton déplié, une inscription laborieusement calligraphiée en caractères arabes se dévoile :

> آرزوهای خود را نسبت به چیزهای دنیا محدود کنید و با
> رضایت. زندگی کنید.

Max se félicite de son intuition. La piste devient brûlante. Qui s'amuserait gratuitement à une telle manipulation : dissimuler ce texte dans une pochette de disque et la recoller ensuite ? Avec son portable, il prend soigneusement une photo de l'écrit et consulte Google Translate puis Chat GPT. Les applications lui révèlent que les mots tracés ne sont pas de l'arabe mais du persan et les traduit en français : « Limite tes désirs des choses de ce monde et vis satisfait. » Comme un message à l'attention de tous les possesseurs de crypto-monnaies.

Une nouvelle recherche permet d'identifier en quelques secondes l'auteur de la maxime : elle semble tirée du Rubâ'iyât du célèbre poète Omar Khayyâm.

* * *

On frappe à la porte. L'un des mioches, accompagné par sa maman, a besoin d'aller aux toilettes. Max tire la chasse d'eau et ressort de la salle de bains en dissimulant le disque derrière son dos.

Dans le living, c'est bientôt l'heure du gâteau. Accompagnée par Yann qui s'obstine à chanter « Happy Birthday to You » en massacrant les accords, l'assistance va chanter « Joyeux Anniversaire » pendant que les applaudissements et les félicitations à Jackson s'élèvent joyeusement, Max remet discrètement le disque en place.

Il se dit que, sous l'avatar Louis, il était encore resté quelque chose de ce vieux Moza. Le joueur d'échecs n'avait pas abandonné son goût pour les combinaisons. La solution du problème était en plusieurs coups, mais le mat approchait.

Un peu plus tard, Max demande à Farah si elle sait où étaient rangés les livres de son mari. Elle est occupée par la fête et ne cherche pas d'explication. Elle lui indique un placard près de l'entrée. Tiens, ils sont tous restés là, je n'ai pas eu le cœur de les jeter. Si tu en vois un qui te plaît, ne te gêne pas.

Dans la bibliothèque de Moza, il avise un recueil de petite taille : le Rubâ'iyât d'Omar Khayyâm, en version bilingue persan-français. Peut-être bien ce qu'il cherchait. En retraversant la pièce principale, il fait signe de loin à Farah et lui montre le livre. Bon, j'y vais. Je t'ai piqué celui-là, je te le rapporterai.

Occupée avec Jackson, elle lui offre un sourire confiant. À bientôt, Max.

* * *

Même de format modeste, le livre est un bel ouvrage relié. Il abrite, dissimulée entre la dernière garde et le contreplat du recueil, une feuille de papier bible. Tulip, Bishop, Constitution, Door, Umbrella, River… Des mots écrits au feutre se succèdent en colonne pour former comme un nouveau poème. Max les compte. Il y en a douze.

Max remercie Moza en pensée. Voici mis au jour le secret de Diana, son sésame : l'énigme n'était pas vraiment un casse-tête mais un simple jeu de piste.

32. Les nouveaux malheurs de Bonnie

Dès la seconde où Farah a pénétré l'enceinte sacrée de l'Émeraude, accompagnée par un Max tout faraud, et escortée par les compagnons qui remorquaient sa Fiat minable, Bonnie a su qu'un nouveau péril était entré dans sa vie. Elle a fait bonne figure mais toutes ses antennes se sont mises à vrombir. Alerte rouge.

Sans même que le garagiste en soit conscient, la chasse aux bitcoins qui l'a tant obsédé semble être passée au second plan. Il suffit d'observer son expression attendrie quand l'ennemie dépose le petit au garage. Et son silence rêvasseur après le départ de la jeune femme, le soin avec lequel il s'apprête pour chacune de leurs retrouvailles. Bonnie le voit bien, la présence de Farah est pour Max une douche miraculeuse. Il revit. Pas de doute : son Max est pincé.

Bonnie constate que son patron passe de plus en plus de temps avec Farah. En outre, elle sent qu'il s'attache au petit. La veuve a pris l'habitude de leur confier Jackson. Max est toujours à lui faire visiter les lieux, lui montrer les voitures qui sont source d'émerveillement pour le petiot. La comptable ne peut s'empêcher de lâcher des commentaires :

— On dirait que tu reprends des couleurs depuis que tu rends tes visites à la veuve joyeuse. Vous êtes tout le temps fourrés ensemble, maintenant.

Il ne prend pas la peine de démentir. De protester que c'est pour la bonne cause, un écran de fumée, une démarche imposée par la chasse aux bitcoins. Même pas.

Pour le faire réagir, Bonnie insiste :

— Tu as vu les cannes de serin qu'elle a, ton impératrice des couches pour vieux ? Tu ne trouverais rien à manger sur une carcasse pareille.

Elle prêche pour sa paroisse. Elle a pris trop de poids. Pour la première fois de leur vie, elle devient casse-pied avec un homme. Lui, qui l'a toujours soutenue, s'est rangé dans son équipe, ne peut plus la *supporter*. Ç'aurait été une autre, il l'aurait envoyée paître. Mais aucun des deux n'oublie qu'ils sont liés à jamais. Compagnons de déroute à perpétuité. Ça oblige.

Face à la nouvelle dame blanche de Max, la reine noire perd du terrain. Bonnie souffre le martyre en voyant son roi subir peu à peu l'attraction d'une force plus puissante qu'elle. En s'éloignant vers sa nouvelle étoile, il emporte avec lui un dernier morceau de son âme, le peu d'apaisement qui lui restait encore. Elle se sent en proie à de sombres pulsions qu'elle cherche depuis tant de temps à enfouir, émises par la Bonnie pleine de peurs et de tourments dont elle refusait d'entendre les douleurs.

Rentrée chez elle, c'est encore pire. Elle doit subir les commentaires de Mumu, dictés par son tact habituel.

— Dis donc, elle est mignonne, la copine de Max. Je les

ai vus l'autre jour sortir de l'Émeraude. Il ne s'ennuie pas, ce salopard, avec cette petite jeunette.

Bonnie ne trouve même pas l'énergie de lui renverser le plat de spaghettis sur la tête.

* * *

Un jour, elle se décide à provoquer Max.

— Avoue. La petite allumeuse, tu en es tombé amoureux.

Max proteste, fait mine de rappeler son vieux cynisme à la rescousse :

Amoureux ? Tu veux parler de cet état imbécile où l'on tombe en s'imaginant que son propre bonheur dépend de quelqu'un d'autre ? De ce mythe entretenu par les malins qui vous vendent des chocolats à la Saint-Valentin et vous fourguent des roses cultivées en desséchant des lacs au Kenya ? Tu dis n'importe quoi, Bonnie. Être amoureux, quelle horreur !

Elle le contemple sans prononcer une parole. Il hausse les épaules d'un air de défi.

— Bon d'accord. Un peu.

— Et tu le lui as dit ?

Il s'insurge :

Ça ne va pas, non ? Je n'allais pas ajouter le grotesque au ridicule. Non, j'ai gardé ce honteux secret pour moi.

* * *

L'offense absolue finit par se produire. Un matin, Max débarque au garage tout guilleret, après avoir passé la soirée chez l'Autre, pour fêter l'anniversaire du petit morveux. Il affiche un grand sourire aux raisons insoupçonnables pour Bonnie, qui le pense dû à la joie stupide d'avoir joué une fois de plus les tontons gâteau.

Comment pourrait-elle deviner que Max a enfin découvert la liste des bitcoins et se fait un film ? Il rêvasse sur l'idée folle d'emmener Farah – et Jackson – refaire leur vie avec lui à l'autre bout du monde. Avec une naïveté inhabituelle pour lui, il évacue la question de savoir pour quelle raison la jeune veuve accepterait de chambouler son existence actuelle, déjà bien ébranlée par le meurtre de Moza, pour suivre un vieux machin dans son genre. Il se demande déjà comment formuler sa proposition. Il va falloir choisir les bons arguments, et le bon moment. Mais ce n'est pas grave, il n'est pas pressé. En attendant, il avancera patiemment ses pions.

Troublé par ses pensées, il s'est mis au travail. Il lui faut préciser une information sur la Mercedes de Maître Gardinier, le brillant notaire d'Asnières, une merveille à moteur Porsche V8 qu'on vient de leur déposer. Et voilà qu'il s'entend dire à sa comptable : « Peux-tu me passer la carte grise de la 500E du notaire, s'il te plaît, Farah ? »

Abasourdi par cette traîtrise de son subconscient, il ajoute piteusement, sans la moindre chance de noyer son lapsus : « C'est pour vérifier le type du véhicule. J'en ai besoin pour trouver un nouveau commodo. »

La brune n'a rien raté de la gaffe qui lui a perforé l'oreille comme un jet d'acide. Sans faire un geste vers le classeur concerné, elle se lève, ramasse ses affaires et se dirige vers la sortie, droite comme un obélisque.

Le lendemain, Bonnie ne se présente pas à l'Émeraude. Elle a envoyé un SMS :

Je ne viendrai pas travailler aujourd'hui. Bonne journée.

Bonnie. Avec un B.

Max espère qu'elle se calmera. En attendant, il se consacre à sa tâche : gaspiller quelques heures pour une corvée qu'il déteste. Pendant que les Bros s'occupent à démonter la pièce, il lui faut appeler des dizaines de collègues pour dénicher le fichu commodo de la Mercedes du notaire. Mais aucun d'entre eux ne détient l'accessoire. Il va probablement falloir le commander en Allemagne, voire aux USA, avec ce que ça représente de délais, de taxes et d'embarras en tout genre.

Au déjeuner, il fait un saut à la boulangerie pour se rapporter un sandwich. Il choisit la formule à neuf euros. Un poulet crudités, une tartelette amandine et un Volvic citron lui conviendront.

De retour au garage, un supplément l'attend. La cerise sur la tarte aux fruits. Garée en plein milieu de la cour pavée, la Tesla argentée annonce la visite du Sarde. Manquait plus que lui.

33. Mauvaise visite

Il arrive au Sarde de passer au garage pour saluer Max et Bonnie comme s'ils étaient redevenus les meilleurs amis du monde. Il veut surtout vérifier que l'affaire tourne à sa convenance, c'est-à-dire suffisamment pour continuer à faire façade à ses combines.

— Quel mauvais vent t'amène ? l'accueille le garagiste.

Avant de répondre, le Sarde, comme chez lui, congédie les deux mécanos :

— Vous pouvez prendre votre aprèm, les jeunes. Votre journée de travail est terminée. J'ai une ou deux petites affaires à discuter avec le Dottore.

À son habitude, le grand couillon ne peut pas s'empêcher de jouer les truands italiens. Du regard Mario et Luigi demandent confirmation à Max.

— Ne vous inquiétez pas, les gars, je fermerai.

Dès que les deux oiseaux en salopette ont dit à demain et se sont envolés, le Sarde va droit au but. Il a retrouvé sa mine sombre des mauvais jours, des jours de guerre.

— Je crois qu'il va falloir reparler un peu de cette histoire de Moza. Il paraît que tu as du neuf.

Max comprend immédiatement. Une seule personne au monde a pu le balancer. La phrase suivante finit de lui confirmer la forfaiture de Bonnie :

— Eh oui, figure-toi que j'avais quelques affaires à régler en centre-ville, et sur qui je suis tombé ? Ta comptable. Elle ne semblait pas en grande forme. Moi, agréable comme d'habitude, je lui demande de tes nouvelles, et tu ne sais pas ce qu'elle me dit ?

Le Sarde fait une pause qu'il veut dramatique. Max attend la suite.

— Eh bien, elle me dit : « Je m'en fous de ce sale con. Tu n'as qu'à demander à la veuve de Moza. Ils sont pour le mieux. » Tu te rends compte du choc pour moi ? J'aurais bien aimé en savoir davantage, tu le comprends, mais voilà que ta Bonnie me file entre les pattes pour entrer *chez Étienne*. Tu connais. C'est le restau préféré de la municipale. Je n'ai pas cherché à la suivre. Pas besoin de déranger nos amis de la police. Je me suis plutôt dit que celui qui allait m'expliquer tout ça, c'était mon ami le Dottore. Alors me voici.

Max sent l'accablement l'envahir. Voilà que ça recommence. Et avec encore moins de chances que la fois précédente de berner la brute. Le truand en sait déjà trop. Heureusement qu'il ne semble pas avoir entendu parler des bitcoins.

— Donc, il semblerait que tu files le billet doux avec la veuve de Moza ? Ce qui signifie que tu as retrouvé sa piste. Ce n'est pas bien, Dottore, de me faire des cachotteries. Par le Tout-Puissant, ce genre de petits secrets entre deux amis comme nous, ça me chagrine. Et tu oublies juste un détail.

Au départ, le pognon avec lequel s'est enfui ce petit salaud m'appartient.

— Bon, écoute, improvise Max, ce n'est pas ce que tu crois. La femme en question, je la connais à peine. Et si tu veux savoir pourquoi elle est veuve, c'est parce que j'ai réglé son compte à Moza. Il avait changé de nom et je lui ai fait son affaire à Asnières. Ça devrait te faire plaisir, non ? Mais je n'allais quand même pas le crier sur les toits.

Le Sarde s'esclaffe :

— Non ? Ce serait toi, l'affaire du square Joffre ! Et le macchabée, c'était Moza ? Incroyable. C'est drôle, je ne te voyais pas en assassin. Normalement ce n'est pas un boulot d'amateur. Surtout, tu m'excuseras, un amateur un peu diminué comme toi. Quant à la veuve, si tu savais à quel point je n'en ai rien à foutre que tu la tringles ou pas. Finalement nous sommes toujours en compte, dirait-on. Ça te dirait de conserver ton deuxième aileron ? Alors, dis-moi la vérité. Qui a le biff maintenant ? Elle ou toi ? En tout cas, il va falloir me le rendre.

Max reste muet. Il continue à réfléchir intensément à une façon de s'en sortir et surtout de laisser Farah et son petit Jackson en dehors du coup. Mais rien ne lui vient. Le Sarde continue de discourir :

— Tu sais quoi ? Je crois qu'on va lui poser la question à ta Mme Moza. Je vais appeler mes gars et leur demander de la ramener ici. On sera tranquilles pour bavarder. Comme ça, on pourra creuser l'histoire. Et si elle ne veut pas s'exprimer, eh bien on fera comme pour Bonnie ; on lui fera vivre des expériences. J'ai la manière avec les dames, je sais les faire parler, même gueuler, t'inquiète. Avec Clou, ça nous rappellera des souvenirs. À moins que tu aies le pognon ici et que tu me le donnes. Ce qui serait plus simple que de te péter un deuxième poignet et moins douloureux pour la petite dame, non ?

Max a l'esprit bloqué sur zéro. Bien placé pour connaître le sadisme et l'esprit de rancune du Sarde, il doute que, s'il parle, Farah et lui s'en sortent à bon compte, sans parler du petit. Pendant ce temps, le truand pérore toujours :

— Et ta Bonnie qui te balance ! Elle a l'air d'avoir une dent contre toi, la brune. À moins qu'elle ne se soit enfin rendu compte qu'elle en pince pour moi. Une sentimentale. Jamais dû oublier notre étreinte romantique d'il y a dix ans. On l'avait bien défoncée, faut dire. Ça marque dans la vie d'une bitch dans son genre. Son heure de gloire, probablement. Par la suite, ça n'a échappé à personne, elle s'est affadie. Mais bon, c'est la vie.

Il revient à son sujet principal :

— OK, tu ne veux rien dire ? C'est quoi, l'adresse de la jeune dame ? Et d'ailleurs, c'est quoi son nom ?

Le Sarde se saisit d'une grosse clé anglaise. Du 24. Une masse métallique bien lourde. Il menace.

— Tu ferais mieux de parler, Dottore. Sinon, toi qui as toujours vécu dans l'outillage, tu vas encore morfler par l'outillage.

Le garagiste hésite entre supplier la brute ou se lancer au combat avec sa main unique. Chacune de ces hypothèses lui paraît aussi moisie que l'autre. Impatient, le Sarde tente de le saisir par le haut de sa salopette. En essayant de lui échapper, le garagiste glisse et tombe au sol. Sous le choc, il sent sa carrosserie rouillée grincer de partout.

Quand voilà que se pointe la cavalerie.

***

Mumu a l'habitude de déjeuner en compagnie de ses collègues *chez Étienne*, à deux pas du commissariat, un bistrot qu'il fréquente depuis toujours. Un délicieux refuge abonné à la cuisine maison et aux vins de terroir qui mettaient de bonne humeur les papilles de sa clientèle. Touché par la retraite, l'ancien patron a récemment cédé l'affaire. Le jeune couple qui l'a remplacé s'est mis aux normes du jour. Frites surgelées, plats et desserts préparés, salade calibrée, le tout en droite ligne du Métro de Nanterre. Même pour l'œuf mayo, entrée traditionnellement modeste mais plus exigeante que d'aucuns le croient, la mayonnaise est industrielle et les œufs ont sûrement été achetés déjà écalés. Ce jour-là, l'ardoise – que ces jeunes imposteurs ont conservée pour faire genre – annonce « Escalope cordon bleu », l'une des pires saloperies inventées par l'agroalimentaire pour recycler ses déjections. Pourtant, trop fatalistes pour déroger à leurs habitudes, Mumu et ses collègues continuent à fréquenter ce lieu catastrophique. En guise d'excuse, ils ont exprimé que, si l'on cherche plus loin, est-on certain de trouver mieux ? Pas complètement faux.

C'est Bonnie en larmes qui a fait irruption dans le bistrot et a demandé à son mari de sortir. Il s'excuse à la cantonade :

— Désolé, les gars, vous savez ce que c'est quand l'amour vous appelle. Ma petite femme veut me dire quelque chose.

Patron, mettez la note sur mon ardoise. Et, tiens, j'emporte mon dessert ; je prends une banane dans la corbeille à fruits.

Sur le trottoir, Bonnie toute remuée lui avoue qu'elle a fait une grosse bêtise. Elle a raconté au Sarde des choses qu'elle n'aurait pas dû. Le truand va vouloir faire du mal à Max. Il est peut-être déjà en route pour l'Émeraude. Il faut que Mumu intervienne.

Le flic se gratte la tête. Sa Bonnie prend sa main entre les siennes, l'implore. Vas-y tout de suite. Je t'en supplie, Mumu.

Il ne sera pas dit que le preux chevalier sera resté sourd aux demandes de sa belle ou aura laissé un copain dans la mouise. OK, il y va.

Quand il arrive au garage, avant d'entamer toute action, le municipal prend quand même le temps de terminer sa banane, dont la peau retombe en corolle sur son poing. « C'est mon régime préféré », a-t-il l'habitude de dire, mobilisant pour l'occasion toutes ses ressources en calembours. En effet, le fruit s'accorde bien à sa personnalité. Le point de rencontre de l'écrasable et du singe, avec un arrière-goût de dictature et de serpent minute.

Une fois le seuil franchi, Mumu découvre la scène où Max est sur le point de se faire amocher par le Sarde. Le truand est tout à ses rodomontades. Avant qu'il ne s'avise de la présence du flic, celui-ci avale sa banane en vitesse, en laisse tomber la peau sur le béton gris et sort son flingue de service, un Luger 9mm. En le braquant en direction du Sarde, il annonce, la bouche encore pleine :

— Allez, ça suffit les conneries. Tu lâches ce truc.

Le Sarde se retourne tranquillement et observe le flic sorti de nulle part.

Ah tiens, Mumu. Tu es venu rendre visite à la famille ? Tu fais quoi avec ce flingue ? Tu te permets de le braquer sur moi ? Mais on sait bien tous les deux que tu ne tireras jamais. D'abord parce que tu es un peigne-cul mais aussi parce que les armes de service sont des exceptions accordées au compte-gouttes aux employés municipaux et que leur possession est très réglementée. Tu devrais rendre des comptes, ce serait compliqué pour toi. L'État n'aime pas laisser les mômes jouer avec des jouets pas de leur âge.

La condescendance du truand n'entame pas la confiance de Mumu qui fait montre d'une détermination inhabituelle. Il continue de diriger fermement le canon de son arme dans la direction du beau parleur qui poursuit sans broncher :

— Les munitions sont régulièrement comptées et, si une seule balle manque, une enquête est ouverte par la police, la vraie, pas des faux flicards d'opérette dans ton genre. Comment je le sais ? Ça ne te regarde pas. Ne te mets pas dans la merde. J'ai une petite affaire à discuter avec l'estropié qui s'occupe de ta femme quand tu n'es pas là. Alors dégage et on oubliera tout ça.

Mumu ne bouge pas. Même, il rétorque :

— Tu n'as pas tort, le Sarde ; cette histoire de contrôle des munitions, c'est un problème. Logiquement je ne devrais pas tirer. Mais n'oublie pas que je suis un con, tu viens de me le rappeler. Alors, moi, la logique… Il y aura peut-être une enquête, mais je trouverai bien un truc. S'arranger avec la paperasserie, dans la commune on adore ça.

L'index du flic blanchit déjà sur la détente. Mais, avant que le coup parte, les yeux du Sarde s'arrondissent. L'homme au survêt blanc s'effondre face vers le sol en régurgitant quelques bulles écarlates. Et, presque immédiatement, une méduse de sang se met à pulser dans son dos.

Profitant de l'intervention de Mumu, Max s'est relevé péniblement du sol graisseux. En s'appuyant à l'établi de Mario, il s'est emparé d'un long tournevis. Coup de chance, le bout pointu du Stanley est passé entre deux côtes et est entré comme dans du beurre. La lame d'acier chromé de 25 centimètres s'est enfoncée à hauteur du cœur. Max a probablement sectionné une coronaire. Tiens, connard, de la part de l'amateur.

La première fois que Max a donné la mort ç'avait été trop facile, trop rapide. Avec le Sarde, ça prend davantage de temps. Le malfaisant n'en finit pas de quitter sa médiocre existence. Comme une vipère coupée en deux qui se tortille et crache sa fureur jusqu'à son dernier venin, le truand au torse de coton blanc souillé d'hémoglobine lance quelques menaces hachées par le hoquet :

— Vous verrez, mes amis vous retrouveront... Vous feront payer cher... Toi, tu peux déjà dire adieu au bras qui te reste... et toi à tes couilles.

Il écume rosâtre, cherche son souffle ultime pour expectorer sa haine jusqu'au bout. Max lui redonne deux ou trois bons coups de tournevis en pleine gorge pour terminer son agonie. Ça commençait à bien faire.

Comme dans une illustration de couverture d'un vieux roman policier, la découpe du corps blanc taché d'écarlate s'étale maintenant sur le sol grisâtre du garage. Max balance un coup de pied dans la forme qui ne frémit pas. C'est comme shooter dans un sac de sable.

En remettant le Luger dans son étui, Mumu, pas impressionné, commente :

— Bien fait pour sa gueule. Ce dingue n'existait que pour lui-même, c'était fatigant. J'ai entendu ce qu'il disait à propos de Bonnie. Tu comprends, j'aime pas qu'on fasse du mal à ma petite femme, c'est tout.

Maintenant que la bête est crevée, les deux amis préféreraient camoufler sa carcasse aux regards. Max a bien pensé à la cuve de trois mille litres qui sert à collecter les huiles de vidange à recycler. On ne retrouverait pas le Sarde avant minimum plusieurs semaines, lorsque la société spécialisée passerait pour la vider. Mais entre l'étroitesse de la trappe du dessus et l'aide limitée que Max pourrait apporter à Mumu pour hisser le poids du Sarde, ils doivent y renoncer. Finalement, quelle différence qu'on le retrouve demain ou dans deux mois ? Ils ont trouvé des gants et traînent le cadavre derrière la Mercedes pour le dissimuler un peu.

Pendant qu'ils transbahutent le corps, le sous-flic commente encore :

— C'est moi qui aurais dû la venger. Je l'aurais fait, tu as vu. Au moins, j'ai débarqué au meilleur moment pour te tirer d'une sacrée panade, et toi, tu as fait le boulot à ma place.

Il poursuit, en retirant ses gants ;

— Je sais bien que c'étaient des conneries, ces sous-entendus sur toi et Bonnie. Entre potes, on ne se fait pas des trucs pareils. Sinon, maintenant que c'est réglé, si ça ne te dérange pas trop j'aimerais autant que tu oublies ma présence ici. Ce ne sont pas mes empreintes qui sont sur le tournevis. Moi, je suis clean. Inutile qu'on soit dans les ennuis tous les deux. Et toi, dépêche-toi de disparaître. Je suppose que ce connard a des relations qui ne seront pas contentes de son décès. Avec leur code de l'honneur débile, ça pourrait bien les contrarier qu'on ait zigouillé un de leurs cadres.

Max hoche la tête. Il rassure Mumu. Il aura décampé avant demain matin et sa fuite l'accusera encore plus que le tournevis. Il promet que, si on le rattrape, il prendra tout sur lui. Mumu enlace Max dans une étreinte maladroite.

— Merci, amigo, je savais que tu étais un frère. Prends bien soin de toi.

— Oui. Dis à Bonnie que je l'appellerai pour prendre des nouvelles de l'Émeraude. Et ne marche pas sur la peau de banane en sortant.

Mumu s'en va. Max reste, il a encore du travail à terminer.

34. Correspondance

Une fois Mumu parti, Max referme le portail à clé. Pas le moment d'être dérangé par un client tardif. Il nettoie le tournevis avec un chiffon mouillé de white-spirit, met aux ordures sa salopette pourrie de saleté et de sang, change de chemise, rechausse les richelieus bien cirés qu'il avait échangés contre ses chaussures de travail et réenfile sa veste. Puis il se prépare un double expresso bien corsé. La soirée va être chargée.

En sirotant sa tasse, il se dirige vers les rayonnages qui abritent les archives de Bonnie impeccablement rangées par année. Dans un carton étiqueté « divers », Max retrouve une pochette en simili, celle qui abrite depuis tout ce temps les papiers de la Panda où figure l'adresse de jeunesse de Moza. Personne ne s'est jamais chargé de récupérer l'épave qui a dû finir de pourrir sur son parking avant que les autorités de la fac se chargent de la faire remorquer vers quelque décharge.

Max s'installe ensuite au bureau, devant le pot à crayons, l'étui à lunettes et le vaporisateur de parfum de Bonnie. Il recherche sur les pages jaunes le numéro des parents à Versailles qu'il compose de façon anonyme. Il demande à parler à M. Attar, le vrai patronyme de Moza, trouvé sur la carte grise. Une voix de femme répond qu'il est là, qu'elle le lui passe. Max sait ce qu'il voulait savoir. Cette vérification faite, il raccroche et glisse les documents de la Panda dans une enveloppe A3 trouvée bien rangée avec d'autres éléments de courrier. Il passe ensuite un autre appel en Belgique.

Enfin, touche après touche, Max tape laborieusement sa lettre d'aveu et d'adieu à Farah.

Il confesse d'abord à la jeune femme qu'il a trahi sa confiance car leur rencontre n'était pas fortuite. Puis l'aveu : il mérite sa haine. Car c'est lui qui a tué son mari dans le parc d'Asnières.

Il révèle ensuite la véritable identité de Louis qui se nommait en réalité Mozaffareddine Attar comme les documents joints l'attestent. Contrairement à ses dires, il possédait une famille. Ses parents sont toujours vivants et habitent à Versailles, à l'adresse indiquée sur les mêmes documents. Peut-être Jackson et elle seraient-ils heureux de les rencontrer pour échanger leurs souvenirs.

Max explique ensuite à Farah que Moza possédait une petite fortune. Cinquante bitcoins pour lesquels on a triché, volé, assassiné, et qui représentent aujourd'hui une somme importante. Elle en est désormais la seule propriétaire. Libre à elle d'en faire ce qu'elle désire, les dépenser, les offrir à une association, partager avec les grands-parents de Jackson ou les mettre de côté. À sa guise.

Il indique la marche à suivre pour récupérer les bitcoins sur la plateforme : utiliser une clé numérique composée de douze mots dont il joint la liste sur une feuille de papier bible. Il conseille à Farah de la conserver en lieu sûr en attendant d'expédier la fortune vers un pays à la fiscalité accommodante. Il connaît sa débrouillardise et sait qu'elle trouvera des moyens. Mais, en cas de besoin, il lui recommande de demander conseil à Maître Gardinier, le notaire d'Asnières dont il s'occupe de la voiture depuis des années et dont il sait la compétence et la discrétion.

En conclusion, il la remercie de son hospitalité et de son affection qui, pour imméritées qu'elles furent, ont rendu ses ailes à un pauvre manchot. Il aimerait demander pardon mais non, finalement, il n'en mérite aucun.

Après l'avoir imprimée et signée, Max glisse la missive dans l'enveloppe.

Le garagiste hésite un instant à laisser un autre mot pour Bonnie. Mais il ne sait quoi lui écrire. Il éteint l'ordinateur et ouvre l'armoire blindée.

Peut-être par un trait hérité de son aïeul l'hospodar et de l'histoire de son périple à travers l'Europe si souvent racontée en famille, Max n'a jamais renoncé à son habitude de conserver une partie de ses économies en numéraire. Les deux cent mille euros autrefois cachés dans les pneus sont restés planqués dans un recoin du garage. Il récupère le liquide rassemblé dans un tiroir métallique et le glisse dans les poches de sa veste avec la lettre à Farah. Le moment est enfin venu de décamper.

35. La fin

La nuit est tombée depuis longtemps. Max s'installe au volant de la Volvo dont le plein est fait.

Les rues de Levallois défilent. Il prend par le quartier où se dressent les grands immeubles d'entreprises puis traverse la Seine par le pont de Clichy. Avant de se diriger vers l'A86 qui rejoint la A1, il fait un détour vers l'immeuble de Farah. La baie vitrée de l'appartement qu'elle occupe avec le petit est éclairée. Il reste un moment dans le froid à regarder le rectangle de lumière, jusqu'à voir passer l'ombre chinoise de la jeune femme derrière les voilages. Sans se manifester, il se dirige vers l'entrée de l'immeuble, compose le code qui ouvre la porte du hall et dépose la lettre dans la boîte marquée Khan.

Sur l'autoroute du Nord, il a le temps de réfléchir au sort probable de son garage. Sans réserve de cash mais avec la Sécu, les salaires, les charges à payer et les impôts à venir, même Bonnie aura du mal à débrouiller le bazar. Elle a la signature des chéquiers et gérera quelques mois de sursis, les payes, les rentrées, les fournisseurs, la banque, mais Max ne se fait aucune illusion. En son absence et sans les trafics du

Sarde, rien n'empêchera l'affaire de péricliter. L'administration est vorace et, le proprio disparu, elle finira par tout saisir afin de vendre aux enchères le foncier et les murs. L'histoire glorieuse de l'Émeraude se terminera comme il se doit, par la dispersion du matériel, une démolition sans respect et les gravats pleins de souvenirs remplacés à leur tour par un centre commercial ou un nouvel immeuble de verre et d'acier.

En guise de consolation, Max se dit que, quoi qu'il arrive, le bonheur pour les amateurs sophistiqués de posséder et bichonner une vraie automobile de collection aura bientôt disparu. Les bolides à la joie de vivre vrombissante seront devenus des pièces de musée trop précieuses pour affronter l'extérieur, des objets d'exposition à ne pas déranger au fond de leurs tombeaux. L'Émeraude ne sera plus qu'une entreprise de thanatopracteurs pour passion dépassée. On retrouverait bien, de temps à autre, une épave dans une grange qu'un investisseur astucieux demanderait de restaurer sans fantaisie, en suivant scrupuleusement le design du modèle initial. Le reste du temps, il n'aurait plus affaire qu'à des gestionnaires, des conservateurs, des gardiens de cimetière.

À Bruxelles gare Centrale, avec l'espoir que ça brouillera un peu sa piste, le garagiste en fuite abandonne la Volvo dans le parking. Il se rend aux guichets et prend un billet pour le port d'Anvers. Quarante-deux kilomètres. Pas vraiment le temps de piquer un roupillon.

* * *

Au milieu de la nuit, il atteint des quais immenses et inquiétants, un fouillis d'écluses et de bassins où l'on ne sait plus distinguer l'Escault de la mer du Nord. Après avoir marché pendant des heures, Max déniche par miracle le bassin qui abrite les porte-conteneurs. Des grues de transbordement dominent la brume comme des brontosaures agglutinés. La masse d'un rafiot à pavillon panaméen, avec ses quatre carrés et ses deux étoiles rouges qui flottent parmi des oiseaux criards, se révèle dans une trouée… Miteux et rouillé, le *Saint-Exupéry* se dresse devant lui.

* * *

Les flots de l'Atlantique se déroulent sous l'étrave mille fois repeinte du navire. Cap au sud pour contourner l'Afrique. Le voyage sera long. Rafael l'a accueilli en haut de la passerelle avec un mug de café noir arrosé de rhum blanc, du vrai, fort en alcool et au goût râpeux de canne à sucre. Bienvenue à bord, l'ami. Ça te réchauffera.

Le capitaine l'entraîne dans les longues coursives. En lui présentant sa couchette, il l'interroge :

— Alors, c'est à ton tour de partir faire ton Rimbaud en Abyssinie ?

Max désigne sa manche inoccupée.

— Ni mon Rimbaud, ni mon Rambo. En tant que débris, je vais rejoindre ma juste place dans les dépotoirs de l'Érythrée.

— Mauvaise idée. Je te recommande de traverser au plus vite ce pays agonisant et assommé par le khat. Aussitôt débarqué, file plutôt vers l'Éthiopie, le berceau de l'humanité. Quel meilleur endroit pour une renaissance ? Là-bas, un bras ça se remplace. Il te suffit d'en recruter deux ou trois paires, la main-d'œuvre n'est pas chère. Tu as l'œil et les connaissances. Tu pourras remonter un atelier de mécanique.

— Si tu le dis. Après m'être reposé, tu veux que je jette un coup d'œil à tes moteurs ?

Dans la salle des machines, Rafael capte la grimace de Max. L'ensemble colossal est en bien piètre état.

— Oui, tu vois. Ils sont prêts à rendre l'âme. Cette navigation est sans doute le dernier véritable voyage du *Saint-Exupéry*. Je suis en train de négocier avec une société milanaise pour l'envoyer par le fond, chargé de toutes les pires saloperies que les hommes ont inventées. Il finira comme les centaines de navires épaves affrétés par les mafias et coulés loin des rivages et des regards, et reposera dans les abysses avec ses cargaisons de rebuts chimiques et radioactifs dont on ne veut nulle part.

Max s'abstient de tout commentaire. Le capitaine éprouve le besoin de se justifier :

— C'est devenu un business très payant depuis que les grandes nations font semblant de vouloir réglementer l'irréglementable. Autant que ça me rapporte un peu et adoucisse ma retraite. Quoi qu'en rêvent les belles âmes, le monde aura toujours besoin de produire. Et de produire des déchets.

* * *

Max traîne sur le pont avec Moussa. Un Guinéen costaud malgré sa maigreur et sa barbe grise.

— Tu connais Omar K ?

— Non, mon frère. Pourquoi ?

L'errant sort de sa poche un bouquin à la reliure qui commence à fatiguer. Il le feuillette pour arriver à une page cornée.

— C'est un grand poète persan. Écoute ça : « Avant notre venue, rien ne manquait au monde. Après notre départ, rien ne lui manquera. »

Moussa opine poliment, crache sur le pont, et déploie sa longue silhouette. C'est pas tout ça, Rafael lui a ordonné d'aller rafistoler quelques élingues à l'autre bout du navire.

* * *

Max n'est jamais rentré, n'a jamais rappelé. Après la découverte du cadavre du Sarde, les flics ont essayé de faire porter le chapeau au garagiste disparu et, dans la foulée, à sa comptable. Mumu s'en est mêlé. Le mouton est devenu féroce. Touchez-pas à ma femme. On se rappela qu'il en savait beaucoup sur beaucoup de sujets. Il y avait déjà eu suffisamment de vagues. Les dossiers resteront sous le dessous de la pile avant d'être égarés.

Bonnie a fait de son mieux pour maintenir l'établissement en activité, mais un administrateur a finalement été nommé. Certains véhicules volés ont retrouvé leurs légitimes propriétaires. Les clients « normaux » ont repris leurs voitures.

En attendant que soit décidé le sort final de l'Émeraude, Bonnie a pris le balai pour nettoyer le temple en sursis de ses bonheurs passés. En attendant leur licenciement pour cause économique, les frères Mario n'en font plus une rame. Vis, morceaux de ferraille, épanchements de lubrifiants, déchets d'emballage, poussières de caoutchouc ; les recoins du garage autrefois nickel de A à Z ont fait place au désordre. Près d'un stock de bidons, elle retrouve un morceau de bois sculpté. Ci-gît l'antique roi noir du jeu d'échecs échappé à son coffret. Elle le ramasse.

Depuis longtemps, la Spitfire est restée délaissée dans un coin du garage. La gérante par intérim a demandé aux deux fainéants de bien vouloir en faire l'entretien. En maugréant, ils l'ont passée au Kärcher et dépoussiérée, et ont daigné changer la batterie, remettre de l'essence, et vérifier en vitesse les niveaux et la pression des pneus, avant de s'escamper…

Le cabriolet ne comporte pas de pot catalytique, ce qui rend inratable l'opération projetée par Bonnie. Elle sait comment faire. Elle scotche soigneusement la capote et branche à l'échappement un morceau de tuyau d'arrosage assez long pour atteindre l'intérieur de l'habitacle. Puis elle s'installe derrière le volant de bois et met le contact. Avant de sombrer dans son dernier sommeil, en souvenir de son souverain enfui, Bonnie serre dans sa main la pièce de buis sculpté couleur d'ébène. Atteindre la saturation nécessaire en oxyde de carbone ira vite. On devrait découvrir son corps sans vie le lendemain matin. La Triumph fredonne au ralenti sa berceuse mortelle.

— Et puis non, se dit Bonnie, c'est idiot.

Elle coupe le contact, rouvre la portière, et se remet à vivre.

Merci à Christophe Valos, garage de l'Enclave, as de la mécanique à Valréas (Vaucluse), et à Almira Skripchenko, grand maître international d'échecs, pour nos conversations inspirantes.

Merci à Stéphane Watelet et à Stéphanie Boscher, des éditions Télémaque, pour leur soutien si précieux et leur professionnalisme sans faille.

Merci à mes enfants pour leur patience, leur humour et leur amour.

Si vous avez aimé ce livre, n'hésitez pas à laisser un commentaire sur babelio.com, booknode.com, senscritique.com ou votre distributeur en ligne préféré, ou à me le faire savoir via mon site

leslivresdeberville.com

Rien ne me fait plus plaisir que d'avoir des nouvelles de mes lecteurs. Un grand merci.

L'auteur.

Achevé d'imprimer en avril 2025
sur les presses de la Nouvelle Imprimerie Laballery
58500 Clamecy
Dépôt légal : avril 2025
Numéro d'impression : 503505

Imprimé en France

La Nouvelle Imprimerie Laballery est titulaire de la marque Imprim'Vert®

Cet ouvrage a été composé par IGS-CP
à L'Isle-d'Espagnac (16)